集英社オレンジ文庫

宝石商リチャード氏の謎鑑定

導きのラピスラズリ

辻村七子

JN177967

本書は書き下ろしです。

CONTENTS

イラスト／雪広うたこ

宝石商リチャード氏の謎鑑定

導きのラピスラズリ

CHARACTER

中《なか》田《た》正《せい》義《ぎ》

公務員志望の堅実な大学生。リチャードの下でアルバイトをすることに。名の通り、まっすぐだが妙なところで迂闊な〝正義の味方〟。

リチャード・ラナシンハ・ドヴルピアン

日本人以上に流麗な日本語を操るスリランカ系英国人の敏腕宝石商。年齢不詳、誰もが啞然とするレベルの性別を超えた絶世の美人。

?
?
?

case. 1

「最後にこれだけ。あなたは人を信じすぎます。時々は傷つくこともあるでしょうが、人生とはそういうものです。割りきって生きるように。それでは」

あれからずっと、リチャードの言葉が、体の中を駆け巡っている。血管を流れる血の中に、あいつの声が混じりこんでしまったように。

東京は秋から冬になろうとしていた。歩くたびかさかさした風が頬《ほお》を叩いてゆく。ストールを巻いて歩いてゆく人の影も増えた。大学のラウンジには少しずつ参考書や資格試験のテキストを開いている学生の姿が増えている。中央図書館の自習スペースも連日満杯だ。銀座《ぎんざ》七丁目の『ジュエリー・エトランジェ』の入り口には、『都合により本日より当分おやすみさせていただきます』のコピー用紙が未だに貼りつけられている。四隅《よすみ》がくたくたになってしまって、美しい店の佇《たたず》まいが台無しだ。

あれから一カ月経ったが、リチャードは戻ってこない。戻る気配もない。店は閉じたままだ。一階の事務所の人も、何も話は聞いていないということだったが、この貸しビルを管理している不動産屋さんに事務所の所長さんから電話をしてもらうと、店賃《たなちん》自体は来年の三月分まできっちり納められているという。『本日より当分』なんて曖昧《あいまい》な言い回しなのだから、家族が病気か何かになって慌てていて、落ち着き次第連絡があるんじゃないのと、彼は俺を励《はげ》ましてくれたが。

だったらあいつは俺に『最後にこれだけ』なんて、言わないだろう。

アルバイト代は、一カ月分プラスされて、俺の口座に振り込まれていた。

あれから俺の体のリズムは完全におかしくなってしまった。大学に行ってアパートに帰るという生活は変わらない。電車に乗って授業に出て誰かと昼を食べてまた授業に出て帰る。ただその合間合間にある空白の時間が、全てリチャードの色で塗りつぶされてしまった。キャリーケースをひく車輪の音が聞こえると、周りの人が驚く勢いで振り返ってしまう。高田馬場《たかだのばば》の雑踏《ざっとう》の中で金髪の相手を見かけるたびに顔が見える位置まで歩いていって、そのたび別人だと確認してがっかりする。緑の車が全部あいつのジャガーに見える。かっこいいイケメンがいたという女の子たちのお喋《しゃべ》りを小耳に挟むと、そいつは長ったらしい名字のイギリス人じゃありませんでしたかと質問したくなるのを必死で堪《こら》える。すぐ落ち着くだろうと自分に言い聞かせて一カ月経った。もう落ち着くことを諦《あきら》める頃合いだ。

夜は特別に憂鬱《ゆううつ》だ。眠ると嫌な夢を見る。何故《なぜ》か俺のアパートにリチャードがいて、俺のベッドの枕元に立っているのだ。勘弁してほしい。夢枕に立つなんて縁起でもなさすぎる。リチャードは宝石みたいにきらきらした微笑《ほほえ》みを浮かべて、俺に向かって何か伝えようとしている。でもミュートになった動画のように声が聞こえない。起き上がろうにも何故か体が動かないのだ。聞こえないんだと俺が言おうとすると、リチャードは目を閉じて顔を近づけてくる。俺が驚くと、リチャードはすっと顔を引っ込めて、少し意地の悪い顔で笑う。汗だくになって、誰もいない部屋で目が覚める。俺の度胸のなさを評して、誰かが『キスをする前に顔を引っ込める男』なんて言うから、こんな悪夢を見るのだろう。

メールの返信はない。電話も通じない。どういうことかわからなくて、あの日俺はエトランジェの入り口で、リチャードのお得意さまである穂村《ほむら》さんに電話をかけてしまったのだが、彼曰《いわ》く、リチャードは常連客には『近々日本から離れる』という連絡をしていたという。だがそれ以外の情報はないそうだ。離れる理由も、いつ戻ってくるのかも――本当に戻ってくるのかどうかも。

現れた時と同じように、あいつはいきなり、俺の目の前から消えてしまった。まるで最初から『リチャード』なんて男はいなかったように。

そして俺の体の全部が、あいつの影に乗っ取られたような生活が始まった。寝ても覚めても悪夢だ。何なんだこれは。もうやめてほしい。耐えられない。他のことが何もできない。

わかっている。これはあいつのせいじゃない。ただ俺が。

人を信じすぎて、傷ついているだけなのだ。

割りきって生きろと言われたのに。

土日になるたび、俺は銀座を訪れる。誰もいないエトランジェの『当分おやすみ』の紙を見て、はがれかけていたら持参しているテープで補修して、何もせずに帰る。あれ以上紙が破れたら、同じものを大学のパソコンで作って貼り直してやらなければならないだろう。

中央《ちゅうおう》通りから花椿《はなつばき》通りに入って、銭湯《せんとう》に近い駐車場を見やると、黒猫が一匹、コンクリートにうにゃうにゃ背中を擦《こす》りつけていた。見覚えがある。

「お前は……さくらだっけ？　久しぶり。元気か」

人目がないのをいいことに、俺はしゃがみこんで黒猫を手招きした。ちょっと慰《なぐさ》めてほしい。なつっこい猫は近づいてきた。後ろに車が止まっている。タイヤが新しい。車体は。

緑の。

外車で。

銀のエンブレム。ジャガーだ。

ナンバープレートも同じだ。間違いない。

駆けだした俺の背後で、猫がシャアッと鳴く声が聞こえた。びっくりさせて悪かった。でも俺のびっくりに比べたらまだしも可愛《かわい》いものだと思うから、許してほしい。俺もびっくりしたのだ。戻ってきた。戻ってきたのだ。リチャードが。銀座に。

二階まで階段を駆けあがると、『当分おやすみ』の紙は消えていた。扉の内側が明るい。夢じゃない。本当にいる。チャイムを鳴らすのももどかしく、ドアノブに手をかけノックをすると、三十秒ほどあってから鍵が開いた。内側の人間を倒してしまわない程度の最大速度で、俺は扉を押し開けた。

「リチャード！　お前…………え？」

「いらっしゃいませ」

声が低い。背も低い。それが第一印象だった。

見慣れたエトランジェの店内に立っていたのは、チョコレート色の肌をした男性だった。身長は百六十センチくらい。声は滑らかなテノールで、黒い髪には半ば白髪《なかしらが》が混じっている。鼻の下のちょびひげは、きれいに左右に分かれていた。五十代くらいだろうか。ぱりっとしたスーツと革靴の出で立ちと相まって、百年前の世界から飛び出してきた紳士のようだ。容貌《ようぼう》だけなら、翡翠《ひすい》のオークションで出会ったインド系イタリア人の古美術商に似ている。店の奥の観葉植物は枯れかけていた。当たり前だ。一カ月も水をやっていなかったのだから。

絶句している俺をしらじらと眺めたあと、謎の男はあくまで慇懃《いんぎん》に言った。

「当店はただいま開店の準備中です。申し訳ございません」

「…………外に、緑のジャガーが」

「私の車ですが、何か？」

たった二言の会話だったが、十分だった。確信がある。俺は目の前の男を凝視した。

「客じゃありません。俺は、先月までここで働いていたアルバイトです。中田《なかた》っていいます。上司のリチャードが急にいなくなって、それで」

「ああ、あなたが」

男は俺を見ると、特に何の感情も見せずに頷《うなず》いた。初対面だが、彼は俺のことを知っているらしい。結構な話だ。それはこちらも同じである。

「リチャードの師匠の、ラナシンハさんですよね」

俺がそう言うと、男は少し驚いた顔をした。覚えている。リチャードは俺に言ったのだ。宝石のことと日本語を、同時に教えてくれた『師匠』がいると。そしてあいつの名前の『ラナシンハ』は、自分の師匠の名前であるとも。だったら結論は一つだ。

口ひげの男は、黒目がちな瞳でじっと、俺のことを見ていた。ゆっくりと、魂《たましい》の色まで見通そうとするように。そして微笑んだ。

「面白いことを仰《おつしや》いますね。彼は自分には『師匠』がいると言ったのですか？　だとしても何故私がその人物だとお思いになったのです？」

「思ったんじゃなくて、わかります。声が違うだけで、あなたの喋り方はリチャードと同じですから」

俺がそう言うと、褐色《かつしよく》の男は大きく口を開けて笑った。びっくりするくらい豪快に笑う人だ。のまれるわけにはいかない。俺は目に力を込めた。こっちにも言いたいことがあるのだ。

「いかにも、金田一耕助《きんだいちこうすけ》さん。シャウル・ラナシンハ・アリーと申します。スリランカ出身の、一介の宝石商です。よろしく」

「高田馬場在住の中田正義《せいぎ》です」

お互い一礼して、俺とシャウルさんは握手を交わした。手を握る時、彼はぎゅっと力を込めてきた。空手の試合の直前の目礼を思い出す。

「単刀直入にお尋《たず》ねします。リチャードは今、どこでどうしてるんですか。連絡が一切とれなくて、何もわからないんです。どうしてあいつが」

「彼はあなたに何も言わなかったのですか？」

「言いませんでした。いなくなるなんてことも、事情も」

「そうではなく、別れ際に、あなたに何も言いませんでしたか？」

「…………」

何だろう、この人は。喋っていると不思議な気分になる。背筋をきちんと伸ばしていなければならないような、何を言うにも吟味《ぎんみ》して答えなければならない気分になる。そうだ、まるで。

テストされているようだ。

「……最後に少し、電話で話しました」

「左様ですか。彼は何と？」

俺は人を信じすぎるから、時々傷つくこともあるだろうが、割りきって生きろと。あれは『もう二度と会えない、さようなら』以外には聞こえなかった。

「……………すみません、言いたくないです」

俺はシャウルさんを見る瞳に力を込めた。睨《にら》もうとしたわけじゃない。情けない話だが、口に出したら普通に泣いてしまいそうだったからだ。ジャガーの助手席でもあるまいに。シャウルさんは俺の非礼など気にせず、また愉快そうに笑った。リチャードの宝石のような微笑みとは違う、得体のしれない妖怪じみた笑みだった。正直少し怖い。大丈夫なのか。リチャードは『師匠に強く出られる人間がいるならお目にかかりたい』とぼやいていたから、体育会系のノリの大男を勝手に想像していたのだが、どうやらこの人の『強さ』は、俺の予想とは少し路線が違いそうだ。俺の逡巡《しゅんじゅん》を見越したように、シャウルさんはふっと笑った。

「立ち話で終わらせるには長くなりそうです。今日は店の掃除だけ済ませて引き上げる予定だったのですが、まあ座りなさい。お茶でも飲みながら話しましょう」

「俺がいれます。片づけもします。この店の従業員なんで」

「おや？　しかしあなたは既《すで》に用済みなのでは？」

「今月分まで満額、支払ってもらってます」

「泣かせますね。ではご随意《ずいい》に」

シャウルさんは芝居がかった様子で手を伸ばして、俺を厨房《ちゅうぼう》に促《うなが》した。

流し台とガス台、菓子棚と冷蔵庫。足を踏み入れた時、俺は心臓を思いきり摑《つか》まれて揺さぶられるような錯覚に襲われた。たった一カ月入らなかっただけの場所が、どうして死ぬほど懐かしいんだ。心配だった冷蔵庫の中はきちんと空《から》で、戸棚の中も保存のきく菓子以外は姿を消していた。さすが甘味大王。こういうところの気遣いは、俺の知っているリチャードのままだ。自分でそう思って、ふと我に返った。俺の知っているリチャード?

「…………」

考えてもらちがあかない。悩むのは家でやろう。今はリチャードの師匠と話をしなければ。そのためにはお茶だ。とびっきりおいしいのをいれよう。いつもと同じようにロイヤルミルクティーをいれようとして、俺は牛乳がないことに思い至った。普通の紅茶を煮立てるのか。でもあいつが置いていった鍋でそんな中途半端なものを作ったら、叱られてしまいそうな気がする。そうこうしているうちに応接室からシャウルさんが顔を出した。

「遅いですよ。紅茶の一杯に百年かけるつもりですか」

「すみません。牛乳がなくて」

「……ああ。相変わらずロイヤルミルクティーが好きだったのですね」

かわります、と言って、シャウルさんは俺の手から鍋をひきとった。鍋に水と茶葉を入れ、沸騰《ふっとう》させるところまではロイヤルミルクティーと一緒だが、そのあとに戸棚から取り出したのは、俺が最後にこの店に入った時には明らかに存在しなかったスパイスの箱だった。いろいろな種類がミックスされているらしく、大匙《さじ》一杯でショウガやシナモンなど、インド料理屋系の香りがつーんと厨房を満たした。そのままぐらぐらと煮出して、砂糖をどかどか入れて、あっという間にできあがりらしい。これもまた『紅茶』か。

食器棚を探ったシャウルさんは、白い揃いのカップに目を留めた。金色の帯のついたノリタケ。俺とリチャードが使っていたものだ。取り出される前に、俺は隣からお客さま用のカップを二つ取り出した。こっちがいい。この人と飲むのならお客さま用の器がいい。どうぞと素早く差し出すと、シャウルさんはまた、にたりと笑った。

「感謝します、中田さん」

シャウルさんがカップにお茶を二人分注ぎ、俺は促されるままお茶を応接室に運んだ。赤いソファとガラスのテーブルの上にはカバーがかかっていたらしく、きれいなものだが、カーペットには埃《ほこり》がたまっている。量販店で大掃除に使う道具を買ってきたほうがいいかもしれない。

「……エトランジェは、これからどうなるんですか」

「私が面倒を見ます。アルバイトを雇う予定は現時点ではありませんが。まあ飲みなさい」

頷いてカップに口をつけた俺は、一口で器を口から離してしまった。何だこれは。

「す、ごい味がする……！」

「失礼な。これはスリランカ流のスパイス・ティーですよ。茶葉に香辛料をミックスし、煮立てて熱いうちにいただく。とても体によいお茶です。最後まで飲みなさい」

　俺は目を閉じてカップを口につけた。飲み会で先輩から回ってきたジョッキのようだ。濃くて甘い。熱くて少し驚いたが、さましながら飲むと確かにおいしい。だができることなら、ロイヤルミルクティーが飲みたかった。自分で、この店の厨房でいれたお茶が。

　今ここにはいない誰かと一緒に。

　俺より先にお茶を飲み終わったシャウルさんは、特に甘いお菓子を要求する様子もなく、愉快そうに俺のことを見ていた。

「さて。お話があるということでしたが」

「リチャードが今どこにいて、何をしてるのか、知りたいんです」

「簡潔ですね。なるほど。それで？　知ってどうします？」

　ぽんと池に、石を投げ込むような問いかけだった。確かに。知ってどうする。俺はどうしたい。少し考えてから、俺は言葉を選んで、石を投げ返した。

「……納得したいんです。そのために知りたいんです」

「何を納得したいと？　彼があなたに何も告げずにいなくなったことをですか？　であれば彼の現状を知ることに、さほどの意味があるとも思えません。人にはそれぞれ事情があります。それが理解可能なものであれ不可能なものであれ、呑《の》み込むしかないのが人生でしょう」

「……言ってることはわかります。ご迷惑をおかけしてるなら謝ります。でも俺も譲れないんです」

確信があると言ったら言い過ぎだろう。でも『期待』というほどありえないとも思わない。

リチャードはこんなことをする男じゃない。あんな悪役の捨て台詞《ぜりふ》みたいなことを言って、俺を途方に暮れさせるようなやつじゃない。

あいつの面倒見のよさときたら、具体例を上げれば枚挙にいとまがない。本当に石を欲しがっていないように見えるお客さまには売り渋る。そのくせ見定めた相手には出血大サービスもする。お節介にもほどがあると母のひろみに説教され続けて二十年の俺もぶっとぶレベルである。そういう性分《しょうぶん》とでも思うしかない。おいそれと人を傷つけられるような男ではないのだ。そうでなくてどうして、俺のことをあんなに気にかけてくれるだろう。

本当にあいつは、優しい。傍《そば》にいると時々心配になってしまうほど。

シャウルさんは俺の心の奥の、更に奥まで見通すような眼差《まなざ》しを向けたあと、唇を歪《ゆが》めた。

「なるほど。あなたとリチャードの間には、毎月の給料以外にも何らかの交流があったと。旅行の約束でもしていたのですか？　二人でモルディブに行こうとでも？」

「すみません、俺本当に、真面目に焦ってて、冗談を言える心境じゃないんです」

「見ればわかります。ですが何を焦っているというのです、中田さん？」

「……あいつが変な事件に巻き込まれたんじゃないかとか……誰かに騙《だま》されてないかとか」

シャウルさんは顔を伏せた。笑っている。ふっふっふっふと腹が震えている。俺はそんなに奇妙なことを言ったのか。俺が歯を食いしばっていると、シャウルさんは片方の眉をひょっと上げながら俺を見た。

「この店の名は『エトランジェ』ですが、店主から命名の由来を聞きましたか？」

「……名前をつけたのはリチャードなんですか」

「おや、それも知りませんでしたか」

俺が首を横に振ると、左様ですかとシャウルさんは頷いた。こういう間合いは本当に、リチャードそのままだ。リチャードはこの人のことを本当に信用しているんだろう。いや、していた、のか？　今はどうなんだろう。信用していなければ店を任せたりしないだろう。きっと今も信用しているのだ。確証はないけれど。

「『エトランジェ』、フランス語で『異邦人』。英語ならば『ストレンジャー』になりますか。この店は私の三軒目の宝石店ですが、ラナシンハ・ジュエリーでは日本の方には耳なじみが悪いでしょうし、最初から店は彼に任せようと思っていたので、命名をリチャードに預けました。何故そんな名前にしたのかと尋ねると、彼は言いました。『どこにいても自分は異邦人であると感じるから』と。気障《きざ》でしょう？」

「…………」

「ですが正鵠《せいこく》を射ています。彼に限らず、この国において我々は常に『異物』としての視線を受けます。『外人』に向ける好奇の眼差しです。別段責めているわけではありません。悪いとも言いませんよ、あなたたち日本人は、客人には寛大ですから。ですがあなたたちは我々に対して常に一線を引いている。『本当の仲間ではない』と。はじめからここは、リチャード一人のための、いわば孤独の店だったのですよ」

孤独の店。

エトランジェにそんな意味があったなんて初耳だ。でも、わかる気がする。日本で商売をする白色人種の男というだけではなくて、あいつはとても、きれいだから。どこにいてもその顔が名刺になってしまうと言われるくらい、美しいから。線を引かれてしまうという言葉も、確かに聞いた覚えがある。

でも今はそれよりも大事なことがある。彼に言っておかなければならないことが。

「……すみません、この店のバイトの雇用契約書にサインした時、条件があったんです。『この店では人種、宗教、性的嗜好《しこう》、国籍、その他あらゆるものに基づく偏見を持たず、差別的発言をしない』って。リチャードは俺に本当によくしてくれたし、俺もリチャードのことを兄貴みたいに思ってます。本当の仲間じゃないなんて思ったことは一度もありません。だからあなたが何をどう思っているかは置くとして、そういう『あなたたち』と『我々』のくくりに、俺を含めないでもらえませんか。できればリチャードも」

俺がそう告げると、シャウルさんはにんまりと笑った。妖怪の笑みではない。テストに合格した生徒を見るような嬉《うれ》しそうな顔だ。ああ、やっぱりだ。この人はリチャードの師匠で、リチャードは今もこの人を信頼しているんだろう。そして師弟揃って一筋縄《ひとすじなわ》ではいかない性格をしている。面倒くさいったらない。

「グッフォーユー。あのバカ弟子《でし》も少しは褒《ほ》めてやらなければなりませんね。将来有望な若き日本人をよく教育しました」

「バ、バカ弟子?」

「ですがそれとこれとは話が別です」

シャウルさんは再び表情を引き締めた。試験官の目が戻ってきた。俺を値踏みしている。

「今のあなたの語り方で確信しました。もし私があなたに、今リチャードがどこで何をしているのかを伝えたとして」

「知っているなら教えてください！」

「黙って聞いていなさい。あくまで仮定の話ですよ。居場所を伝えたとしても、あなたは納得しないでしょう。それどころかあなたの欲望はよりエスカレートし、ついには彼に直接会って話が聞きたいと言い始める。『何故?』という疑問に取りつかれ、あたりのものが見えなくなっているのですよ。はじめから答えは目の前にあるのに、それが自分の気に食わないから見えていないだけと理解せずに。自覚はありますか？」

「……自覚って」

「あなたはリチャードに恋をしている」

予告なしにどんと、胸を突き飛ばされたような気がした。

いや。いやいや。いやいやそれはない。ない。毎日毎日同じ相手のことばかり考えているからって、面影がちらりと視界をかすめるたびに動悸《どうき》息切れに見舞われるからって、毎晩キスをされかける夢を見るからといって、それはない。だって。ないだろう。だって。あれ。

困った。説得力のある反論が、自分の中から出てこない。

「あなたは彼の存在を、自分の内側で美しい結晶のように完成させ、あまつさえ『あいつはそんなことはしない』という己《おのれ》の理想を現実に投影しようとしている。そういう熱に浮かされたような精神状態を何と呼ぶべきか？　恋以外にないでしょう」

「……恋してない。そうじゃありません。俺はただ」

「さて、浪漫《ろうまん》的な夢の世界を飛翔《ひしょう》する繊細な若者が、現実という壁にぶちあたるとどうなるか？　コンクリート壁に投げつけられた生卵のごとく、繊細な殻《から》は割れ、パン！　砕け散ってしまう！　こうなると回復には時間がかかります。痛々しくて見ていられない。しかも周囲の人間には迷惑です。おわかりになりますか？」

シャウルさんは言葉を切った。まだ鳩尾《みぞおち》のあたりがどきどきしている。氷水と熱湯を交互に飲まされているようだ。喉《のど》が熱い。スパイス・ティーのせいではないだろう。ただ図星を突かれている感覚がひどくて、ろくに暖房もきいていない店なのに、背中に汗がにじんでくる。

黙り込んでいる俺を、シャウルさんは心から気の毒そうな顔で見た。

「私は師として弟子を案じているのです。もしあなたがリチャードと再会し、彼から出奔《しゅっぽん》の理由を説明されたとしても、『納得できない』と思ったら、あなたは彼を刺すのでは？」

「…………冗談じゃない」

「もちろん冗談です。気に障《さわ》ったのならお許しを」

黒い瞳はまったくもって『冗談です』とは言っていなかった。彼の回答は『教えられない』だ。よくわかった。このリチャードの師匠さまは、明らかに何かを知っている。行方ではなかったとしても、事情や、あいつの苦しみを。

「……確かに、冷静な状態じゃないのは認めます。あいつがいなくなってから、俺はもう自分が、今まで自分の知ってた俺じゃないような気がするくらいですから。でも、だからって、変な言いがかりをつけられる謂《いわ》れはないです。刺しませんよ。背中をはたくくらいならともかく。それに俺はけっこう図太いんで、壁にぶつかっても粉々に砕けるようなことにはならないと思います。壁には穴が開くかもしれませんけど」

「確かに図太い。他に言いたいことは？」

「あと……そうだな、安心しました」

「何にです」

「あなたがリチャードの、まっとうな師匠みたいだから」

シャウルさんは少し驚いた顔をしたので、俺は彼の妖怪的な笑みを真似てお返しした。このくらいしたって罰《ばち》は当たらないだろう。俺が彼の立場だったらどうするだろうと考えてみる。わけのわからない日本人のアルバイトが店にやってきて、リチャードがどうしたのか教えてくれと熱っぽく訴えてきたら。何年の付き合いの師弟か知らないが、美貌《びぼう》の弟子に言い寄ってくる女も男も、このお師匠さまは何度も見てきたのだろう。その都度リチャードが嫌そうな顔をしたのかもしれない。見飽きた手合いは追い返してやらなければと思われても不思議ではない。あしらうのが面倒くさいから適当に教えてしまえなんて師匠じゃなくて、よかった。本当によかった。俺だって食い下がり甲斐《がい》があるというものだ。

俺は立ち上がって、ガラスのテーブルの前で頭を下げた。可能な限り深く、丁寧に。

「お願いします。あいつがどこにいるのか知りたいんです。この通りです」

「『納得できない』かもしれなくても？」

「納得できるかできないかは俺の問題です。事情もわからないまま置いてけぼりにされてる今より、ずっといい」

「聞く耳持たずで強情。なるほど、よく似ている。通じ合うのも道理でしょうか」

よろしい、とシャウルさんは続けた。おかげでよく似ているという言葉の意味を追及しそこねてしまった。俺が、誰に？　ひょっとしたらリチャードに？

一度、奥の部屋に消えたシャウルさんは、小さな箱を一つ持って戻ってきた。淡い水色のベルベットは、少し色が褪《あ》せて見える。ぱかりと開けると、中に入っていたのは指輪だった。

不思議なデザインの指輪だった。統一性のない色の石が六つ、横並びに配置されている。六つとも違う石なのだろうか？　いや、同じに見える石もある。カットやセッティングの粗《あら》さからして古そうだ。アンティークのジュエリー？　金の指輪の内側をのぞいても、メーカー名などは入っていない。俺が眉根を寄せていると、シャウルさんは俺にペンライトを手渡した。もっと石をよく見ろということか。

「このリングに見覚えは？」

「……全くないです」

「本当に？　何かぴんとくることは？」

「…………………」

ない。初めて見る。何なんだこれは。かけだしのジュエリーデザイナーが手元にある宝石を適当に配置してつくった指輪ではなく、何か意味のある指輪なのか。俺が初めてリチャードに見せた、ばあちゃんの指輪のように。

「……ひょっとしてリチャードが俺にこれを」

「オーノー。何という夢見がちな戯言《たわごと》。妄想《もうそう》の海にお帰りなさい」

「ただの質問です。それで、何なんですかこれは」

「これではわかりませんか。よろしい、ではもう少し丁寧にやりましょう」

中田さん、とシャウルさんは俺の名前を呼んだ。試験官に名前を呼ばれた面接者のように、俺は顔を上げた。はい、と返事をする。受かるか、落ちるか。勝負所だ。

「この指輪の六つの石の名前を、一つずつ私に教えてください。よろしいですか?」

シャウルさんは軽く首をかしげて、俺に微笑みかけてきた。俺の胸はさっきとは別の理由でどきどきしていた。やばい。本当に師匠だ。この人の思考回路はリチャードとよく似ている。こういう土壇場《どたんば》で石を出してくるところなんて本当にそっくりだ。考えようによっては、これはリチャードからの間接的な試験のようなものか。

いいだろう、やってやる。それ以外に俺のどんづまりの状態を打破する術《すべ》はないのだ。

六つの宝石。赤い石、青い石、淡いグリーンの石、紫の石、ピンクの石、キラキラ輝く透明な石。ある程度はわかると思う。門前の小僧なんとやらだ。

「一番左からでいいですか。これはルビー、ですよね」

「『ですよね』は確認の言葉では？　断言なさい」

「ルビーです」

「オーケイ。次は」

「サファイ……違う。透明度が低いし、色も淡い……」

俺は指輪を見る角度を変えた。青い石をできるだけ下から斜めにのぞき込み、ペンライトの光を当てる。青い色が少し淡く見えるようになった。こんな石を一度二度リチャードに見せてもらった気がする。あの石の名前。何だっただろう。思い出せ。確かあれは。

「……アイオライト」

「ほう。よく知っていましたね。では次を」

一応クリアらしい。ほっとした。続いて三番目。これが一番の難題だ。

残りの石は見当がつくけれど、こんな石は今まで見たことがない。

キラキラ輝く淡いグリーンの石。透明感は水晶に似ていたが、こんな色のものは見たことがない。エメラルドの緑ではなく、アイスクリームチェーン店でお馴染《なじ》み、ミントアイスのようなさわやかな緑だ。ガーネットではない。ペリドットでもない。あれはもっと黄色味が強い。翡翠に近い気がするけれど、どうだろう。こんなに透明な翡翠はあるのか？　琅玕《ろうかん》翡翠はエメラルドと見間違えるような色だった。一番色味が近そうなのはターコイスだが、あれはこんなふうにキラキラ輝く石じゃない。

いろいろ考えているうちに、俺はいつの間にか自分が、山ほど宝石を見ていたことに気づいた。今年の春までは、ばあちゃんのピンク・サファイアのことしか知らなかったのに。思えば俺も遠くへ来たものだ。でも今はそんなことに感心している場合じゃない。

緑の石の名前は、結局思い浮かばなかった。初めて見る石だと思う。

「中田さん？」

「……わかりません。とばして次に行きます。アメシスト。こっちは確実だ」

「ほう。パープル・サファイアとは思われないので？」

「カットからしてアメシストだと思います。サファイアならもっと、とろっとした色だろうし、こんなにカクカクしてない」

「なかなか骨がある。よろしい。次は？」

「ローズクオーツ。これはわかります。一つ持ってるので」

「左様ですか。最後。ボーナス問題ですね」

「ダイヤモンド」

「よろしい。これを間違えたらお引き取りを願うところでした」

回答するだけは、した。でも考えるほど謎だ。

これほど色も硬度もばらばらの石を、こんなふうに一列に飾り付けた指輪なんて見たことがない。時々中づり広告で見かけるカラフルな石の指輪だって、大体似た色合いの石を並べたもので、『どんな服にも合わせやすい！』なんてコピーが写真の横に躍《おど》っていたりするのに。その点この指輪は落第点だろう。戦隊ヒーローの変身アイテムのようだ。

「グッフォーユー、は差し上げられませんね。一問落とした」

「…………写真を撮ってもいいですか。もう一度」

「ノー。最近はやりのSNSとやらにアップして、集合知の力を借りるおつもりですか？素晴らしい現代的感性ですが、そのようなことをしても無意味だと思いますよ」

「……どうして」

俺が眉間《みけん》に皺《しわ》を寄せると、シャウルさんは一秒、大きく口を開けて笑った。野生動物の威嚇《いかく》の仕草のようだ。

「あなたはこの指輪の意味がわかっていない。『コップ』という言葉を知りながら、手にはプラスチックの筒状容器を持っているにもかかわらず、その用途を知らないがために、己の手にしたものの正体がわからない。そういう人間を何と呼ぶか？『愚《おろ》か者』が適切でしょう」

「お、愚か者って」

「たとえです。あなたはそれと同じくらい、リチャードのことを知らない」

俺は口を真一文字に引き結んだ。俺の石の鑑別とリチャードのことが、どう関係するんだ。

「……俺はただのアルバイトで、リチャードに石のことを習っていたわけじゃ」

「これ以上墓穴の底で墓穴を掘る必要はありません。お黙りなさい。そうすれば少しはあなたも浮かばれる」

文学作品をそのまんま読んでいるような、この喋り方。リチャードにもいくらかそういう気配があったが、お師匠さまのほうが色が濃い。不思議と腹が立たないのは、リチャードの基準に慣れすぎたからかもしれない。こういう喋り方をする時のあいつは、怒って呆《あき》れているように見えても、それほど本気で怒ってはいなかった。この人もそうだと思う。

もう一言分くらいは、食い下がる余地があるか。

俺は指輪を片づけようとするシャウルさんの腕に、そっと手を置き、引き止めた。

「この石の名前がわかったら、リチャードがどこにいるのか、俺に教えてくれますか」

シャウルさんはにっこりと、俺に微笑みかけた。張りつけたように優しい顔だ。もう帰れと言っている。でもそうとは口にしない。リチャードの刺々《とげとげ》しい部分を三十倍くらい強調したら、こういう感じになるのだろうか。

「不思議なことを仰いますね。誰があなたにそのような約束を？　私は石の名前を言えたら情報を与えるなどとは、一言も申し上げていませんよ」

「どうにかします。絶対に。だから」

「それよりもあなたに必要なのは、己の欲望の在《あ》り方を今一度見つめ直すことでは？」

欲望の在り方？　俺が尋ねる前に、シャウルさんは補足してくれた。

「今一度、ご自分の胸に問いかけてごらんなさい。何故あなたは、リチャードに会いたいのです？　それは鏡を見つめても解決しない類《たぐい》の問題ですか？」

「……納得できないから」

「私はその回答に納得できません。納得できるかできないかは個人の問題だと、あなた自身が言いました。ではその『納得』のプロセスのあとに、あなたは何を求めるのです？　リチャードからの謝罪ですか、それとも関係の修復を？」

「……それは……」

会ってどうしたいかなんて、考えたこともなかった。

ただ俺はこの地獄《じごく》のような状況から早く抜け出したくて。

リチャードの真意を知りたくて。それで——知ってどうする？

俺が黙り込むと、シャウルさんは聞こえよがしにため息をついた。

「いやはや、日本人が動機の言語化を苦手とすることは知っていましたが、若年層でもここまでとは！　この国の教育機関は何を教えているのか、嘆かわしい。おっと失礼、このような言動はこの店のルールに反しますね。店主としてペナルティーを課さなければ」

自作自演の劇を演じる舞台俳優のように、シャウルさんは俺の前でめまぐるしく表情を変え、あっけにとられる俺に微笑みかけた。まるで出来の悪い子を慰めるように。

「来週の土曜、またここに来ます。それまでにはお茶の淹《い》れ方と同じくらい、お喋りに磨きをかけていらっしゃい、中田さん。ご自分の欲望の理由を説明できるのは、世界にたった一人、あなただけですよ」

今日はもう帰りなさい、とシャウルさんは言った。もう？　俺は壁の時計に目をやった。十二時半。不思議な気分になる。この店に来たのは十一時頃だったはずだ。時間旅行をしたような気分なのに、胃袋はぐーっと鳴って、別に時間をスキップしたわけじゃないぞと教えてくれた。

「……これから掃除をするんですよね、俺も」

「結構。私は潔癖症でして、他人のいい加減な掃除では我慢できない性質《たち》です。二度手間は御免こうむります。今日の夕方からは真冬のような寒さだと聞きましたが、コートはお持ちですか？　バカ弟子の勝手な雇用とはいえ、間接的にはあなたは私の部下です。多少は気遣ってやるのも私の務めでしょう」

言葉もない。リチャードが何年、このシャウルさんの下にいたのか俺は知らない。でも、喋り方が似るくらいあいつが信用していた相手であることは確かだ。だったらもう、俺にできるのは、この人のお眼鏡にかなうように全力を尽くすだけだろう。

「…………絶対、来週、ここに来ます」

「結構。十一時半ごろから私はここにいます。商談がありますので、午後二時前には引き上げてしまうでしょうが」

「わかりました」

ありがとうございますと頭を下げて、俺はエトランジェをあとにした。


銀座の中央通りを抜けて、俺はひたすら歩いた。新橋駅《しんばしえき》とは逆方向だ。このまま行くと東京駅に出る。京橋《きょうばし》のフィルムセンターあたりまで行ったところで、俺は少し足を止めた。ここでは昔の映画が格安で観られると、文学部の映画学科のやつが教えてくれた。あたり一帯は都心も都心なのに、いい塩梅《あんばい》に人が少なくて、自分でもわけがわからないのに無暗《むやみ》に歩きたいような時の散歩にはぴったりだ。

リチャードが消えた時、俺は穂村さんに電話をかけてうろたえた挙句、どうしてあんなことを言ったんですかと彼に質問してしまった。あの人は俺に言ったのだ。

リチャードが俺のことを、すごく好きなのではないかと。

友情とは違う意味で。

穂村さんはしばらく黙り込んだあと、彼がリチャードに、アルバイトを替えたらどうかと提案したという話を聞かせてくれた。リチャードが彼の自宅に訪問販売に赴《おもむ》いた時の話だ。俺の言葉遣いや雰囲気が、銀座の宝石店には相応《ふさわ》しくないように思えたからと。余計なお世話だが、確かにその通りだと自分でも思う。どう考えても気品が漂うような立ち居振る舞いはしていないし、敬語だってかなり崩れている。面白がってくれるお客さまばかりでもなく、俺がリチャードを呼び捨てにするだけで、上下関係はどうなっているんだと目を三角にする人もいた。国際色豊かな店の中では少数派ではあったけれど。

でもリチャードは、穂村さんの言葉を笑ってかわし、首を横に振ったという。

他の誰かではなく、傍に置くなら俺がいいのだと。

でも俺にはそれを言わないでおいてほしいと。

だからそういうことだと思っていた、という穂村さんの声を、俺は無人のエトランジェの前で呆然《ぼうぜん》と聞いた。勘違いだと思う。あいつが好きなのは俺ではなく、俺の作ったプリンや牛乳寒天だったのに、穂村さんはそれを知らなかったから勘違いしたのだ。そうに決まっている。でも逆はどうだ。俺はリチャードをどう思っているんだ？

恋？　俺がリチャードに？　ありえない。俺が好きなのは谷本《たにもと》さんだ。でもそれならどうして毎晩あんな夢を見るんだ。俺はあいつを好きだったのか？　そういう意味で？　俺は潜在的には唾棄《だき》すべき二股《ふたまた》野郎だったのか？　いやいやそれは今一番に考えるべきことじゃない。それよりあの石の正体を探り当てなければ。谷本さんに連絡してみよう。谷本さん。彼女のことを考えると胸が沸きたつ。リチャードはいつも俺の恋愛相談を呆れながら聞いてくれて。違う、石のことを考えるんだ。

恋愛と友情のボーダーラインは、そもそもどこにあるのだろう？

友達だと思っていた相手を好きになるなんてよく聞く話だ。性別による？　今時交際の相手を異性に限るなんて頭が古い。そうだ、最後に会った時に。

リチャードは自分の苦い恋の話を聞かせてくれたのだ。

ぼかされていてよくわからなかったが、外圧によって崩れてしまった関係の話で。

あいつの話し方では、相手の性別はわからなかった。

今度こそ大丈夫だと思ったのに、エトランジェを一歩出た瞬間から、俺の頭の中身はまたリチャードの影に支配された。これは本当のリチャードじゃない。俺の妄念だ。あいつに対する執着が渦を巻いて、俺のことを翻弄《ほんろう》している。谷本さんのことを考える時にも、苦しいことはあった。彼女が結婚してしまうかもしれないと思った時にはいっそ殺してくれとも思った。でもこれが、あの時と同じ苦しさとはどうしても思えない。全く違う相手の違う事情が原因で悩んでいるのに、数学の方程式みたいに同類項でくくって整理するなんて可能なのか。苦い思いだけが、いつまでも消えない。恋なのか？　これも？

じゃあ俺はリチャードと恋愛をしていたのか？　違う。俺が付き合いたいと思っていたのは谷本さんだ。でもリチャードも大切で――もう駄目だ。頭が働かない。

まるで自分で作った地獄のジオラマの中で、迷子になってしまったような気分だ。

あの石の名前を見つけなければ。ネットで『緑の石』なんて検索しても、出てくるのはエメラルドやマラカイトばかりだろう。あの石はどちらでもなかった。鉱物図鑑をあさってみよう。写真が一枚くらい見つかるかもしれない。

気を取り直した俺は、背後から近づいてくる気配に気づいた。俺に向かって歩いてくる。しかもかなりのハイペースで。懐かしい空手教室を思い出す。いいか正義、ひったくりや変質者っていうのはな、後ろからすごい速さで近づいてくるのに、止まる気配が一切ないやつのことを言うんだぞと、俺に教えてくれた師範《しはん》は元気だろうか。俺は今、全然元気じゃない。それでも彼の教えてくれた護身術はよく覚えている。

振り向いた俺の真後ろには、男が迫っていた。右肩を荒っぽく摑まれる。

「なあお前！　そこのお前よお！　ちょっと顔を貸ったたたたたたたた！」

とりあえず俺は男の手首を摑んで軽く捻《ひね》り、一拍後に反対側にぐいっと回した。これで普通は悶絶《もんぜつ》して何もできなくなる。ここで足払いをかければ完璧なのだが、ここは畳《たたみ》の道場ではないし、そこまでするような行為もされていない。でももうちょっと捻っておこう。

「あえってててててて！」

「そんなふうに人に声をかけてどうするんですか。キャッチですか。間に合ってます」

「違う違う放せはなってててマジで痛いこれマジでやばい勘弁してくれ許してくれ」

「ちょっと緩《ゆる》めますね」

俺が少し力を抜くと、茶髪の男はあーあーと呻《うめ》きながら前のめりになった。三十がらみ、くたびれた風体。キャッチでなければ何だろう、因縁《いんねん》詐欺《さぎ》か？

「あーっ、ヤバいぜ……今ちょっと地獄を見た……」

「奇遇ですね、さっきまで俺も似たようなもの見てました。どこかでお会いしましたっけ」

「とぼけやがって！　俺は……何だっけなお前と会った時の名前？」

「……ああ、佐々木さんでしたっけ」

思い出した。詐欺師の佐々木だ。本名義綱《よしつな》。偽物《にせもの》のトルコ石をデート商法で売っていた雇われ詐欺師で、リチャードと俺の仮装行列のような脅しで仕事を失ったらしい。ご愁傷《しゅうしょう》さまである。全くの偶然だったが、その後一度エトランジェに来店し、雇用主たちが自分を置いて逃げてしまったことについて悲哀をかこっていったことがある。リチャードに気づいたら三秒で逃げ出したが。確か俺はあの時『山田』と名乗っていたっけ。

俺が手を放すと、へへへと笑う詐欺師の佐々木は、ポケットに両手を突っ込んで距離を取った。逃げるつもりはないらしい。俺に話があるということか。

「ここで会ったが百年目ってやつだぜ。やばいやつのお先棒《さきぼう》を担《かつ》いじまったなあ、山田《やまだ》くん。お前と上司が俺にしたことはな、威力業務妨害って犯罪になる可能性があるんだぜえ！　わかってるか？　お前、前科一犯になっちまうぞ」

「はあ」

懐かしい話を振ってくる。威力業務妨害。やくざな人が店で暴れた時なんかに、事件を立件するために使われる罪状だと聞く。それを訴えるためには、まずこの佐々木が俺を警察に連れていかなければならない。そうしたらどうなるだろう。こいつの被害にあった女性は、俺の知り合いの女の子だけには限らないだろうし、余罪は他にもいろいろありそうだ。大丈夫なんだろうか、そんな自爆行為をして。腹を探られたら困るのはこいつのほうではないだろうか。大体そんな思いをこめて、俺が佐々木の顔をじーっと見ると、何を思ったのか詐欺師はにやにや笑った。

「大丈夫なのか？　そんなに余裕綽々《しゃくしゃく》で。知ってるぜ。お前のいたあの店がしばらく開いてないって。おまけにお前の上司もいない。違うか？　銀座にいないって言ってるわけじゃねえ。日本にいないんだよな？」

俺が驚いた顔をすると、佐々木は我が意を得たりとばかりに嬉しそうにけけけと笑った。お互い考えていることが全く嚙《か》み合っていないので腹も立たない。ただ気になるだけだ。

何故こいつがそんなことを知っているんだ。

俺が尋ねると、佐々木はうんうんと頷きながら、くたびれた上着のポケットに手を突っ込み、長い財布を取り出した。レシートを入れておくような隙間に、四つ折りになった紙が突っ込まれている。スマホか何かで撮影した画像を引き伸ばしたのだろうか。人間が写っている。手前に大きく人間の頭が写っていて邪魔だが、スーツの男の全身像がある。

――リチャード。

黒いキャリーを持って、手元の書類に目を落としている。背後には数字だらけの大きな看板が写っていた。どこかの空港らしい。看板の下に表記があった。成田《なりた》第一ターミナル。別人のように浮かない顔をしているが、服装に見覚えがある。最後に別れたあの時の服だ。右下に日付と時刻が入っている。忘れもしない、一カ月前のあの日だ。手に持った書類の内容も、文字が大きいところなら読める。チケットだ。ＮＲＴと書いてある。海外からエトランジェにお越しのお客さまの荷物タグでお馴染みの、飛行場の識別コードだ。ＮＲＴはナリタ。じゃあこのＬＨＲは？

「仕事をなくした詐欺師の行動力を舐《な》めるんじゃねえぞ！　ウェブで発券するｅチケットが写ってるよな？　この記号はロンドン・ヒースロー空港って意味だろ、わかるか？　イギリスの空港だよなあ！　てことはだ、お前の上司は今外国にいるわけで？　お前は一人ぼっちで日本に残されちまってるんじゃないのか？　なあ山田くんよ、俺の後ろにはさる大きな、頬に傷のあるお兄さんたちの団体がついていてだなあ」

「お前……！」

俺は佐々木の両腕を摑み、思いきり揺さぶった。何しやがるこの野郎と佐々木がいきりたったので、仕方なく関節技をかける。ああっという情けない悲鳴とともに、詐欺師の佐々木はこてんと転んだ。申し訳ない。でも嬉しくて止まらない。

「お前、恩人だよ！　ありがとう！　本当にありがとう……！」

「痛い痛い痛いマジで痛いやめてやめてくださいやっべ本当に痛いこれ」

「俺もう、胸がいっぱいで、何て言ったらいいのかわからないよ！」

「お前ふざけんじゃあぎゃーッ！　すみませんバックにヤクザは嘘《うそ》です、すみません！」

「わかってます。あいつからあなたは闇金《やみきん》に借金があるって話も聞いてますから。どっちかっていうとヤクザから逃げてる側ですよね」

「何だと！　あなどれねえな、エドワード・バクスチャー……じゃなかった。何だっけか、お前の上司の本名は。リチャード・クレアモント？」

弾かれたように、俺は佐々木の手から画像入りの紙を奪った。パスポートは写っていない。ここから読み取れる個人情報は、リチャードの飛行機のチケットの大きな文字だけだとしたら。

「……その名前、どこで？」

「ん？　リチャードさんのお名前か？　そりゃお前、暇な詐欺師の行動力を」

「これは独り言ですけど、護身術って割合に手加減をしてる技のことなんですよね。でも一応俺は黒帯まで頑張ったわけで」

「こ、ここは平和的にいこうぜ！　俺は平和を愛する男なんだよ！」

「俺も平和は大好きです。どこでその名前を聞いたんですか」

「……名前なんて誰に聞いてもわかるだろ？」

嘘だ。俺の知る限りリチャードはいつも『リチャード・ラナシンハ・ドヴルピアン』で、

『リチャード・クレアモント』という名前はあいつにとってタブーだったはずだ。初めて出会った夜の原宿《はらじゅく》の警察署でも、あいつが提示していたのは名刺で、クレアモント姓の書かれたパスポートではなかった。

「……どんぴしゃなタイミングで写真が撮れてますけど、どうしてこの時間に、リチャードが空港に行くってわかったんですか」

「タレコミがあったんだよ。お前の探してる男がいるかもしれないってな」

「誰から？」

「んなことお前に言えるかって」

俺がじいっと佐々木を見つめると、詐欺師は半歩後ずさりした。頼むよ、と俺が悪夢にうなされたように告げると、佐々木はやべえと呟《つぶや》いた。一歩近づき、頼むよと畳《たた》みかける。頼むからさ、と三回繰り返すと、佐々木は俺の異様なムードに折れた。手加減してかけてもあの技がけっこう痛いのは、俺も師範の実演で知っている。

「し、知らねえよ！　ただ俺があのイケメンのジュエラーを探してるって知ったら、向こうから近づいてきたやつがいて、そいつが俺に情報を流してくれたんだよ。それ以上は言えねえな」

「……それ、日本人か。それとも外国人か。褐色の人か、白人か？」

「おおっとお、顧客の情報を漏《も》らすほど落ちぶれちゃいや待て待て近づいてくるな近づくな！　近づくなってば！　白人だよ！　このリチャードと似たお国のやつだろ！」

白人。よかった。シャウルさんを疑わなくて済む。でも誰だ？　リチャードを探している人間がいる？　そもそも何故リチャードは、名前をずっと隠していたんだ？

あいつが『クレアモント』という名前を使っていなかったのは、ただ自分の家が嫌いだからではなく、もっと切実な理由があってのことであるはずだ。理由は教えてもらえなかったけれど、そうでなければわざわざそんな不便なことはしないだろう。偽名を使う理由。何だろう。そういえば一度、俺の母のひろみも、しばらく名前を変えていたことがあった。あれは俺の父親の、あのＤＶ野郎が追いかけてくるから、逃げる必要があった時のことだ。

あいつを追ってくるやつがいる？

想像と妄想の狭間《はざま》でぐらぐらしている俺を、いつからか佐々木はしらじらと眺めていた。俺が我に返ると、呆れたように詐欺師は嘆息した。

「お前もしかして、自分の上司がどこに行ったのかも知らなかったのか」

「……知らなかったよ。あの店だって、これからも続くかどうか、俺は知らないし」

佐々木は少し驚いたあと、心から嬉しそうに憐《あわれ》みの表情を浮かべた。ため息が煙草《たばこ》くさい。

「何だよ兄弟、お前もブラック上司にブッ千切《ちぎ》られたクチか！　あーあ、残念だぜ。あの金髪の兄さんにタカり倒してやるつもりだったのになあ」

「おい」

「冗談だよ、しかしお互い勤め先を選ぶ目がねえな。これも何かの縁だ、仲良くやろうぜ。これからビアホールでも行くか？　お前のおごりで」

俺が冷ややかな視線を向けると、佐々木は両腕を抱きしめて後ずさりした。これ以上の護身術は御免ということだろう。『勤め先を選ぶ目がない』？　見当違いもいいところだ。俺は後悔なんて少しもしていないのだから。

「そんなに怖がらないでください、もう何もしませんよ。でも……よかった。本当に助かった。地球上のどこにいるのかもわからなかったから……」

「わかったって同じことだろ？　イギリスだぜ？　地球の裏側だ。高飛び大成功だよ」

「そうでもないだろ。だって場所がわかれば」

飛行機のチケットを買って、行けるわけだし。

俺がぼそぼそ呟くと、佐々木は愕然《がくぜん》とした顔をした。

「……お前、ちょっと頭を冷やせよ。そんなことしたら未払い賃金を全部合わせるより高くつくだろ。いくらボラれたか知らねえけど、まだ若いんだからやり直せるぜ。な？」

「ボラれてない。俺はあいつに会いたいだけなんだ。こんなことするやつじゃない」

俺がそう言った瞬間、佐々木がすーっと醒《さ》めたのがわかった。あっこいつは駄目だとでも言わんばかりで、およそ詐欺師のリアクションとも思えない。何だ。今の俺の何が悪い。

「……あのさあ山田くん、これは俺の人生経験から出た、損得抜きの話なんだけどよ」

「別に聞きたくない」

「『女たらし』っているだろ、俺はわりとそっちの才能があるんだけど、性別問わず『人たらし』の才能がある人間もいるんだぜ。知ってるか」

「知らないよ。興味がない」

「まあ聞くだけ聞け。そういうやつは大概《たいがい》、聖人君子じゃないんだな。でかい欠点がある。でもそれが魅力と直結してるんだ。で、『自分がいないとこいつはどうにもならない』って周りの人間に思い込ませるのがうまい。本人はそんなつもりはないんだぜ、でも周りにいるやつらは魔法にかけられたみたいにみんなそう思っちまうんだ。才能っていうよりフェロモンだな。生まれつきの顔だちの魅力みたいなもんか」

「何のことだかわからない。もういいよ。お前もこれ以上痛い目に遭いたくないだろ。上段回し蹴《げ》りとかさ」

「そんなもん喰《く》らったら俺は病院送りでお前は刑務所だぜ、冷静になれ。あいつは俺の何倍も抜け目のない詐欺師でジゴロで人たらしだ。確信がある」

「あいつはそんなやつじゃない！」

　俺の声は悲鳴のように響いたようだった。四車線の道を挟んで向こう側の、喫茶店から出てきたばかりのお客さんが、俺たちを見て足を止めている。

佐々木は見るに堪《た》えない何かを眺めるように俺を一瞥《いちべつ》すると、小さく舌打ちをした。

「……お前の顔見てると騙してきた女の顔がチラチラ浮かんで気分が悪い。忠告はしたぜ。その紙は記念にやるよ。彼女つくって恋愛しろ。じゃあな」

大学の中央図書館の静寂に包まれて、俺は白紙のノートを見つめていた。ノートの周りを三種類の鉱物図鑑が囲んでいる。ざっと目を通したが、まさにあの石だという標本は見つからなかった。似たような石はあったが俺の力では絞り込めない。現物と比較しようにも、写真もない。

頭の中身を整理しよう。現状一番の問題は、あの石の名前を当てることだ。それなのにどうしても俺の思考は別の方向に歩いていってしまう。まずはそちらの決着をつけるのが先決だ。

俺はどうしてリチャードに会いたいんだ？

恋をしているのか？　本当に？　このいてもたってもいられない気持ちがそれなのか？でもこれは、どちらかというと大災害のあとから連絡がとれない親類をそのまま放り出しているような焦燥感に近い気もする。もう二度と会えなかったらどうしようという恐怖だ。でもリチャードは最後に俺に挨拶《あいさつ》をしてくれた。あれは明らかに『さよなら』で『追いかけてくるな』だ。それを汲《く》むなら俺はもう、あいつのことは追求しないべきなのだろう。

成田とロンドン・ヒースローの往復は、格安航空券なら五万もあれば足りそうだった。でも滞在費は含めていない。弾丸旅行のような日程で人探しなどできないだろう。時間がかかる。金もかかる。シャウルさんが本当にリチャードの行った場所を正確に知っていて、首尾よくそれを聞き出せたとしても、あいつが一か所にじっとしているとも限らない。

現実的に考えれば考えるほど、俺の求める『納得』は、到底手が届きそうにないものに思えてきた。人間にはみんな自分の都合がある。リチャードにもある。俺にもある。

そういうものだと、諦めればいい。

人生はそういうものだと割りきればいい。

あいつはそうしろと言ったんだから、そうすればいい。

航空券や宿の値段を比較して、冬期休暇までの課題を一週間でやっつけて、荷造りをするなんて大馬鹿《ばか》なことをしているとあいつが知ったら、呆れすぎてものも言えないという顔をするだろう。俺自身よくわかっている。でも、もう、何を考えても、全部がリチャードのところに行ってしまうこの状態を、いい加減にやめたいのだ。そのためにはどうにか行動するしかない。それとも――本当に――諦めるのか？　諦められるのか、俺は？

まとまらない。頭の中身はカレー鍋のようにぐちゃぐちゃだ。

頭を抱えてため息をつくと、誰かが俺の前で笑った。ふっと、優しい声で。

「浮かない顔だねえ」

顔を上げると、目の前に天使がいた。ダンディな顔で微笑む天使が。

「谷本さん……いつから」

「けっこう前だよ。正義くん、ちょっと」

いいかなあ、と笑って、彼女は俺を図書館の外に連れ出した。近所の喫茶店で、彼女はクリームソーダをオーダーした。寒くなってきたから今年は飲み納めかな、と呟きながら。

「心配しちゃったよ。図鑑を広げて、この世の終わりみたいな顔をしてたから」

「……………………」

「私で相談に乗れることがあるなら、何でも聞くけど」

どうかな、と谷本さんは笑った。もうその瞬間から俺は泣きそうになっていた。言いたい。全部言いたい。洗いざらい誰かに話してしまいたかった。

「俺のバイト先の人が……いや、すごく世話になってるやつが……違う。大事な……何て言ったらいいのかわからない相手が……急に消えて、どうしたらいいのかわからないんだ」

「それって、前に私にスポーツカーを見せてくれた、あの外国の人?」

俺は無言でがくがくと頷き、何もかもを喋った。今年の春にリチャードと出会った時のことから、あいつの銀座の店でのアルバイトが楽しかったこと、おかげでいつの間にか俺も石が好きになっていたこと、俺をいつも応援してくれたこと、甘いものが大好きでしょっちゅう高級な小さい菓子をぱくついていたのに、一番好きなのは俺が作ったつまらないプリンだったこと。俺はそれが無性に嬉しくて、大した腕でもないのに毎週菓子折りをさげてバイトに向かったこと。でもひと月前、急な電話の一本を残して、煙のように消えてしまったこと。どうやらロンドンに向かったらしいこと。それしか情報はないのに、何故か追いかけたくていてもたってもいられなくなってしまったこと。でも追いかけていってどうしたいのかは自分でもわからず、どうしたらいいのか混乱していること。

個々の事柄を話すのなら、もうこれで十分のはずだった。だが俺の口は止まらなかった。一番困っているのは、自分の感情のやり場がどこにも見つからないことなんだと、口に出して初めてわかった。自分が自分に振り回されている状態が、こんなに苦しいなんて知らなかった。他でもない谷本さんにこんなことは相談したくない。嫌だ。でも他の誰にこんな話を聞いてもらえるだろう。今の俺はブレーキの壊れた車みたいだ。

「……本当に俺、自分がどうしてこんなにめちゃくちゃになってるのか、わからないんだ。何でだ？　家族でも、付き合ってた相手でもないのに……これって恋なのか……？」

「正義くんはその人に恋をしてるの？」

違う。俺が好きなのはあなただと言いたい。でも今の俺にはそれが自分の本心なのかわからない。どうしてだ。何て答えたらいい。もう何もかも。

「わからない……本当に……自分のことが、全然……わからないんだ」

「そうかなあ？　私にはちょっと、わかる気がするけど」

「えっ」

　俺がたじろぐと、谷本さんは澄んだ大きな黒い瞳で俺を見て、言った。

「恋かどうかは置くとして、正義くんの今の状況は、わかりやすいと思うなあ。正義くんは混乱してるんじゃなくて、怒ってるんだよ」

「…………俺が？」

「大好きな人に裏切られて、悔しいんだよ。急にいなくなっちゃうことを、どうして自分に話してくれなかったの？　何かあったなら、どうして相談してくれなかったの？　って。でも正義くんはいい人だから、相手の事情も知らないし、家族でも恋人でもないのに、勝手に怒っちゃうなんてよくないことだぞーって自分を抑《おさ》えてる。相手にとっての自分は、自分にとっての相手ほど、大事な人じゃなかったのかもしれないって思って、がっくりきちゃってるんだけど、そういう気持ちも抑えてる。そこで心が二つに割れて、本当のことがわからなくなっちゃったんだよ。でも悔しい気持ちは消えないから、内圧で心の岩盤がズレを起こして、断層の上にいる正義くんが、ずっとぐらぐらしてる」

「…………」

「違うかなあ？」

　谷本さんは照れたように、首をかしげた。俺は何も言えなかった。胸の奥にすうっと、冷たい水が落ちてゆくような不思議な感覚があった。落ちていった冷たい水は、その百倍の容積の水と一緒に戻ってきて、俺は思わず自分の口を押さえた。吐きたいんじゃない。泣きそうなのだ。何なんだこれは。納得感というのはこんなに暴力的なものだったのか。

「大丈夫？」

「あいつ……あいつ！　あいつを……！」

「『あいつを』？」

「……殴りたい！」

「あ、正義くん今ちょっと、元気な声になった」

「ぶっとばしてやりたい……！　人がどれだけ心配するか知りもしないで！　何だよ『信じすぎると傷つく』とか！　お前が言えた話かっていうんだよ！　あいつがあんなにいいやつじゃなかったら、俺にあんなに優しくしなかったら、誰が信じるかっていうんだよ！　お前のせいだぞって言ってやりたい！　俺が、俺が……こんなに……」

「こんなに？」

「……あいつを好きなのは」

俺はテーブルの上に目を伏せた。いきなり大声をあげた俺に驚いたらしく、お店のマスターが俺たちのテーブルに近づいてきたが、大丈夫ですからと谷本さんが会釈してくれた。最悪だ。大丈夫じゃない。俺だけが全然大丈夫じゃない。

あいつのことが好きだ。好きだから心配で、猛烈に腹立たしくて、悔しくて悲しい。どうして何も言ってくれなかったんだ。俺なんかどうでもいいと思っていたから何も言わなかったのか？　ならどうしてあんなに優しくしたんだ。考えれば考えるほど、俺にはあいつを心配する権利がないと言われているようで、それが猛烈にやりきれない。そういう相手だからこそ、あいつはよくしてくれたのかもしれないと思うとなおさら。ひょっとしてこういう別れ方になると、あいつは最初からある程度予想していたのか？　だから夜道で出会ったどうでもいい相手をアルバイトに雇ったのか？　俺でなければ駄目だというのはそういうことだったのか？　ひょいと放り出していっても気が咎《とが》めないからと。そんなはずはない。あいつはそんなやつじゃない。でもこれは。

俺がそう信じたいだけなのか。

恋かどうかはわからない。わかるのは俺があいつを好きだということだけだ。好意に色別の付箋《ふせん》をつけて、これが家族愛、これが隣人愛、これが恋人への愛と分類できたらいいのに。これはどういうタイプの『好き』なんだ。正体不明だ。あの謎の石のように。

あまりにも長い間、俺が黙っていたせいか、谷本さんは再び優しく声をかけてくれた。

「ねえ、正義くんは『ザルツブルクの小枝』って知ってる？　『結晶化』は？」

「…………石屋さん関係の言葉？」

「一応そうなんだけど、どっちかっていうと仏文学系かなあ」

全然知らないと俺が答えると、谷本さんは優しく笑った。そしてザルツブルクというオーストリアの都市の話が始まった。モーツァルトの生まれ故郷で、音楽祭が有名だというが、谷本さんには大きな岩塩鉱山にほど近いことが最重要事項らしい。岩塩。陸から塩がとれる。大昔には海だった場所ということだ。街の名前の由来も、ザルツが『塩』、ブルクが『砦《とりで》』の意味だそうだ。塩の砦。そこにまつわる逸話《いつわ》があるという。

「岩塩鉱山の洞窟《どうくつ》の中に、何の変哲もない小枝を一本放り込んでおくの。二、三カ月たってから枝を取り出すと、枝は大変身しているんだ。枝の周りにびっしり岩塩の結晶がくっついていて、まるでダイヤモンド細工の小枝みたいに見えるの。キラキラ輝いて、とってもきれいで、中の枝はもう全然見えない。これが『ザルツブルクの小枝』」

「……地方の名産品の話？」

「ううん、恋愛の話だよ」

　あっけにとられる俺の前で、谷本さんは声を潜《ひそ》めて、わからないからいろいろ勉強したんだと微笑した。よく覚えている。俺の愛する彼女は、『恋愛』というものが全部他人事に思えるし、したいと思えないのだという。リチャードがいなくなる直前に打ち明けられた秘密だ。彼女はいつも天使のように可愛い。でも今の俺には、谷本さんは今までとは少し違う天使に見える。啓示《けいじ》を与えてくれる大きな存在に。

「スタンダールの『恋愛論』って本に書いてあったんだけど、人が人を好きになるには段階がいくつかあって、その何番目かに『結晶化』っていう状態があるんだって。あばたもえくぼって言うとわかりやすいかな。好きで好きで仕方がなくて、もうその人のことがパーフェクトな存在に見えちゃうの。本当はただの小枝なんだよ、でも『好き！』って気持ちの岩塩が張りつくと、キラキラの魔法の小枝になっちゃうの」

生きた宝石。

俺はリチャードのことを、そういうふうに思っていた。そんな人間がいるわけないだろと言われるたびに、でも美しい自然現象を眺める時の感動は共有できるだろうと俺は返してきた。まともにとりあってもらえなかったけれど。

谷本さんは俺のそういう認識こそが、『ザルツブルクの小枝』だというのか？

「そ、ういう状態、は……恋、なのか……」

じゃあ、これはやっぱり恋なのか。つまり俺は、精神的には二股を——

「ううん、私はそうは思わない」

一言で谷本さんは俺の絶望感を一刀両断した。えっ。違うのか？ ならこれは一体。

「だってこれって、別に恋愛関係に限った話じゃないよね？ 人付き合い全般で、こういうことがあるでしょ？ 私は恋愛はわからないけど、『結晶化』のことはわかるもの」

「あ……確かに」

尊敬する相手の一挙手一投足は、なんだか無暗に格好よく見える。同じことを他の誰かがしていても気にも留めないのに。そういう『好意バイアス』がかかっている状態が、谷本さんの言う『ザルツブルクの小枝』であるわけか。確かに恋に限った話じゃない。

「正義くんは、その人のことが好きで、尊敬していて、ずっときれいな思い出の人にしておきたかったのに、最後にがっかりするようなことをされちゃったから、怒ってるの？」

「違う。そうじゃないよ。俺は」

　そこで言葉に詰まっても、谷本さんは静かに待っていてくれた。彼女はもう俺の答えを知っている。自分の心の岩塩坑《がんえんこう》に投げ込んだ、キラキラ輝く小枝をずっと保存しておきたくて、しゃかりきになっているわけじゃない。暗い洞窟を出て、外の光に目を向ける頃合いだ。

「あいつが好きで……何度も助けてもらったから……いつか自分も、あいつの役に立ちたかった。そういうチャンスが来るまでは……せめて近くにいたかった」

　口に出して、初めて気づいた。この出口のない気持ちを味わうのは二度目だった。前はこんなに強烈じゃなかった。あれは俺が高校生の時だ。ばあちゃんが死んでしまった時。最後まで苦しんでいたのに、俺には何もできなかった。あの時のような無力感が、今回は何倍にもなって襲ってきたのは、きっと俺が成長してきたからだろう。あの時の俺は高校生だったのに、大学生になってもまた同じことをやっているのかと、自分で自分に失望したのだ。

「えっと、それで、ロンドン行きの話だっけ」

「ああ、うん……」

「行ったほうがいいと思う」

俺は思わず真顔になってしまった。谷本さんはまっすぐ俺の顔を見ている。軽い冗談を言うような雰囲気ではない。そもそも彼女はこんな時に冗談なんて言わない。

黒髪の天使は、もう一度繰り返した。

「ロンドンでもどこでも、行ったほうがいいと思うな」

「……どうして？　だって……会える可能性なんか、ほとんどないのに……」

「それはそうだけど、それは全然、正義くんの本音じゃないでしょ」

俺の本音。谷本さんは呆然とする俺に語り始めた。

「話を聞いてる間、ずっと思ってたことがあるんだ。正義くんにとってその人は、私にとっての正義くんみたいな人なんだなって。とっても大切な存在で、私にはできないことができて、優しくて、でも時々一人で悩んでることがあって、危なっかしくて心配になっちゃうような人なんだよね。もしもの話だけど、正義くんがいきなり電話で『もう会えないけど、人に傷つけられても心を強く持って生きろよ』なんて言って消えたら、私絶対に納得できない。追いかける。だって私の知ってる正義くんは、そんなことをする人じゃないもの。そんなことをしなきゃいけない理由が、絶対にあったはずだもの。それを私に相談できない理由もあったはずだもの。そもそも、そんなことをして正義くんが傷ついてないはずがないもの。そんなふうにお別れするなんて絶対に嫌。もし何か一つでもヒントが見つかったら、私マダガスカルだってオーストラリアだって追いかけていくよ。もちろん不安だけど、現地についたら地元の人に質問すればいいんだもん、簡単だよ。二十歳《はたち》くらいで黒髪で、身長は百七十センチくらいで、すっごく優しい日本人を見ませんでしたか？って」

谷本さんは恥ずかしそうに笑った。喫茶店の入り口から光が差して、彼女の輪郭《りんかく》をふんわりと白く浮かび上がらせている。

「……もちろん、会えないかもしれないのはわかってるよ。それに会えても喜んでもらえるとは限らないよね。お説教されるだけかもしれないし、迷惑かも。それでも……じっとしているよりはいいな。だってもう、二度と会えないかもしれないって思ったら、私、他のことが何もできなくなっちゃうと思うもの。それだけは絶対に嫌。納得できない」

「マキァヴェリの……『やらないで後悔より、やって後悔』かな」

「そんな言葉があるの？　うん、そんな感じかも」

他でもない。あいつが俺に言ったのだ。谷本さんのことを相談した時に、あいつが俺に。

谷本さんは照れたように付け加えた。

「『家族でも恋人でもないのにどうして？』って誰かに質問されたら、こう答えるんじゃないかな。『大事な友達で、もう一度会って話がしたいの。そのために探してる』って」

谷本さんは最後に、にっこり笑った。

ぐちゃぐちゃのカレー鍋の中身を、天使がきれいに整えて、弁当箱につめてくれた。思っていたより見栄えのいい弁当ができていて、俺は何だか無性に泣きたくなってしまった。呆然としている俺に、谷本さんは申し訳なさそうに笑った。

「いろいろ、勝手にごめんねえ。でもこれだけは言わせて。恋してるかどうかって、他人に決めてもらうことじゃないと思う。自分の心で決めるものだよ。正解がわからない時って、焦るから、既製品の答えが欲しくなるけど、『それは恋だよ』って誰かに言われても、逆に『そんなのは恋じゃないよ』って言われても、何の意味もないと思う。だって自分の心の持ち主は自分だけだもん。それに、誰かを一番好きな気持ちの全部が全部、恋愛ってわけじゃないと思うし、そういうのを大雑把《おおざっぱ》にまとめちゃうのは、私はあんまり好きじゃないな……あーあ。石のことでもないのに、またたくさん喋っちゃった。正義くんといるとこういうことがよくあるんだ。ごめんねえ」

「謝らないで、お願いだから……谷本さん……俺、何て言えばいいのかわからないよ」

「正義くんが話してくれてよかった。怒ってるの丸わかりだったもん。岡目八目《おかめはちもく》だねえ」

「ありがとう。俺……本当に、あなたのことが……好きだ。会えてよかった」

「わあ、嬉しい！　私も正義くん大好き。私は今まで恋したことないし、まだ怖いけど、できるかどうか試してみたいなって思ったのは、正義くんが見守ってくれると思えたからなんだよ。正義くんがいない間に彼氏ができたらすぐ報告するからね」

「いっ……いるの？　彼氏候補が……もう？」

「え？　ううん、一人もいないけど、意気込みだけはあるよってこと」

谷本さんは困った顔で笑った。少しほっとする。サバイバルが予想されるロンドン滞在中にそんな連絡を受けた日には、大打撃は確実だろう。でも大丈夫だ。彼女は俺のことを、大事な友達と言ってくれたのだから。大好きだと言ってくれたのだから。俺がリチャードを好きなのと、同じくらい。今はそれで十分すぎるほどだ。俺の心は満ち足りている。

だから別のやつのことを考えよう。

リチャードを追いかけよう。二度と会えなくなるのは御免だ。

俺はそこまで考えてから、はたと思い出した。何のために図書館で鉱物図鑑を広げていたんだ。目の前にいるのは鉱物岩石の天使だ。彼女の力を借りなければ。

そういえば。

「谷本さん、さっき話してくれた『ザルツブルクの小枝』の話だけど、そんなふうに、別々の物質がくっついて結晶化するような鉱物ってあるのかな？」

「えーと、さっきの岩塩の話は、湿度の働きで枝に塩がくっついてるだけなんだけど……正義くんが言ってるのは、カルサイトと水晶がくっついてたり、シデライトとパイライトがくっついていたりするような、そういう標本のこと？」

多分そういうものだと思う、と俺が首を縦に振ると、谷本さんはなるほどねと頷いてくれた。愛らしい顔立ちの中に物憂《ものう》げな陰《かげ》が漂う。大きな瞳の下にはぐっと皺が寄った。

「あるよ。わかりやすいのは水晶かな。母岩の色が透けて見えたりして、珍しい色の水晶みたいに見えることもある。そういう標本を集めている人もいるよ」

「じゃあミント色の水晶とかも、あり得るのかな！」

「ミント色？　どんな？」

俺は謎の石の色合いを、できる限り言葉で説明した。金の指輪にセッティングされていて、ミントアイスのようなさわやかな淡い緑色。ぱっと見た感じは水晶に近かった。でもあんな色の水晶は見たことがない。写真撮影は不可。

「……合成石かな？　でもリングにわざわざそんなものを使うとも思えないね」

「悪いものじゃないと思うんだ。少し古そうな指輪だったから」

「でも『写真は駄目』か……何だかひっかかるな」

「どういうこと？」

だって石の名前一つでしょ、と彼女はあっけらかんと告げた。

「そんなの写真があってもなくても、一週間も調べればわかるんじゃないかな？　博物館に行けば、鉱物学専門の学芸員さんに話を聞くことだってできるだろうし」

そう言われればそうだ。別にインターネットにアップすることだけが、情報を募《つの》る唯一もしれない。
無二の方法というわけじゃない。記憶の限り話すだけで、これだとわかる人だっているか
「……じゃあ、本題は、石の名前じゃ……ない？」
「かもしれないなって。何か特別な意味がある指輪なのかも」
特別な意味のある指輪。そうだ、シャウルさんは何て言っていたっけ。
コップという言葉を知りながら、その用途も形状も知らないから、自分が手に持ってい
るコップが何であるのかわかっていない愚か者――あれはどういう意味だったんだろう。
「そういえば変な指輪だった。いろんな石が横並びについてるんだ」
「いろんな石？　どんな石だったか覚えてる？」
「メモがある」
左から順にルビー、アイオライト、ミント色の石、アメシスト、ローズクオーツ、ダイ
ヤモンドの六粒。店を出てすぐ、スマホのメモ帳に書き留めたのが役に立った。
谷本さんはしばらく考え込んでいたが、ちょっと待ってねと俺に前置きして席を立ち、
何分かあとに戻ってきた。俺たちのいる席は電波が悪かったらしい。彼女のスマホの画面
には、アンティークショップのお買い物画面が表示されていた。
「正義くんはアクロスティック・リングって知ってる？『ディアレスト』や『リガー
ド』とか、メッセージのこもった指輪なんだけど」

「結婚指輪みたいに、イニシャルを指輪に彫るリングのこと?」

「そういうのとは違う。これを見て。いろんな石が並んでいるでしょ」

谷本さんは俺の対面から隣の席に移り、水のグラスを脇にのけて、スマホを真ん中に置いた。画面の中の写真には、カラフルな色がぐるりと円形に配置された指輪が写っていた。一枚いちまい花びらの色が違う七弁の花が、ぱっと咲いているようにも見える。

「これは『ディアレスト』だね。時計回りにダイヤモンド、エメラルド、アメシスト、ルビー、またエメラルド、サファイア、ターコイス。このイニシャルでディアレスト」

「え……? 待って待って。意味がわからない」

俺が唖然《あぜん》としていると、ああそうかと谷本さんは頷いた。

「石の名前の頭文字をとって、繋《つな》げて読むの。ダイヤモンドはD、エメラルドはE、アメシストがA、ルビーのR、またエメラルドでE、サファイアのS、ターコイスのTで、ディアレスト。『最愛の人』って意味を込めた指輪。ポージィ・ジュエリーの一種だね。高級な遊びだけど、これはイギリスのアンティークって書いてあるから、きっと貴族階級のプレゼントか何かだったんじゃないかな」

石のイニシャルをとって、単語を作る。頭にかかっていた霧がみるみるうちに晴れてゆくような瞬間だった。イギリスの貴族。知り合いが一人いる。家にまつわる相続のせいで人間関係が壊れたと語っていた、優しすぎて心配になるような宝石商が。

「じゃあ、俺が見た指輪も」

「ルビーから始まって、ダイヤで終わる六粒だったんだよね？　リガード・リングじゃないかなあ。ＲＥＧＡＲＤで、『敬愛』とか『敬慕』ってこと。六文字だし、今でもけっこうポピュラーだし。もう一度メモを見ていい？」

俺はすぐさま谷本さんにスマホを差し出した。これがシャウルさんが俺に解かせたがっていた謎の正体なのか。俺が解くべき謎だったのか。体の奥が熱くなってくる。何と言って彼女に感謝すればいいんだ。

「あっ正義くん待って、違う。ごめんね」

「え」

どういうことかと俺が呆《ほう》けると、谷本さんはメモのアイオライトの部分を指さした。

「ルビーの後ろが、エメラルドじゃなくてアイオライトでしょう。アイオライトの綴《つづ》りって、Ｅからじゃなくて、Ｉからだから、違っちゃう」

「俺が見間違えたのかも……」

「そんなこと言っちゃだめだよ。石のことは本物を見た人にしかわからないんだから。自信を持って。正義くんの目を信じて」

そういえば、俺がアイオライトと答えた時、シャウルさんはよくそんな名前を知っていたなと俺を褒めた。誤答だったのならそんなことを言うだろうか？　いや大間違いで皮肉を言ったのに、俺がそうと気づかなかったとか？　違う。アイオライトは青い石だ。見間違えるのならばエメラルドではなくサファイアだろう。冷静に考えろ。

でも『鑑定』しているのは、敏腕宝石商のリチャードではなく、俺だ。

自信はない。全くない。

「……ちょっと、書き出してみる」

俺は財布から裏の白いレシートを取り出して、喫茶店のカウンターからペンを借りた。あれがアクロスティック・リングであると仮定しよう。もし俺が見た二番目の石が、アイオライトではなくエメラルドだったらどうだろう。綴りは『R・E・謎の石・A・R・D』で、リガード・リングの完成だ。謎の石はGにあたる。ほぼガーネット一択だろう。あんな色のガーネットは今まで見たことがなかったけれど。

では、二番目の石がアイオライトではなく、サファイアだったのなら？　『R・S・謎の石・A・R・D』で、何やら英語かどうか怪しくなってくる。スリランカの言葉とか？　だとしたらお手上げだ。リチャードならともかく、俺には理解不能な領域だ。

「……またわからなくなった」

「やっぱりアイオライトだったんじゃないかな」

「でも、どっちにしろEじゃないと」

「正解が『リガード』とは限らないよ」

「…………」

もし俺の鑑定眼が確かだとしたら。

Ｒ・Ｉ・謎の石・Ａ――ああ。

背骨を稲妻《いなづま》が駆ける。

「うーん、私にはちょっとわからないかも……正義くん？　どうしたの？」

手が震える。わかった。解けた。謎が。

「……谷本さん、鉱物図鑑、探すの手伝ってくれないかな。アルファベットから引ける、索引つきの……ちょっと、緊急に必要で」

「わかった。一緒に探す。大丈夫、学校の図書館になかったら、国会図書館に行こう。それでも駄目だったら科学博物館に行こう」

「うん……！」

寄り添って立ち上がった俺たちを、喫茶店の主は何だか満足そうな眼差しで見ていた。別々に勘定を払う時、青春だねえと彼は言った。青春って何だろう。道に迷っているばかりという昔の歌のフレーズを、この前ラジオでちょろっと聞いた。道に迷うことなのだろうか。

でも時々青春は、迷いに迷った挙句これだという出口を見出《みいだ》すようだ。

土曜日。こんなに忙しい一週間は生まれて初めてだった。ほうほうのていでジュエリー・エトランジェにたどり着いたのは、午後の一時になってからだった。店のチャイムを押すと、再び背の低い宝石商が出迎えてくれた。褐色の紳士。シャウル・ラナシンハ・アリー氏。リチャードの師匠。愛想《あいそ》のない表情の彼に、俺は思いきり微笑んでみせた。

「あーゆぼーわ！　どうも、中田です。これで『こんにちは』の意味ですよね」

「アーユボーワン。よくスリランカの言葉をお勉強なさいましたね。これからあちらへ？」

「いえ、そういうわけじゃありませんけど」

深い意味はない。ただ、この部屋の中で日本語で会話できることを、今更ながら当たり前に受け取りすぎていたから、『こんにちは』一言でも調べてみたのだ。

見違えるほどぴかぴかになったエトランジェの中には、既にお茶の支度が調《ととの》えられていた。前回と同じく、体中がカッカしてくるスパイス・ティーだが、口当たりは少しまろやかになっている。日本のお客さま向けに改良したのかもしれない。カップは、シャウルさんがお客さま用のティーカップ、俺には白地に金の帯が入ったペアの片割れ。前回の俺の行動の裏面を、この人は全部見通していたらしい。

俺がお茶を飲みきった頃合いで、シャウルさんは懐《ふところ》から、あの指輪を取り出した。待ち構えていたようだ。六粒の宝石。真ん中のミント色の謎の石。古い金の地金。

「私があなたに問いかけていたことの意味は、おわかりになりましたか？」

「わかったと思います」

では、とシャウルさんは謹聴《きんちょう》モードに入った。待ってくれ。まだ言いたいことがある。

「頼みがあります。三回、回答のチャンスをください。二回までなら間違えていい権利が欲しいんです。素人《しろうと》も素人なので」

シャウルさんは最初、呆れたように俺を見た。それはそうだろう。チャレンジ前から命綱の話をするやつなんて。でもここは譲れない。リチャードの師匠はじいっと俺を見つめたが、俺も踏みとどまった。緊迫したにらめっこのあと、彼は小さく鼻を鳴らした。

「よろしい、譲歩しましょう。しかし三回ではなく、二回までです。よろしいですか」

「……わかりました。ありがとうございます」

では、とシャウルさんは微笑んだ。回答タイムだ。オーケー。答えよう。

「クリソベリル。ミントカラーのバナジウムクリソベリル」

シャウルさんは、ゆっくりと眉を持ち上げ、俺の顔をしげしげと見た。クイズ番組の司会者か。恐ろしく長い五秒が過ぎたあと、彼は口を開いた。

「不正解です。次は」

顔をしかめそうになるのを抑える。ラストチャンスだ。でも自信はある。大丈夫だ。

「クリソコラ。石英《せきえい》がクリソコラに浸潤《しんじゅん》した、いわゆるジェムシリカ」

二秒か三秒。祈るような刹那《せつな》が過ぎた。

シャウルさんは妖怪じみた笑みを浮かべると、軽く身を乗り出し、囁《ささや》くように言った。

「コングラチュレイションズ。正解です」

やった。やった。合っていた。谷本さんにはどれだけ感謝してもしきれない。勢いあまって俺が椅子から立ち上がり、ガッツポーズを決めまくると、シャウルさんは指輪を懐に収めてしまった。危なっかしいと思ったらしい。俺は静かに椅子に腰掛け直した。

「その回答から察するに、あなたはもう一つの謎の答えにもたどり着きましたね」

俺は頷いた。今ならわかる。シャウルさんが言っていたことの意味が。

「その指輪に名前があるなら、『リチャード・リング』ですよね」

「いかにも。やれやれ、初見で気づかなかった時にはどうしてやろうかと思いましたが」

クリソベリルもクリソコラも、鉱物図鑑の索引から見つけた石だ。どちらも綴りがCHで始まる。『イニシャル』は頭文字、最初の一文字という意味なのに、二文字も使うなんてアリなんだろうかと弱気にもなったが、考えるほど正解はそれしかないと思った。

ルビー、アイオライト、クリソコラ、アメシスト、ローズクオーツ、ダイヤモンドの頭文字で、ＲＩＣＨＡＲＤ――リチャード。

「その指輪は、あいつの持ち物だったんですか」

「さあ。受け継いだものとは聞いていますが、それ以上のことは私も知りません。修復を頼まれまして、ここで受け渡しをする予定でしたが、タッチの差で間に合いませんでした」

シャウルさんは軽く眉を持ち上げてみせた。この人もリチャードの行動を監督しているわけではないらしい。むしろ振り回されているのだとしたら、俺と同じか。くたびれた顔をしながら、シャウルさんは自分のお茶の残りを少しだけ飲んだ。

「……まったく、これだからバカ弟子の尻ぬぐいは。『守ってやってほしい』などとあの男は抜かしましたが、守る対象が自分から抜け出したがっていれば世話はない。そこまで面倒を見てやる義理はありませんからね」

「守ってやってほしい？　何の話ですか」

「私に、あなたを、守ってやってほしいと、リチャードが」

「……『守る』って、一体何から」

「全てから」

全くもってわからない。頓狂《とんきょう》な顔をしている俺の前で、じき否応《いやおう》なしにわかるでしょうとだけシャウルさんは言った。あとで教えてもらえるということ、ではなさそうだ。

「さて、私がここを出ると言った二時までには、まだ少しあります。大した話はできませんが、知っていることをあなたにお伝えいたしましょう。リチャードがここにいたら私を絞め殺そうとするでしょうが、ラッキーなことにあれは不在です。質問は？」

「ぜ、全部教えてください」

「時間が足りません」

「じゃあ、あの……リチャードとは、どう知り合いになったんですか?」

「おや、そこからですか」

シャウルさんは笑いながら、お茶を一口飲み、語り始めた。

スリランカはラトゥナプラという、リチャードのばあちゃんがいたという町——そして俺のばあちゃんの持っていたパパラチア・サファイアの生まれ故郷——で、シャウルさんはあいつと出会ったという。第一印象は最悪で、鉱山のある田舎町で買い上げた石を、都会の観光客に高く売りさばいているろくでなしの白人だったという。なんともはや、詐欺師の佐々木のご同輩《どうはい》か。ただし事情を聞いてみると、イギリスを出奔してきたことには何かの理由がありそうで、本国に帰ることだけは断固として拒否すると言い張ったそうだ。

「……逃げてきたってことですか」

「その通り。もう四年近く前の話になります」

シャウルさんはそれ以前からお国でジュエリーの仕事をしていたが、しっかりとした宝石学の資格を持っているリチャードを説教するうち、磨けば光る玉の才能を感じたという。師弟関係という名目の衣食住つき宝石商養成キャンプが始まり、座学ではない石のいろはを体得したリチャードは、シャウルさんの右腕としてビジネスの拡大に一役も二役も買ったそうだ。一号店はスリランカのコロンボ。二号店は香港《ホンコン》。三号店がこの銀座。

「よくそんな素性のわからない人間を拾いましたね……?」

「我ながらそう思います。まったく、そこまで見習えとは言わなかったのですが」

シャウルさんはじいっと俺の顔を見たあと、にやりと笑った。ああ、そういう。確かにリチャードが俺を拾った経緯を考えれば、素性の怪しさは似たり寄ったりだ。

「確かにはじめは、奇妙な泥棒猫が私の縄張りを荒らしているとしか思いませんでしたよ。丁重《ていちょう》にお引き取りを願おうとしたのですが、石を見る目もある程度は確かで、どこかに私の琴線《きんせん》に触れる輝きがありました。言うなればあの男は、買い手がつくかどうか五分のスター・サファイアでした。少々傷が多いものの、スターはパーフェクト、発色も悪くない、磨きなおせば特級品になるかもしれない逸品《いっぴん》です。手をかける価値があるかもしれない。私ほどではなかったにせよ、日本語も堪能でしたしね。暗号通信が使えるようなものです」

この人は人間を宝石にたとえて話すらしい。果たして私の見立ては確かでしたと、シャウルさんは軽く両手を広げてみせた。この人が見出した原石は、見事な宝石として開花したのだろう。もっと話が聞きたいけれど、今は他にも質問がある。

「……次の質問をさせてください。一番大事なことです」

「『リチャードが今、どこにいるか』？」

俺が頷くと、シャウルさんは憐れむような、面白がるような表情で、首を横に振った。

「バッドフォーユー。私も知りません。可哀相《かわいそう》に、居場所がわかると信じて、石の名前を調べたのですか？　でしたら大変、ご愁傷さまでございました」

「大丈夫です。ある程度は想定してました」

「おや、さっぱりしている」

「聞きたいことはまだあります。リチャードの、父方の実家の話も」

「『クレアモント伯爵家』？」

俺は頷いた。冗談みたいな実家の名前である。でも検索してみたら実在することがわかって、何故かげんなりしてしまった。ロンドン・シティの繁華街に土地を持っている名家の一つだとかで、莫大《ばくだい》な不動産収入を得ているというから、銀座の地主のようなものか。今の伯爵はアメリカびいきで、米国で金融の仕事をしているという情報もあった。十九世紀に貴族の称号が乱発されるより前から存在する貴族の中の貴族。本当にそういう人たちがいるんだなあという非現実的な感動は、生身のリチャードの姿とうまく結びつかなかった。

「あいつは、もしかして実家とは絶縁状態みたいなものだったんでしょうか」

「みたいなもの、ではなく、私の知る限りは絶縁中です。彼は自分の父方の名前が嫌いで、ラナシンハという私の名前を好いていました。随分健気《けなげ》な子でしたよ」

シャウルさんは濃淡のない口調で喋った。ふと俺は、リチャードの昔付き合っていた人の話や、いろいろあって別れることになったという経緯を、ひょっとしたらシャウルさんは知らないのではないかと思った。絶縁状態になった理由を尋ねるのはやめておこう。聞きたいことは他にもある。

「別の質問です。つい最近、インド系イタリア人のシンって男が、『ラナシンハさまのお店で会ったクレアモント卿《きょう》では？』って因縁をつけてきたんです。あれは……」

「少なくとも私の店に、あれを『クレアモント卿』などと呼ぶ人間が入り込んだことはありません。ただしその男には心当たりがあります。であれば結論は一つ。私の店とはかかわりのない場所で、その男は知恵をつけられ、ここに送り込まれてきたのでしょう」

「知恵をつけられてきた？　だ、誰がそんな」

「何をすればリチャードの神経を逆なでできるのか、世界一よく知っている手合いです」

世界一——何だって？　天敵ということか。そんな人間がいるのか？

どういうことなのかと俺が食い下がると、シャウルさんは肩をすくめた。さっきと同じだ。『そのうちわかります』の顔である。うまくはぐらかされている気がする。

「……今のあいつは、そんなに難しい状況にいるんですか」

「私も気になるところです」

「……あいつの家って、どういうところなんです？」

「ええ、私も本当に気になるところです」

「あの、本当に何年も一緒にいたんですよね？」

「四六時中仲良しごっこをしていたとでも？　あの男は放っておいても私の八割は成果を

上げる有能な人材です。こういった商《あきな》いをする宝石商が密集していても、少ない顧客の取り合いになるだけです。別の場所でビジネスをするほうが実りが多いのは自明でしょう」

長年の師弟と言っても、ドライな関係だったようだ。いや逆か。こういう相手だからこそ、リチャードと長続きしたのだろう。あいつはべたべた踏み込まれるのが嫌いだろうから。鬱陶《うっとう》しい相手だと思ったら、さっと姿を消してしまいそうだ。この店でそうしたように。

この前までの俺なら、こういう思考でまた落ち込んでいたところだが、今は違う。事情があったんだろう。それはわかる。あんなに優しいやつが、変なことを言って消えるなんてありえない。それもわかる。わかるが全然納得できない。それを伝えるまで追いかけてやる。いつかひろみに学費を返すつもりで、ほぼ全部とっておいたエトランジェでのバイト代を、派手につぎ込む羽目になっても。

俺が勝手に気合を入れ直していると、シャウルさんは何かに気づいたように笑った。リチャードよりも顔の彫りが深い。笑うとチョコレート色の顔に、黒い皺が寄る。

「中田さん、私からも質問を一つよろしいですか？」

「……何でもどうぞ」

「この前私が申し上げた件について、何か申し開きはありますか？　『恋』の件ですが」

俺がひるむと、シャウルさんは再び妖怪的な笑みを浮かべた。爆弾をいきなり投げ込んでくるのは師弟揃っての得意技らしい。いいだろう。俺だって考えられるだけ考えてきたのだ。

「あるには、あります」

「ほう」

「……あれは、俺がリチャードのことを外野から『鑑賞する』気はあっても、近くで面倒な部分を受け止める気はないんだろうってことだったんでしょう。あいつの影に憧れて、熱に浮かされているようなものなら、迷惑だから会わないほうがいいって」

シャウルさんは温和に笑った。見覚えのある笑い方だ。リチャードが気の利いた一言を言おうとしている直前の顔だ。本当にこの二人は、外見は全く似ていないのに、ハードとソフトでいうならソフトにあたる部分がよく似ている。リチャードが彼を真似たのだろうか。

「課題をきちんと考えてきたようですね、見どころがある。それで、あなたの言い分は？　面倒を受け止める気概《きがい》があると？」

俺は頷いた。

あばたもえくぼが恋なのだと、谷本さんが読んだフランスの本には書いてあるらしい。それが結晶化なのだと。シャウルさんの言っていたことも同じだ。でもあれは、別に恋愛感情の有無の話ではなく、単純に相手のことをどこまで受け止め、受け入れる覚悟があるのかという気構えの話だったのだろう。

　宝石を愛《め》でるお客さまが、真正面から見るためにカットされた宝石を、真下や斜めから眺める必要はない。一番きれいなところから眺めて愛でていればいい。でも、もっと詳しく知りたいのなら――親しくなりたいのなら、全部の角度から眺める覚悟が必要だ。俺はそうしたい。だって相手は石ではないのだから。宝石のように美しいが、紛《まぎ》れもなく俺と同じ人間なのだから。

「覚悟は決めました。追いかけていこうと思います」

　石は人を、その人が本当に望む方向へ導いてゆくものだという。エトランジェで何度も聞かされたリチャードの言葉だ。持論だろう。まるで心をうつす鏡とでもいうように。

　リチャード。俺を変えたのは、あの生きた宝石だ。ここであいつと過ごした時間は、大した長さではなかった。でも俺という人間にとってこんなに大きな存在は、他には家族くらいしか思い浮かばない。

　一方的に手を放されたからといって、このまま離れてしまいたくない。

「あいつにあいつの事情があるのと同じに、俺にも俺の事情があるんです。わかってもらえるとは思いませんけど……でもこのままじっとしていられません。行きたいところに行ってやりたいことをやれって、俺に言ってくれたのはあいつですから」

「あなたのやりたいこととは？　リチャードに会ってどうするのです」

「言いたいことを言います。最初は……『俺はめちゃくちゃ怒ってるぞ』ですかね」

俺がそう言うと、シャウルさんは深く嘆息した。顔は笑っている。

「ほとばしるような若さですね。恋というには深く、友情と呼ぶには激しい」

「じゃあもう愛でいいです。俺はあいつを愛してるので」

言い切ると、シャウルさんは俺を眺めたまま、ぐっと口角に力を込めた。にぃんまりと唇が弧を描く。何だこの悪魔軍団の親玉みたいな表情は。

「……ブラーヴォ。朴念仁《ぼくねんじん》に録音を送ってやりたい名調子でした」

「語弊《ごへい》がありますが！　恋愛の話ではないので！　俺は自分の母親も愛してるので！　そういう意味で俺は」

「結構、結構。シャイな日本人にしては上出来です」

あいつには他人に見せたくない部分があるのだろう。言いたくないこともあるのだろう。それは、わかる。半年もこの店で、二人で『美しい日本の気遣い』みたいなものだましたた関係を続けていたのだ。上司とバイト、イギリス人と日本人。気遣いという名目の『踏み込まないライン』が、俺たちの間にはいつも厳然と存在した。でも、もう、いいだろう。

佐々木流に言うなら、それを最初にブッ千切ったのはリチャードだ。あの胸がひしゃげそうになる電話で。だったらこっちもいつまでも遠慮している義理はない。嫌な顔をされてもいい。罵倒《ばとう》されてもいい。帰れと言われたら帰る。でもまた会いに行くだろう。

もうどれほど嫌がられたとしても、こっちから自主的には嫌いになれないくらいの優しさを、俺はあいつから受け取ってしまったのだから。困っているなら地球の裏側にいても助けに行きたいと思ってしまうくらいは。実は全然困っていなくて、俺が押しかけてきたことが一番の迷惑だと言われたって、知ったことか。あいつの情報伝達不備だ。

シャウルさんは俺の顔をまじまじと眺めたあと、ぽんと肩を叩き、そのまま強く握った。

「人間というものは、自分が与えた以上のものを受け取ることはできない生き物です。そういうふうにできています。あなたが多くをリチャードから受け取ったというなら、同じだけまた、あのバカ弟子もあなたから何かを受け取っている。それは間違いのないことですよ、中田さん」

「……いや、でも俺はただのアルバイトで」

「四年、私とあの男は師匠と弟子のままです。あなたとリチャードは？　いかがでしたか？」

俺？　リチャードと出会ったのは今年の春だ。俺は通りすがりの大学生で、リチャードはトラブルに巻き込まれていた夜道の外国人だった。なりゆきであいつに雇われて、かたやお茶くみのバイト、あいつは上司になった。あいつがいなくなるまでそれは変わらなかった。

でも今は、もう少し親しくなりたいと思っている。

シャウルさんは壁の時計を確認した。二時には引き上げると言っていたのに、もうあと十五分しかない。慌てた俺を見咎めたように、口ひげの師匠は笑った。

「お気になさらず。これから出向くのは古い友人のところでしてね。連絡すれば多少の遅刻は許してもらえるでしょう。何しろ私には久々の日本ですから、勝手が違うのが道理です。挨拶にゆかなければならないところも多すぎます」

古い友人。かっこいい言葉だ。いつかリチャードのことを、俺もそんなふうに呼べるようになるだろうか。夢みたいだ。いや、現状では完璧に夢でしかないのだが。いつか。

そのためにはまず、再会しなければならないわけだが。

「……会えるといいな……会えなかったら死にそうだ……いや死にませんけど……」

「会えますよ。いえ、会わざるを得ないでしょう」

驚く俺に、シャウルさんはどこか投げやりに言った。カップを下げようとするので、慌てて俺が引き取る。これは俺の仕事だ。しかし褐色肌のリチャードの師匠は、ソーサーの反対側を軽く摑み、俺を留めた。黒い瞳が上目遣いに、俺をじっと見ている。

「お尋ねしますが、あなたは既にリチャードがどこへ行ったのか知っているのでは？」

俺がぎょっとすると、シャウルさんはやはりかという顔をした。わけがわからない。

「……もしかしてここにもあの、変な詐欺師が」

「詐欺師？　さあ、柄の悪いちんぴら一匹ならば、丁重にお引き取り願いましたが」

「そいつです。そいつが俺に」

「あんなものは傀儡《くぐつ》です。操り人形。その後ろにいるものを警戒しなさい。まったく、居所をイの一番に質問してこないからよもやとは思いましたが」

一足遅かったかとシャウルさんは唸《うな》った。後ろにいるもの？　そういえば佐々木は、何故あんなどんぴしゃりの写真を撮影することができたのかと俺が尋ねると、変なことを言っていた。タレコミがあったのだと。

結局詳しいことは聞きだせなかったが、あれは一体誰から？

シャウルさんはカップを俺の手に預け、姿勢を正すと、静かな声で宣言した。

「既にあなたのことを見ている人間がいるのですよ。とても興味深く、注意深く、割れやすいユークレースの原石を観察するような眼差しで」

俺を見ている人間？　リチャードではなく俺を？　何故？　何のために？

途方に暮れている俺に、シャウルさんは不思議なことを言った。

「……最後にこれだけ。あれは毒蛇の巣に育《はぐく》まれた麗《うるわ》しい宝石です。彼が私に頼んだ野暮《やぼ》用は、一言で言うならあなたを蛇の巣から遠ざけてやってくれということでしたが、面倒ばかり押しつけるバカ弟子の言うことを素直に聞き入れる義理はありません。あなたはあなたの望むところへ行き、望むことをなさい。ただし用心を。一目で永遠に心を奪う宝石があるように、一嚙みで致命的に心を損なう毒もまた、この世にはあるのです」

「す、すみません、できればもう少し、日本語が苦手な人にもわかる感じで」

「リチャードに会いたいのでしょう。そのためには何を犠牲にしてもかまわないと思うほど。であればあとは行くだけです。会えるかどうかなど心配する必要はありません。『彼ら』のほうからあなたを見つけて、あっという間に近づいてきます。そうなったが最後、あなたは彼と再会せざるをえないでしょう」

何もかもが気になる言い回しだ。再会せざるをえない？　『彼ら』？

「それも『行けばわかる』ですか」

「その通りです」

「……わかりました。じゃあ、行って確かめてきます」

「はは！　よい返事です。私があと十年若かったら、リチャードのかわりにあなたを弟子にとってみたい。育て甲斐がありそうな若者は好きですよ」

「え？　いやあ、俺は宝石商になりたいわけじゃないんです。夢は公務員なので」

「あれだけの目利きをしておきながら？　結構、この国の未来に貢献なさい。そして宝石を質《しち》に流す日本人ではなく、買い求める日本人を増やしてください」

しかし、とシャウルさんは言葉を続けた。何だろう。目がさっきと違う。

黒い瞳は怖いくらい真剣に、俺のことをじっと見ていた。

「あなたの未来の夢とやらも、リチャードとの関係も、これからです。無事に帰っていらっしゃい。宝石商に必要なのは場を見極める土壇場の目利き、胆力《たんりょく》です。この世界、決断は生きるか死ぬかですよ」

何だかばあちゃんのようなことを言う人だ。俺のばあちゃんもそういう生き方をしてきた人だった。生きるか死ぬか。悪いことをしたら報《むく》いがあると、俺に何度も言い聞かせながら、自分は闇の中を歩き続けることを選んだ人だった。

俺が深く頷くと、シャウルさんは嘆息した。

「やれやれ、そのように悲壮な顔をさせたかったわけではないのですが。そうそう、一つ気になっていました。あなたは三回、あの石の正体を当てるチャンスが欲しいと私に言いましたが、あなたが切り捨てた、三つ目の候補は何だったのです？　ＣＨから始まるあのような色合いの石は、他に思い浮かびません。クリソプレーズとでも？」

「あー……いえ、最初から候補は二つしかありませんでした」

シャウルさんは日本語を聞き取り間違えたと思ったのだろうか。軽く首をかしげた。違う。そうじゃない。

「シャウルさんはリチャードの師匠なんでしょう。だからリチャードが、ほぼ初対面の俺をテストするならどうするか考えたんです。一度目で当てられなかったのに、二度目で『二回チャンスが欲しい』なんて、あいつなら『甘えるな、一回に絞れ』って言います。だから思いきって『三回』です。それなら一回分譲歩させられても、候補は両方言えますから」

シャウルさんはしばらく黙り込んでいたが、弾かれたように笑い始めた。大爆笑だ。ちょっと怖いくらいだ。大丈夫か。何がそんなにツボに入ったんだ。

涙を浮かべるまで笑った口ひげの宝石商は、失礼と言ってハンカチで目元を拭《ぬぐ》った。

「なるほど。私が間違っていた。あなたは昔のリチャードよりも抜け目がない。土壇場の度胸を心配する必要はなさそうだ」

「何か、すみません……」

「謝罪など不要です。謙譲《けんじょう》ではなく英知こそが、あなたの誇るべき美徳でしょう。大切になさい。それこそがあなたを守る真実のタリスマンになります」

俺はぺこりと頭を下げて、洗い場でティーカップを二つ、丁寧に洗った。何故か心が安らぐ。ここで何度同じことをしただろう。顔を出せばリチャードがいそうな気がする。

シャウルさんが店から引き上げるのと同時に、俺も店を出た。出入り口を施錠したあと、シャウルさんは俺に改めて手を差し出してくれた。握手だ。

「グッドラック、中田さん」

「中田正義です。リチャードには正義って呼ばれてました」

「それははじめから知っています。ですが可能な限りあなたは名字で呼ぶようにと、どこかのバカから頼まれていたものでして」

リチャードが？　どうしてまたそんな？

俺が目を見開いていると、シャウルさんは微かに笑った。

「理由ですか？　『名前で呼ぶと懐いてくる相手だから』だそうです」

名前で呼ぶと、懐いてくる。

絶句するしかないとはこのことだ。懐く？　俺のあいつに対する感情は、もうそんな餌《え》付《づ》けをされた犬みたいなレベルではない。乾いた笑いが漏れる。

「……あいつ、バカですね？」

「ぜひ本人にそうお伝えください、中田さん」

「わかりました、伝えます」

俺たちは改めてがっちりと握手を交わし、店から通りへ続く階段を下りたところで、お辞儀をして別れた。シャウルさんは新橋駅の方向へ。俺は銀座のメトロ駅に入って、コインロッカーに預けた大荷物を引き出して、そのまま丸《まる》ノ内《うち》線で東京駅へ。パスポートは胸ポケットに入っている。飛行機に乗るのは、高校の卒業旅行のシンガポール以来だ。

手に入れた航空券はロンドン・ヒースロー空港行き。帰りの券はまだ手配していない。いつまでいるかも決めていない。同じゼミの下村《しもむら》にだけは『どうしてもの事情があってしばらく学校に来られない』『ノート頼む』と伝えてある。教授と話をつけて期末の課題は出せるだけ出したし、大体の授業には三分の二以上顔を出しているから、今から一足早い冬休みを始めたところで、留年するほど単位を落とすことはないと思う。それにしてもよくぞ一週間で、経済学部の教授の研究室をこれだけ駆けまわったものだ。変な宗教のカルトキャンプに誘われているんじゃないかと何度も心配されて面倒だったので、海外の親戚《しんせき》のお見舞いに行くんですとごまかした。似たようなものだ。それにしても、こんなことならもっと気合を入れて英語を勉強しておけばよかった。身振り手振りと根性でやれるだけやろう。

バックパックを背負って、東京駅発の快速エアポート成田に乗った俺は、こっそり手持ちの鞄《かばん》を開けて、小さな箱を取り出した。リチャードがくれた小箱だ。中にはばあちゃんの指輪が入っている。パパラチア・サファイア。さすがにこれをアパートに残してくる気にはなれなかった。

超精神的存在に『守ってください』と祈る暇があるなら、自分で自分の身を守る方法を一つでも多く考える。俺のばあちゃんはそういう人だった。でもこんな、サハラ砂漠に砂金の粒を探しにゆくような状況では、神頼みでもしなければやっていられない心境だ。

リチャードと無事に会えますように。それから俺を見ているという『誰か』とやらに、できれば出くわさずに済みますように。祈るだけは祈った。

俺を乗せた電車は、銀色のレールの上をまっすぐ走っていった。

case. 2

アレキサンドライトの秘めごと

知っている人には当たり前の話なのかもしれないが、航空券の値段というのは、出発する曜日やシーズンでかなり違うようだ。土日のほうが平日より高い。航空会社によっても変わる。直行便が一番安いとも限らない。エトランジェでのアルバイトで得た預金を切り崩すには、相当の覚悟が必要だったが、それでもむこう二週間分の飛行機の空席は、高価な土曜日出発の一便しか残っていなかった。夜の七時に成田《なりた》発。深夜零《れい》時半にベトナムのホーチミンでトランスファー、つまり飛行機を乗り換えてロンドン行きに乗り、寝ている間にイギリス。到着予定時刻は朝の八時だ。時差のマジックでおおよそ半日で到着するように見える旅程だが、実際は二十時間以上かかる道のりである。

もっと待てばいくらか安い便もあったが、これ以上うだうだしていたら、せっかく谷本《たにもと》さんに整理してもらった頭の中身がまた闇《やみ》の洞窟《どうくつ》に逆戻りしそうで怖かった。小人閑居《しょうじんかんきょ》してろくなことはしない。行動あるのみだ。

成田からホーチミンまでの七時間の飛行は、緊張している間に過ぎてしまった。乗り換え時間はあまりない。急いで乗り換えのカウンターを探さなければ。

英語の看板を頼りに探した乗り換えカウンターで、しかし俺は予想外の事態に見舞われた。浅黒い肌の係員さんが、にこやかな顔で俺に何かを言って、成田で発券してもらったボーディングパスに、ペンで新しい番号を書き込んだのだ。どういうことなんだ。彼の英語は癖が強くて、何を言っているのか聞き取れない。やばい。笑っているから悪い知らせではないと思うけれど、それ以上何もわからない。『すみませんがもう一回言ってください』を四回繰り返し、後ろで待っているターバンを巻いた人が咳払《せき》いをした時。

　俺の隣に、すうっと誰かが割り込んできた。

「えーと、ビジネスクラスの席が空いていたから、あなたの座席をグレードアップしましたって言ってるんです。ラッキーでしたね。イギリスまでの長旅でしょう？　楽をしなくちゃ」

「そうなんですか！　どうもありがとうござ……？」

「いえいえー」

　微笑《ほほえ》む相手は日本人ではなかった。金茶色の髪に青い瞳の外国人だ。背が高くて、日本語はちょっと子どもっぽいが、三十代の前半くらいだろうか。リチャードより少し年上に見える。グレーのVネックのセーター姿で、シーユーレイターと言って去っていった。でも、レイター？『あとでね』？　ともかく細かいことを考えている時間はなかった。

　ボーディングパスの数字からゲートを探し、ロンドンのヒースロー行きと何度も確認してから、俺は搭乗《とうじょう》ゲートに足を踏み入れた。それにしてもグレードアップなんてサービスが本当にあるのだろうか？　ウェブサイトにそんな情報はなかったと思う。

　半信半疑のまま機内に入ると、しかし俺の席は間違いなくビジネスクラスに指定されていた。追加料金はないらしい。後方に見える通常の座席とは、形も大きさも、使えるスペースも明らかに全く違う。通路の幅も広々としている。やっぱり何かの間違いとしか思えないが、咎《とが》められないので戸惑うばかりだ。

「…………」

俺の隣の席に乗客はいない。ここにもグレードアップとやらで、エコノミーの人が来るのだろうか。だったら少しは堂々と安らげる気がする。

そうこうしているうちに搭乗時間を過ぎ、俺は慌てて荷物を収納し着席しシートベルトをしめたが、それでも飛行機の扉は閉まらない。遅れてくる客がいるようなのだ。

五分。十分。十五分。さすがにもう離陸するのではないかという頃合いに、Vネックのセーターを着た男が、英語で謝罪しながら駆け込んできた。彼が機内に入った瞬間、飛行機の扉が閉まる。軽く息切れしながら、男は迷わず俺の隣の席に腰を下ろした。

「間に合った！　いやあお待たせしました。電話がつい長引いて」

にこにこしている男は、間違いなくさっきのお兄さんだ。俺が目を白黒させている間に、彼は二つの座席の間にある小さなテーブルにボーディングパスとパスポートをとんと置いた。慣れた仕草でシートベルトを締める。すかさず飛行機が動き出したので、置かれたばかりのパスポートが床に落ちそうになった。

「おっと」

俺が手を伸ばし、落ちる前にキャッチすると、彼はサンキューと笑った。その瞬間。

おかしな感覚が背中を駆け抜けた。

笑った時の唇の形が、いやありえない話だが、少しだけ誰かに似ているような。

呆《ほう》けている俺に、もう一段深く微笑みかけたお兄さんは、パスポートを俺の手から受け取ると、ぱっと広げて俺に提示した。国籍はユナイテッド・キングダム。イギリスだ。彼の顔写真と旅券番号と、名前。ジェフリー・クレアモント。

クレアモント。

「こんにちは、中田正義《なかたせいぎ》くん。お察しの通りリチャードの家族です。楽しい旅にしましょうね、よろしく！」

男はパスポートを懐《ふところ》にしまい、俺の手を取った。軽い握手。握り返す余裕がない。俺が呆然《ぼうぜん》としているうちに、飛行機は速度を上げて滑走路を疾走し、あっという間に飛び立った。重力で背中がシートに引き寄せられる。飛行時間は十三時間三十分のはずだ。逃げ場はない。

微笑む男の襟《えり》元には、四角くカットされた大きな宝石が、誘導灯と同じ赤に輝いていた。

「僕はリチャードのいとこなんです。僕の父の弟が、リチャードのお父さんでね。昔は本物の兄弟みたいに暮らしていて、日本語は同じ家庭教師の先生から習ったんですよ。あいつはケンブリッジでも言語漬けだったから、レベルは段違いだと思いますけど。ところで飲み物は何にします？　シャンパンで乾杯？」

「あいつは小さい頃から頭がよくてねえ、クールで理知的で動じなくて、でも変なところで人情家なんですよ。昔、僕たちで飼っていたタローって犬が死んだ時なんかもう。あ、写真があるからあとで見せますね！　あいつだけケロッとしているから、冷たいなあと思ってたら、一人の部屋で枕を嚙《か》みながらぐうぐう唸《うな》って号泣してるんですよ。十歳の子どもですよ？　見栄《みえ》っ張りで可愛《かわい》いったら。そうだ、夕食のメインはどうします？　肉、魚、エスニックに、ベジタリアンメニューもありますね。中田さんは仏教徒でしたっけ？」

「新作の映画が少なくてお気の毒だなあ。最近の航空会社はどこも経営難ですからね。僕はイギリス人ですが、父と兄と一緒にアメリカで投資の会社をやっていまして、こういう会社の扱いは昔より難しくなりましたよ。あ、やっぱりテレビ観ます？」

「消灯か！　早いな！　でも大丈夫。このボタンを押すとー、ほら！　ランプがついた。もっとお喋《しゃべ》りできますよ。でも小声にしましょうね、他の皆さんは就寝時間ですから」

「中田さんは恋人いますか？　ほら、これ僕のガールフレンド。ボストンにいるんです。日本語のできる子を紹介しましょうか？　あははは、すごい顔だ。冗談ですよ」

　ジェフリー・クレアモント氏は、リチャードとは違うタイプの雄弁家だった。あいつの言葉には、相手の言葉を引き出そうとする潤滑剤がたくさん含まれている。聞いているうち、うっかりいい気分になって、自分の話をしたくなってしまうのだ。だがジェフリーの言葉の中にあるのは、テレビ番組のアナウンサーのような一方的な情報伝達だった。なかなか口をはさむ隙がない。この人は俺に何を言いたいんだろう。

俺たちの座席の読書灯以外、灯《あか》りの消えた機内に、巨大なエンジンの音が変わらずに響き渡っている。耳を澄ましても他人の会話は聞き取れない。轟音《ごうおん》の中、みんなアイマスクと耳栓《みみせん》着用で眠っているか、イヤフォンをつけて小型のテレビを観ている。俺も眠りたい。飛行機の中でいっぱい寝られるのだからと無茶な日程で課題をこなす日を続けたのだ。今寝ておかないと、イギリスで体が帳尻合わせを求めてくるだろう。そんなのは困る。

とはいえジェフリーの話を、無視することもできない。

「さてと。周りも静かになったことですし、そろそろ本題に入りましょうか」

本題。どこからだろう。聞きたいことはいろいろあるが、その前に一番気になるのは。

「あの、ジェフリーさんは」

「やだなあ。ジェフでいいですよ。あなたのことも正義くんって呼んでいいですか？」

「……すみません、俺、死ぬほどシャイなので、名字でお願いします。それで」

ジェフリーさんはどうしてこの飛行機に、と。

俺が直球を投げると、ジェフリーは少しだけ驚いてみせたあと、人の悪い顔で笑った。

「それ、わざわざ質問するようなことかなあ。そうですね、昨日はベトナム在住の大口の顧客と会合がありまして、今はその帰り道なんです。会議はネットで済みますが、親睦《しんぼく》を深めるには対面が一番ですからね。こんなところでどうですか？」

「俺を追いかけてきたってことでいいんですか」

「まあね。だって気になるじゃないですか。大切な弟分を追いかけてきてくれる人がいるなんて、お兄ちゃんびっくりです」

「いとこですよね」

「気分的にはお兄ちゃんなんですって」

シャウルさんの言っていたことを思い出す。このジェフリーが『毒蛇』だとは思わないが、天使かどうかもわからない。何よりも確実なのは、リチャードが自分の家とはコンタクトをとりたがっていなかったということだ。この人とも顔を合わせたくなかったのだろう。そういう相手と接触するかもしれないとは思っていたけれど、まさかここまでダイレクトに来るとは思っていなかった。どこから情報を仕入れたのだろう。

俺の不安を感じ取ったのか、ジェフリーは小動物を愛《め》でるような顔で笑った。

「そうかたくならず。情報漏《も》れのルートが気になるんですか？　どこからお話ししても不安がらせることになると思いますけど、あなたとリチャードのことはけっこう前から見ていたんですよ。エメラルドの事件がきっかけでした。あの時リチャードは何度も警察署に引っ張られていったでしょう。あれはね、重要参考人ってだけじゃなくて、パスポートの名前と名刺の名前が一致しなかったから、あれこれねちねち質問されていたんですよ。実家にも連絡が来たしね。結局は善良な市民だってわかって解放されましたが、おかげで僕は彼の足取りがわかりました。日本の警察にも感謝しなくちゃね」

「この飛行機に乗ることはどうやって……」

「そこはそれ、僕はハリー・ポッターの国の人だから、魔法の力ですよ。主に君のウェブサイトの閲覧《えつらん》履歴からですけど。大学の公共機も便利ですけど、一台くらいパソコンを買ったほうがいいと思うなあ。君の顔写真を持っている人が、あとをつけて、君が去ったあとのパソコンの閲覧履歴をのぞいて、どこかの誰かに全部ご注進する可能性だってないわけじゃないんだから。飛行機の件は災難でしたね、『最安値』で検索しても、こんなタイミングじゃ難しいでしょう。ああ、適法内の行為ですよ、念のため。君に危害を加える気はないし」

背中の皮膚《ひふ》を、ぬめっとした鱗《うろこ》で撫《な》でられたような寒気が走った。本当に少し寒い。俺が軽く腕をこすると、大丈夫ですかとジェフリーは朗《ほが》らかな声で心配してくれた。この人は一体、何なんだろう。確かにスマホの狭い画面で、文字の小さな飛行機の離発着時間を調べるのは面倒で、決済直前までは大学のパソコンを使って便を探していたし、コンビニ支払いの紙を発行したのも大学のプリンターだった。のぞきは簡単だったろう。でも。

わざわざそんなことを俺に教える理由は何だ。

俺の視線を受けても、ジェフリーは輝く笑顔を浮かべ続けていた。

「さて、何のために僕がここにいるのかお話しする前に、中田くんにはいくつか聞いてほしいことがあります。リチャードの巻き込まれている遺産相続について、それから僕たちという家族について。構いませんか？　その前にトイレに行きます？　長くなりますから」

「大丈夫です、続けてください」

「我慢しないほうがいいですよ？　ビジネスクラスでエコノミークラス症候群になるなんて笑えません。飛行機に乗る時には水をたくさん飲んで、貧乏ゆすりをするといいんです。リチャードに聞きませんでした？　あいつは旅の申し子でしょう」

「大丈夫ですから」

俺が言いはると、わかりましたとジェフリーは頷《うなず》き、俺のほうに軽く体を傾けた。そして何故《なぜ》か、襟元の宝石をそっと撫でた。何かのジンクスだろうか？

「今から僕がお話しするのは、とある伯爵家の、宝石と憎悪の物語です」

クレアモント伯爵家というのは、今のところ九代続いている、イギリスの中でも古めの貴族にあたるらしい。リチャードを巻き込んだ遺産相続の問題を引き起こした男は、七代クレアモント伯爵、今から百年くらい前の時代を生きていたおじいさんだそうだ。リチャードとジェフリーにとっては、ひいじいさんにあたるらしい。俺が眉間《みけん》に皺《しわ》を寄せていると、ジェフリーは鞄《かばん》の中から大きめの液晶端末を取り出し、タッチペンで図解してくれた。

縦長の画面の上のほうに、黒い星印。隣に『7』という数字。七代目伯爵ということか。

「彼は十九世紀の終わりに生まれ、その人柄は横暴にして偏見に凝《こ》り固まった差別主義者でした。唯一の趣味は実益を兼ねた宝石集め。まあそんな男が家長だったら、息子としては家を出たくなりますよね。というわけで彼の長男は成人後早々にイギリスを出奔《しゅっぽん》、スリランカに暮らす白人女性と電撃的に結婚してしまったんです。人間同士で殺しあいたくないと軍役も拒否。日本でいう昭和初期、きな臭くなってきた時代のことですね」

そう言って彼は、黒い星の下に棒を一本伸ばして、黒い丸を一つ描き込んだ。どうやらこれは家系図になるらしい。

当時のスリランカはまだイギリス領だったそうだが、伯爵にしてみれば跡継ぎの一人息子が、とんでもない相手と結婚してしまったことになる。伝統と格式ある家を継ぐ人間の子どもに、イギリス人ではない人間の血が混じる。許しがたい。という俺にはよくわからない理屈で伯爵は激怒し、息子を勘当《かんどう》、爵位の継承権を剝奪《はくだつ》し、次の伯爵位は別の親族に与えると一方的に通達した。俺がその一人息子だったら『どうもありがとうございます』と一筆書き送るくらいはするだろう。金銭関係のことを考えれば大損かもしれないが、精神的には随分《ずいぶん》楽になったのではないだろうか。ジェフリーもそんな口ぶりだった。だが。

「ところがここから風雲が急を告げます。第二次世界大戦勃発《ぼっぱつ》。まさかってみんな思っていたのに、イギリスも参戦してしまいました。そしてザ・ブリッツ。日本だとバトル・オブ・ブリテンって言うんでしたっけ？　ご存知ですか？　ロンドン大空襲のことです。民間人の死者は約二万七千人。戦争初期に、シティもひどい空襲を受けたんです。これで不運にもクレアモント伯爵の家族はほぼ全滅！　将来的に伯爵の位を継承できそうな人たちはみんな、その時家族と一緒にお友達のパーティに出席していたんです。当時は空襲が始まったばかりのタイミングでしたから『下町と違って高級住宅街に爆弾なんて落ちないわよ』って、呑気《のんき》に信じていた人もたくさんいたんでしょう」

一人、到着が遅れた伯爵本人は、タッチの差で焼夷弾《しょういだん》の直撃を逃れたそうだが、その後の混乱の中で交通事故に遭い重傷、生死の境目を彷徨《さまよ》い続けた。これはもう仕方がないと覚悟を決めたのか、伯爵家に近しい人間がスリランカで暮らす息子に電報で事情を知らせ、どうかイギリスに戻ってほしいと懇願《こんがん》した。爵位の問題もある。後継者のないまま爵位の所持者が死んだ場合、領地も財産も国家に没収されてしまうのだという。貴族も何かと大変だ。

死の間際の床で、息子の顔を見た伯爵は、驚きのあまり青くなり、叫んだという。

「『何故帰ってきた！』って。何かもう、ゴシックホラーの世界ですよね」

それが末期の会話になったという。かくして伯爵の一人息子は、次期伯爵として、家族と共に本国に凱旋《がいせん》した。ジェフリーは黒丸の横に数字の『8』を書き加えた。

そうこうしているうちに戦争は終わった。スリランカからやってきた『奥さま』ことレアさんは、階級的なあれこれにうんざりして、夫と二人でマナーと呼ばれる領地にこもり、野鳥の観察をするのが好きだったそうだ。ジェフリーやリチャードのおじいさん夫婦の話である。彼とレアさんの間には三人の息子が生まれた。ジェフリーの手が八代目の黒丸から棒を三本伸ばし、黒丸を三つ、描き込む。

「まずは長男。僕のお父さんですね。九代目クレアモント伯爵。存命です。配偶者はアメリカ人。子どもは僕だけじゃなくて、ヘンリーって名前の兄がいます。次男はイタリアで悠々自適《ゆうゆうじてき》をしてる独身の叔父《おじ》さん。三男がリチャードのお父さんです。昆虫学者《こんちゅう》」

三つの黒丸。左側の丸からまた線が伸びて、黒丸が二つくっつく。これがヘンリーとジェフリーの兄弟か。真ん中の丸はそのまま、右側の丸にも、黒丸が一つ。リチャード。

「リチャードのお母さんは、それはもう目がくらむくらいゴージャスなフランス美女だったんですが、蝶《ちょう》にしか興味のない叔父さんとはそりが合わなかったみたいで、早々に離婚していますす。それ以降もちょくちょく家に遊びには来てましたけどね。どっちにしろ子育てには興味がない人たちだったので、リチャードの育ての親は僕の両親なんです。言ったでしょ、『お兄ちゃん』だって。ああ、そうそう！　写真を忘れてた」

そう言うとジェフリーは家系図のページを一時引っ込めて、フォトアルバムを呼び出した。十歳くらいの金髪の子ども二人が、芝生の上に寝転んで、笑顔でコリー犬を抱いている。こっちがリチャード、こっちが僕ねとジェフリーは教えてくれた。仲がよさそうな二人の後ろで、背の高い男の子が、襟のある上着を着てぽつんと立っている。二人より五歳くらい年上のようだ。これがジェフリーの兄のヘンリーか。胸に輝いているのは勲章《くんしょう》か、ブローチだろうか？

フリックするごとに写真の中の男の子たちが成長してゆく。子ども服が学校の制服に。ブレザーが学位のマントに。愛らしかった子どもが、どんどん俺の知っている美貌《びぼう》の男になってゆく。俺にはジェフリーとヘンリーではなく、ジェフリーとリチャードが兄弟のように見えた。ジェフリーは興《きょう》が乗ってきたようで、家族の話を楽しそうに次々に重ねた。いつでも優秀だったリチャード、生真面目でピアノが好きなヘンリー、お母さんの作るアメリカの郷土料理の味、美しい自然にかこまれた屋敷、厳しい家庭教師の先生。

カメラロールが終点に到着すると、ちょっと休憩しましょうかとジェフリーは笑い、俺が頷くと席を立ち、失礼と言ってトイレに向かった。

俺はため息をついた。考えることが山ほどある。ジェフリーの思惑。伯爵家の相続。でもそれは今一番差し迫った問題ではない。残念にもほどがあるのだが、どうしても。

眠い。睡眠不足ここに極まれりだ。

頭は冴えているのに体が疲れきっていて、限界ですと訴えてくる。ちぐはぐな身体感覚がどうにもならない。薬でも盛られたように眠い。頭の中に情報がこれでもかと詰め込まれて、食べてもいないうちにおかわりが注がれるわんこそばの早食い競争に出ているようだ。ジェフリーが戻ってくるまで少し眠って、頭を整理しよう。

　軽くまぶたを落とすと、俺の頭はあっという間に別の世界に呑《の》み込まれていった。ごんごん唸るジェットの音が、どんどん遠ざかってゆく。暗闇が体を包む。俺の体は今、飛んでいるのか。飛行機の外はきっと猛烈に寒いのだろう。

　リチャードもこの航路を通って、イギリスに行ったのだろうか。

　うとうとしていた俺は、ふと気がつくと高田馬場《たかだのばば》のアパートにいた。ベッドがいつもより狭い気がする。部屋は薄暗く、外では道路工事をしているらしく雑音がひどい。枕元にはリチャードがいる。まずは謝りたい。本人のいないところで昔の写真を見てしまった。でも口も体も動かない。俺の上にリチャードは身を伏せる。口が動いているのに、何を言おうとしているのかわからない。わからないが顔は近づいてくる。どうせまたいつものように笑って引っ込めるのだ。でも、本当に近い。まだ近づいてくる。近い。まだ夢が覚めない。近い。このままだと本当に。近い。本当に唇が――

「っが……！」

　ぜえはあしながら目覚めた俺に、隣の男は驚いたようだった。どうどう、と背中をさすってくれる。驚かせてしまったらしい。

「大丈夫ですか？　どうしました」

「……すみません。いつもの……リチャードの夢を見て、ちょっと驚いて……」

「リチャードの夢？　どんな？」

「……部屋に、あいつがいて、キスしそうになって……目が覚める……」

「あー。なるほど」

「大丈夫です。慣れてるんで……すみません……」

「水を飲むといいですよ。座席の前にボトルがあります」

こんな夢を何度もリバイバルするのは、間違いなく俺の頭が疲れているからだろう。そもそもお前がいなくなるから悪いんだぞとリチャードに抗議したい気持ちもあるが、夢の内容を正直に訴えたらドン引きされること間違いなしだろう。言えない。

とんでもないことを言ったと気づいたのは、据え付けのペットボトルの水を飲んだあとだった。ここは機内だ。さっきまで俺はベトナムにいた。今はロンドンに向かっている。

隣の座席のジェフリーは、朗らかな笑顔を浮かべて俺を見ていた。

「寝ます？　それとも話、続けて構いませんか？」

「………………続けてください」

ジェフリーは楽しそうに笑った。わかりやすい作り笑いだ。さっきまでの話では、騒動の内容も、リチャードがそこに巻き込まれた理由も、わからないままだ。ジェフリーは再び端末を携《たずさ》え、黒丸が縦に並んだ家系図の画面を呼び出した。

「さて、失意のうちに没した七代目伯爵のことを誰もが忘れかけていた二十一世紀。今から八年前のこと。リチャードは二十歳《はたち》でした。伯爵家には、代々財産を管理してくれている遠縁の親戚《しんせき》の家系がありまして、僕たちは彼らのことを『管財人』と呼んでいるのですが、その家系のトップの方が病没しました。御年《おんとし》九十三歳。彼は七代目伯爵と直接やり取りをした最後の生き残りでしたが、彼の死によって、七代目伯爵の隠し遺言と財産が公開されました」

「隠し遺言と財産……？」

「誰にも相続されないまま、金庫の中身が一つプールされていたんです。七代目伯爵から盤石《ばんじゃく》の信頼を得ていた管財人の死後、公開するようにという手はずでね。中身は何だと思います？」

中身。中身。背中に嫌な汗がにじむ。疲れが出てきたらしい。俺の体にも集中力にも、もうちょっと頑張ってほしい。いろいろなことを考えなければならないのだから。この人は最初に何と言っていたっけ。伯爵家にまつわる、何かと憎悪の物語。そうだ。

「……宝石、ですか」

「ビンゴ！　寝起きなのに冴えてますね。そう、宝石だったんです。目玉は大粒のダイヤモンド。何カラットあるか？　お答えしましょう。百十八・六二カラット。博物館でもお目にかかれないマスターピースです。どれだけの価値があるか？　こちらもお答えしましょう。時価三億ポンドです。大きな会社を三回起こして潰《つぶ》してもおつりが出ますよ」

眠気で淀《よど》んだ頭の奥がスパークする。三億ポンド——幾らだ。一ポンド二百円くらいとして計算しよう。いや俺が両替をした時、一ポンドはもう少し安かった。百五十円くらいだったろうか。三億円の百五十倍以上。四百五十億円？　何ができる金額だ？　何でもできる金額だ。宝くじのキャリーオーバーも鼻で笑い飛ばせる。

「まあ、フェアではありませんよね。これは明らかに伯爵家の大きな資産です。イギリスの貴族がまだある程度形をもって生き残っているのは、長男に全ての財産を継承させることで、資産の分配を防いできたからですよ。伯爵個人の裁量で行うべきことじゃない」

「…………………」

「もうおわかりだと思いますが、その相続人に指定されたのが、リチャードだったんです」

「……何で、どうしてあいつが」

「遺言の条文、読みます？」

ジェフリーは再び、タブレットの画面を切り替え、さっとパスワードを入力すると、さっきとは別の写真フォルダを呼び出した。ふるぼけた書類の画像ばかり入っている。当然全て横文字だ。知らない単語ばかりで全く読めない。俺がへの字の口で黙り込むと、ジェフリーは小さな笑い声を漏らした。

「本当に読めないいんだ。一言も？　リチャードの隣にいたのに？　信じがたいな」

「…………俺、英語が得意じゃなかったので」

「語学の鬼が随分甘やかしてたんだな。解説しましょう。これはね、相続候補者を絞り込むためのリストです。母親の生まれに関する詳細な指定が載っています」

書類の一番上には、『七代クレアモント伯爵の財産相続にまつわる要綱《ようこう》』と書かれているらしい。一番上のセクションには、相続の資格の候補者のことが書かれている。ジェフリーは指さしながら、『伯爵家の直系の男子』『遺言公開時における次代伯爵の世代』という部分を、日本語に訳して読んでくれた。これが『リチャードの世代』ということらしい。ということはジェフリーとヘンリーの兄弟も含まれるはずだ。順当にゆけば相続権がありそうなのは長男の息子だろうに、何故この二人ではなくリチャードが？

怪訝《けげん》な顔をしている俺の前で、ジェフリーは次のパートを読んでくれた。母親がイギリス人、北欧人の場合――中欧人、南欧人の場合――バルト三国の場合――何だこれは。

「あのね、お母さんがイギリスから遠いところの出身であればあるほど、相続の権利が遠のいていくんです。イギリスが一番尊い場所だから。リチャードの母親はフランス人、僕たちの母親はアメリカ人。アメリカのほうが遠い！　というわけでリチャードに決定です」

「……最悪だ」

ですよねえとジェフリーは相槌《あいづち》をうった。最悪だ。相続を課される人間が、自分で選べない理由で相続人にされてしまうところが最悪だ。これはもう遺言書というより禍々《まがまが》しい呪いの文書だ。人種差別主義者の七代目伯爵の怒りは、死んでもなお収まらなかったのか。

「この遺言の面白いところは、繰り下がり相続がないってことなんです。リチャードが相続を拒否すると、ダイヤモンドは自動的にイギリスの環境保護団体ナショナル・トラストに寄付されます。僕には来ない。父にも兄にも来ない。三億ポンドよさらば！　またリチャードが特定の条件を満たさなかった場合にも、同じことが起こります。そういう時には残念賞としてサファイアを相続できるんですけどね。ちなみにサファイアのほうの価値は、購入証明書からして数万ポンド。せいぜいビジネスクラスで日英往復三回分ですね」

「……リチャードは、相続を拒否したんですか」

「していません。でも受け取ってもいませんよ。この書類には逃げ道がないんです。ダイヤモンドにせよサファイアにせよ、リチャードが隠し財産の宝石を受け継ぐためには、もう一つ条件を満たさなければならないわけですし」

「まだあるんですか」

「ありますとも」

ジェフリーの指が、液晶端末の上を左から右に滑った。次の書類も、文字。文字。文字。でも今度は、箇条書きの文書が多い。ほぼ全部の文章の末尾に、ナショナル・トラストと書かれている気がする。さっき出てきた環境保護団体のことか。何だこれは？

「何となくわかりますか？　ここにはですね、七代目伯爵の財産は、相続人が結婚する時に与えられるって書いてあるんです。そして結婚する相手によって、あいつが相続できる財産も変わる。たとえば『三親等以内にインドあるいは周辺地域出身の母親あるいは父親をもつ相手と、婚姻相当の関係を結んだ場合、相続人はサファイアを相続する』。この場合ダイヤはナショナル・トラスト行きです。『ボーア地方あるいはアフリカと呼称される地域の人間と婚姻相当の関係を結んだ場合も以下同』。ダイヤはナショナル・トラスト行き。大雑把《おおざっぱ》に言うと、これはリチャードの結婚候補者の『NGリスト』です。地球上の人類の九十パーセント以上は、まあ、NGですね」

「…………」

「大丈夫ですか？　顔色が悪いですよ？」

喉《のど》の奥に、硬い石を詰め込まれたみたいだ。

自分の息子が、外国人と結婚するという。それで怒るおじいさんがいる。少しはわかる。日本だって最近まで、国際結婚を白い目で見た人はたくさんいただろう。今だっているかもしれない。でもそこで、怒りを爆発させるだけではなく、その子孫にまで自分の怒りをぶつけるのは異常だ。何なんだこれは。『汚された』自分の一族の血を、少しでも『美しく』戻そうとする、おかしなじいさんの執念なのか。一週間ぶっ続けで飲んだくれたあとの頭で考えた、悪夢みたいなジョークなのか。そうでも思わなければやっていられない。

「……これは、本物なんですか」

「逆に質問しますけど、こんな家の恥みたいな嘘《うそ》を、僕が君につく必要がありますか？」

「無効にできないんですか。人権問題とか、差別問題とか……絶対駄目でしょう。こんなの。破って捨てたらいい」

「公文書の破棄は犯罪です。おまけにその場合もダイヤはナショナル・トラスト行きになります。もちろん僕たちだって考えなかったわけじゃありませんよ。現代はもちろん、七代目伯爵が没した当時の倫理感でも、人権や差別にかかわる問題文書です。弁護士の手を借りれば無効にできるだろうってね。でも駄目でした。NGリストも当時の法律家の手を借りて作られた文書みたいで、『有色人種はダメ』とは書いていないんです。『こういう相手と結婚したらサファイアを相続』としか書いてない。こうなると故人の好みの問題と言い張ることもできてしまう。法的拘束《こうそく》力の有無についても一度争いましたが、ダメでね。鋼鉄でできた偏屈の壁みたいなものです」

「……それで、最終的に、リチャードがダイヤを手に入れられるのは」

「『伝統的な家系のイギリス人女性と結婚した場合』のみ」

ああ。

別れなければならなかった人がいると、リチャードは言っていたけれど、その理由がやっとわかった。こういうことだったのか。『個人的な理由で女性と二人きりになるのは避けている』と言っていたのも、あるいは。

でも納得できない。遺言の内容も、ジェフリーがここで俺にその話をする意味も。

「……どうしてあなたは、俺にこれを？」

「じゃあお互いに質問会をしましょうか。君が僕の質問に答えてくれたらお話ししますよ。何故君はリチャードを追いかけて、ロンドンに行こうと思ったんですか？」

そんなこと。詐欺師《さぎし》の佐々木《ささき》に情報を見せられたからだ。いやそれは、きっかけであって理由ではない。俺は何故リチャードを追いかける？　自分の中では納得できている。あいつに怒っているから、納得できないから、どうしてだよと文句を言いに行くのだ。

　でもこの人にそれを言って、理解してもらえるだろうか。

「…………うまくお話できません」

「ん、まあそういう答えもありか。次。君はリチャードが姿を消した理由を知ってる？」

わからない。追手がかかっていることを知って逃げたのか、それとも他に理由があるのか。ジェフリーは俺の表情から正答を読み取ったようだった。

「あれはね、僕の父が呼び出しをかけたからですよ。つい最近、あいつが久しぶりにイギリスの銀行の金を動かしたんです。三万五千ポンドくらい。車一台買うような金額で、いちいち目くじらを立てる必要はないんですが、あの口座の資金をリチャードが動かしたことには意味がありました。何しろあいつが家の金を使うのは四年ぶりですからね」

　ジェフリーの父親、つまり現伯爵にとって、リチャードは息子同然らしい。四年前からほとんど姿をくらましているリチャードに、銀行経由でどうにか連絡をとり、久しぶりに会えないかと掛け合ったのだという。そんなことが可能なのか。俺には想像もつかないような超大口の顧客なら、メガバンクをおつかいにするような真似も可能なのだろうか。

「あいつにとって父は恩人だし、彼はもうすぐ七十歳です。拒否できなかったんでしょうね。あいつはとっても優しいから。それにしても一体あんな金で何を買ったんだか？」

わざとらしい声だった。三万五千ポンド。百五十をかけよう。大体五百万円だ。見当はつく。翡翠《ひすい》のオークションの補塡《ほてん》金額だろう。あの時のあいつはおかしかった。あのインド系イタリア人のシン氏の登場ゆえだと俺は思っていたけれど、思えばその前からも。

「………違うと思います」

「え？」

「あいつはもっと前から、店から消えようと思っていたはずです」

「お、勘が鋭いな。どうして？　根拠を聞かせてよ」

「俺からも質問です。シン・ガナパティ・ベルッチオって男を知ってますか」

ああとジェフリーは頷いた。リチャードだったら『グッフォーユー』と言いそうな顔だったが、彼はすぐに笑顔をすまし顔に切り替えた。

「残念だけど知らないね。でも、そういえば東アジアで仕事をしている古美術商が、イギリスで派手に愚痴《ぐち》を撒いていたことがあったっけ。映画俳優みたいな顔立ちの白人宝石商に仕事場を荒らされたなんてあちこちで触れ回るから、迷惑だったの何の。お引き取り願うために、多少は情報を握らせてやるなんてことも、もしかしたらあったかな」

「日本人の佐々木義綱《よしつな》は？」

「その名前も知らない。でも君にリチャードの写真を見せに行った男がいることは知ってるよ。それで君がいきりたって、すごい勢いで航空券の手配をしたこともね」

「あの、どうしてわざわざ『知らない』って言うんですか？」

「本音と建て前の使い分けは大事でしょ」

　この人のことはまだよくわからないが、話は繫《つな》がってきた。翡翠のオークション時にリチャードに難癖をつけてきたインド系イタリア人の男には、リチャードのいとこの息がかかっていたのだろう。だがあいつを通してリチャードをどうこうしようとしたわけではないようだ。確実にリチャードをつかまえたいと思っている立場なら、わざわざ警戒心を煽《あお》るだけ煽るようなやつを送ったりしない。シン氏はただ意趣返しがしたかっただけだろう。

　リチャードは彼の存在の後ろに、より大きな厄介《やっかい》ごとの気配を感じ取り、師匠にあとを任せて、店から消えた。多分、自分の顧客に迷惑をかけないために。

　そして恐らくは、俺にも。

「他に質問は？」

　ジェフリーは笑顔を浮かべていた。本当に何でも質問していいのだろうか。だったら。

「……その石」

俺はジェフリーの襟元の石を手で示した。リチャードのいとこは、ひょっと形のいい眉を持ち上げた。ステップ・カットの四角い石。赤色だがルビーではないことは確実だ。こんなに巨大で透明度の高いルビーはないだろうし、そもそもルビーやサファイアは、こういうカットには向かないはずだ。俺の知る限り、みんな丸っこいカットだった。

「その石は、プレゼントでもらった石ですか」

「これ？　……ああ、そうだけど。それがどうかしたの？」

やっぱりか。

気になっていたことが一つ、わかったと思う。でもわかったところで、ずーんと重い気分が全身を襲ってくるだけだ。こんなにひどい話を聞きたかったわけじゃない。

俺が黙ると、ジェフリーは再び、自分の番とばかりに微笑んだ。

「そっちの質問は終わりかな。ね、君にも少し考えてほしいんだ。このままずっとリチャードが独身を貫《つらぬ》いて死んだ場合も、ダイヤモンドは環境保護団体行きです。僕としてはそれじゃ困るんです。三億ポンドなんて一財産ですよ。伯爵家全体の財産として、家の担《にな》い手《て》が受け継ぐべき資産だ。個人に与えるようなものじゃない。一番いい解決策は、あいつが適当な結婚相手を見つけて、ダイヤモンドを相続し、伯爵家に戻してくれることなんですが」

「好きでもない相手と結婚しろって言うんですか」

「十九世紀じゃないんですよ？　結婚なんて一生のうちに何度もするのだって珍しくありません。NGリストに該当《がいとう》しない適当な相手を見つけて結婚して、ダイヤモンドを受け継いだら別れて、そのあとに本当に好きな相手とよろしくやればいい。もちろん独身に戻ったっていい。今時子どもだってそのくらいはわかるだろうに、あの頑固《がんこ》者ときたら」

「あいつにはそれだけの理由があるってことでしょう」

「だろうね。僕には理解はできないけど」

ジェフリーはあくまでも軽い口調だった。この人は上《うわ》っ面《つら》だけで笑っている。俺はもう何も聞きたくないし言いたくない。でも最後とばかりに、彼はもう一言、質問を重ねてきた。

「これだけ聞かせてください。どこまでの関係ですか？」

「…………え？」

「ほら、イギリスで一度裁判があったから。『二年間同棲《どうせい》して愛しているって言ったのにプロポーズしなかった罪で訴訟』。君がそういうつもりであいつを追いかけているなら、やめたほうがいいですよってアドバイスしてあげたくて。うちの弁護士はみんな強いですよ。あ、でも同棲してなかったことは知ってます。念のため」

「……………………」

腸《はらわた》が冷たくなるような感覚を、久しぶりに覚えた。あんまり怒ると頭がしんとするのだ。

疲れた体と熱くなった頭がうまくかみ合わなくて、しばらく言葉が出てこない。それでもジェフリーは俺が喋るまで待っていた。多分、俺が怖い顔をしていたからだろう。

「……あなたが何のために俺の隣の席に来たのか、もうわかりました。だから俺はあなたに質問することがありません。こんなのは不公平な話ですけど、すみません、寝ていいですか。疲れているので」

「ご自由に。スリーピングピル飲みます？」

結構ですと断って、俺はリクライニングを全開にした。驚いたことにボタンを押しっぱなしにしたら、俺の座席はベッドのように平らになってしまった。こんな状況でなければ、もっとうきうき楽しんでいたと思う。もし隣にいるのがリチャードだったら。

リチャード。あの馬鹿《ばか》。何も言わないで消えたのは、話したが最後、俺が怒って手がつけられなくなると思っていたからか。だとしたらあいつの判断は正解だ。眠らなければならないとわかっているし、体は茹《ゆ》ですぎたうどんみたいに疲れ果てているのに、頭の芯が暗く冷えきっていて、目を閉じても少しも心が休まらない。眠りたい。でもエトランジェで笑っていたあいつの姿を思い出すと泣きそうになる。次に会ったら怒鳴りつけてやろうと思っていたのに。こんなのは宝くじに当たったと見せかけて、とんでもない不運と憎悪と八つ当たりを山盛り押しつけられたようなものだ。全部嘘ですよとジェフリーが言ってくれたら。でも本人が言っていたように、こんなに手の込んだ不愉快な嘘をつく必要はないだろう。駄目だ。眠りたいのに、頭が叫び続けているみたいだ。

こんな時でも、ほんの少しだけいいことがあるとしたら。

あいつがエトランジェで話してくれた、『その人』のこと。別れなければならなかった大切な相手。彼だか彼女だかわからない言い方をしていたから、どちらでもいいことだとは思いつつ、ずっと気になっていた。男か、女か。

ジェフリーのおかげでなんて言いたくはないが、この分だとあいつに気まずい質問をする必要はなくなりそうだ。


結局とろとろとするだけで、一度も熟睡できないまま、機内の灯《あか》りがついてしまった。そろそろ起きろということだ。しかし本当に体がだるい。エコノミークラス何とかではなく、単に睡眠不足のツケが回ってきたのだろう。栄養ドリンクが欲しい。

俺と違ってぴんぴんしているジェフリーは、おはようございますと朗らかに笑った。テレビをつけると世界地図がうつる。当たり前だが、飛行機に乗れば本当にヨーロッパに行けるんだという事実に、俺の頭はふわふわしたまま感動した。高校の修学旅行は、北海道や沖縄の延長線上だったが、今は違う。最後に見た時にはインド洋の上を飛んでいたはずだったのに、もうヨーロッパ大陸がすぐそこだ。残りの飛行時間は二時間と出ている。飛行機の窓は閉ざされたままなので、外の景色は見られないけれど。

よろよろしながら狭いトイレに行って、生ぬるい水で顔を洗って戻ってくると、ジェフリーはさっぱりとしたワイシャツとジャケット姿に着替えていた。襟元にはあの宝石が光っている。とはいえ寝起きだ。少しはガードが緩んでいるか。

本当のことを質問するチャンスは今しかないかもしれない。

「おはようございます、中田くん。よく眠れました?」

「…………まあまあです」

「本当かなあ。目の下に隈《くま》がありますよ」

俺が顔をごしごしこすると、ジェフリーは口元に手を当てて笑った。

「リチャードみたいだな。あいつも寝起きが悪いでしょう。低血圧だから毎朝苦労してたよ。枕を抱いたまま床で寝てたり、バスタブで溺死《できし》しそうになったりね。見た?」

「……いや、そういうところは全然」

「おや、お気の毒。うとうとしてるあいつは本当に可愛いのに」

ジェフリーはまだ軽口をたたく。トークショーは継続中だ。どうにかしてこの人のペースの中に割り込まなければならない。どうすればいいだろう。俺はリチャードのような頭脳派タイプではない。直球あるのみだ。

「あの……寝る前にはああ言いましたけど、やっぱりよくわからないんです」

「何が？」

「あなたは俺をどうしたいんですか」

　どうしてこの人が、俺の隣にやってきたのか。まだわからない。俺がこの人の立場なら、携帯の番号を調べて電話をかけて、面倒な話をして脅して、日本に留まらせようとするだろう。そのほうが飛行機の隣の座席をとるよりずっとラクだ。そうしなかった理由は何だ。この人は一体何がしたいのだろう。

「『どうしたい』なんて、物騒なことを言うね。まるで僕が君に何かしようとしてるみたいだ。でも、そうだねえ……君はデュマ・フィスの『椿姫《つばきひめ》』って小説を知ってる？　愛しているからこそ身を引く道もあるって話です。日本的な美徳でしょう？　いいと思うなあ、そういうの。しいて言うならそれが僕の望みです。君が自発的に決断してくれれば、僕も君の献身にいくらかのお返しができますしね。卒業後の勤め先には証券会社なんてどうです？　景気のいい外資を融通できますよ」

「……仲を裂いたっていう前の人にも、そういうことを言ったんですか」

　ジェフリーは少し、黙り込んだ。知っているとは思わなかったらしい。俺もこの人にこの話をすることになるとは思わなかった。あとでリチャードに謝らなければならないことが増えてしまった。ジェフリーはすさんだ顔をして、また宝石を一撫でしてから笑った。

「その話も知っていたんだ。参ったな、あいつもけっこう本気か。リチャードはこれ見よがしに自分の弱みをさらすような男じゃないでしょう。自分をパーフェクトに見せたがる。逃げ続けているだけなのにね。あれのどこが好きですか？　やっぱり顔？」

　四年間逃げ続けている人間の『逃避』はただの『移動』で、逃亡生活は『キャリア』であると、この人は思わないらしい。あいつは故郷を離れて、スリランカで師匠を見つけて、第二の人生を始めたのだろう。おかげで俺はあいつに会えた。

「話したいんですけど……俺、説明が下手で……すみません、考えてるんですけど」

「無理に話さなくていいですよ。話してもらっても理解できないこともありますし」

「でも俺は話したいんです。あなたのことが知りたいから」

「誰も彼もを理解できるなんて思わないほうがいいです。それはただの傲慢《ごうまん》ですよ。人が人を愛することに理由がないように、人が人を憎むことにも理由はないんです。僕はそれを自分のご先祖さまの遺言で知りました。君だってわかるでしょ、本能的に『この人とはうまくやれない』ってタイプ。僕とか」

　いやそんなことは全然ないです、と俺が言うと、ジェフリーは嘲《あざけ》るような顔で笑った。見え見えの社交辞令と思ったのだろうか。違う。わかってもらえるかどうか。

「だってあなたも、リチャードがすごく好きですよね？」

　ジェフリーの顔から、表情が抜け落ちた。張りつけたような冷笑が浮かぶまでに数秒、タイムラグがあった。取り残された子どもみたいな顔をすると、この人は少し若く見える。

「……今のって付加疑問文ですか？　昔は好きでしたよ、昔はね。弟みたいなものでしたから。でも今は違う。ただの迷惑な男です。伯爵家の正当な財産があいつのせいで氷漬けにされているのが耐えられない。投資ファンドって使えるお金の額で、会社の信用がかなり左右されますからね。僕としては『結婚したくない』なんて理由で、現実的な財産問題から逃げようとするあいつが許せない。肉親が憎いって感覚はわかってもらえないかな」

「馴染《なじ》みがあります。俺の父親、殴る男だったので、あいつを殺せるなら死んでもいいって小学生の頃は思ってました。でもあなたの憎しみは、そういうものじゃないから」

ジェフリーはぎょっとしたようだった。身内を憎むことにかけてなら、俺の家族ほどバラエティに富んだ面々はいないと思う。自分自身の罪を憎み続けたばあちゃん。ばあちゃんを許さないことで自分の生き方を決めていたひろみ。ひろみを殴った俺の父。父親を憎んだ俺。『迷惑』や『嫌い』と、『憎い』の間には、深い断絶があることも知っている。

「……誰かを『憎む』って、ものすごくエネルギーが必要になることだと思うんです。憎まなくて済むなら、そのほうが楽ですから。ただ憎まないでいると、疲れたり死にたくなったりするから、そうするだけで……あなたのは違う。違うのに憎んでるふりをしてるだけだ。そうじゃなければ、昔の家族写真を、あんなに楽しそうに誰かに見せたりできない」

「すごいことを言う子だね。じゃあ君の理論だと、僕はリチャードを昔と同じように好意的に思っているのに、彼の幸せは願っていなくて、その恋人に『さっさと自分の国に帰れ』って圧力をかけてまわってるの？　矛盾《むじゅん》してない？　前提が間違ってるよ」

その通りだ。整理してもらうと俺の頭も少しはまだ働く。リチャードならこういう時に何て言うだろう。リチャードなら。美しい宝石の奥に、新しい光を見出《みいだ》すあの男なら。

「……みんながみんな、思ってる通りのことを口にするとは限らないです。思っている通りのことができるわけでもないと思うし」

「何だか難しい話になりそうだ。僕の語学力で理解できるかな」

「そうだ、その日本語も、リチャードと一緒に勉強したって言ってましたよね。ってことは、あなたはリチャードとも、今、俺と話しているのと同じ調子で、喋ってたわけで……もしそうなら、絶対に仲が良かったと思うんです」

「思い込みだよ。同じ家庭教師に習ったんだから、似てるのも当たり前で」

「全然似てません。あいつの日本語はもっと丁寧で、ナイフみたいに切れ味がよくて、きれいで、俺が変なことを言うとすぐ訂正させられました。あなたみたいな調子であいつと話したら、俺なら絶対に怒られる……でも、あいつは、それでいいと思ったんじゃないかな……あなただから……あなたがいたから、多分あいつは……」

「大丈夫？　何だか熱に浮かされて喋っているみたいだよ」

「……ヘンリーさんも日本語を話しますか？」

ジェフリーは黙り込んだあと、軽く笑いながら、五つも離れた兄だよと呟《つぶや》いた。確かに子ども時代の五つの違いは大違いだ。繋がってゆく。あまり考えたくないことが、少しずつ。

「すみません、もう一つ。あの、犬の話……リチャードが泣いてたっていうのは、リチャードの部屋での話ですか。他にも、床で寝てたとか、風呂で寝てたとか」

「そうだよ。それが何」

「それ、あいつがあなたに甘えてたんですよ」

はあ？　とジェフリーは呻《うめ》いた。半笑いだが、張りつけたような笑いではない。少しずつこの人の素の顔が見えてきた気がする。

「あいつが弱みを見せないのは俺も知ってます。ガードが堅いのも。だから、わざとです」

「もちろん昔の話だよ」

「子どもの頃のほうが、そういう部分は余計に気を遣うものだと思いますけど……誰にも見られたくないけど、見なかったふりをしてくれる相手にならって、あいつもきっと」

「馬鹿馬鹿しい憶測ばっかり続くなあ。もういいよ。そういう話は意味がない」

「意味はあります。あいつはあなたのことを本当に信用して」

「もういいって言ってるだろ！」

　不意に機内にポーンという音が響くと、アテンダントさんたちが前方から歩いてきて、左右の窓を次々に開け始めた。朝ですよということか。窓の外は雲の海だが、太陽の光がまぶしい。小さなテレビには、イギリス時間が表示されていた。朝の七時の空だ。エクスキューズ・ミーと微笑んだアテンダントさんは、俺たちの間に漂う緊張感など無視して、俺のすぐ傍《そば》の窓を素早く開け放ち、奥の席へと去っていった。

太陽の光が宝石を照らす。ジェフリーは軽く額に手を当てて、目元に庇《ひさし》を作っていた。

「その石、アレキサンドライトですよね」

ジェフリーは弾かれたように、襟元の石に目をやった。位置が近すぎてよく見えないようだ。俺にはよく見える。禍々しい赤だった石は、太陽の光に照らされて色を変えていた。深い針葉樹の森の奥の、苔《こけ》むした下生えのような、透き通った清新な緑。

世の中には『四大宝石』というくくりがあるらしい。ジュエリーとして活用されやすい、ダイヤモンド、ルビー、サファイア、エメラルドの総称で、特に化学的な意味はない箔《はく》づけのようなものだ。もしこれを『五大宝石』にするのなら、アレキサンドライトを入れるべきだろうとリチャードは言っていた。美しく珍しく、硬くて身に着けやすいという、ジュエリーに必要な条件を全て満たしているからと。

最大の特長はカラー・チェンジ。浴びる光によって、石の色が変わるのだ。蘊蓄《うんちく》魔王の言葉が正しいのならば、白熱灯や飛行機の機内灯のような人工的な灯りの下では赤あるいは黒紫、太陽の光を浴びれば青緑色に。

俺がエトランジェで見たのは黒紫と緑のほうだった。赤と緑にチェンジするタイプの石は、昔はとれたものの、今は珍しいという。大金持ちとはいえ、三十そこそこの人がおいそれと身に着けるものではないだろう。

「それも伯爵のジュエリーコレクションの一つだったんですか」

「勘がいいね。その通りだよ。欲しいの？　あげようか」

「まさか、そんな……あの、冗談でもそんなことは」

「いいんだよ、遠慮しなくて。君のことは知ってますから」

「…………どういう意味ですか？」

「さあ？　そうだ、君はアレキサンドライトの逸話《いつわ》を知ってますか？」

俺が首を横に振ると、ジェフリーは久々に掴《つか》んだバトンを放すまいとするように、立て板に水で語り始めた。リチャードとこの人は、少し似ている。黙っているより喋っている時のほうが、殻《から》にこもっているように見えるところも。

「アレキサンドライトという名前は、ロシアの皇帝に因《ちな》んだ名前でしてね。石を献上された皇帝はニコライ一世だったんですが、ちょうど彼の世継ぎにあたる息子、アレクサンドルの誕生日に献上された石だから、記念としてその皇子さまのお名前がついたとか。でもこの石を磨くようにって命じられた職人は不運だったんですねえ」

ジェフリーは俺に少しだけ顔を近づけ、思いきり表情筋を使って笑った。

「職人に朝、石を預けた皇帝は、夜に工房を訪れてびっくりしたそうです。何と石の色が変わってしまっている！　もちろん発見されたばかりの石ですから、カラー・チェンジのことなんて皇帝は知りません。彼は職人が石をすり替えたのだと思い、その夜のうちに職人を処刑してしまいました。さて、一夜ゆっくり眠り、朝になって石を見た皇帝はまたしても驚きます。石の色が元に戻っている。不思議な石の変色効果に気づいた皇帝は、自分の過《あやま》ちを知り、深く深く後悔し、明君として政治に邁進《まいしん》しました。面白い話でしょう」

やりきれない話だと思う。俺が正直にそう言うと、ジェフリーは笑みを深くした。

「確かにそうですが、それは職人の側から見た場合の話です。この話のうち、どちらが倫理的に正しいのかは、幼い子どもが聞いたって明らかでしょう。でも職人は処刑され、皇帝は糾弾《きゅうだん》されることなく人生を送りました。結局のところ人の一生を決めるのは、どちらの側から物事を眺めるか、いいえ、眺められるかということなんです。正しいか否《いな》かという視座はもちろん大事ですが、それは物事を決定づけるものではありません。強いか否か。それが一番大事なことです。強さを手放してはいけません。自分のよって立つ強さの源《みなもと》をかすめとろうとする手合いを野放しにするのもいけません。僕はその理念に基づいて行動しているんです。倫理観に基づいて文句を言ってくる人というのは、救急車に吠《ほ》える犬みたいなものです。本能に準じているだけだ。でも文句だけなら大した害はありません。強さを維持することのほうが大事です。家族の絆《きずな》を守ってくれるのは、美辞麗句《びじれいく》ではなく、お金に裏打ちされた力ですからね。この石は僕に、いつも強くあれと教えてくれる大事な石なんですよ」

　ちょっとしたスピーチが終わると、ジェフリーは軽く俺にお辞儀した。強さ。ロシアの皇帝のような強さ。弱いものを押しつぶしても糾弾されない強さ。何てもったいない人だろう。美しい宝石を通して、わざわざそんなありふれたことを見ようとしているのなら、そういう方向を見ざるを得ない状況に身を置いているからだろう。この人は自分で思っているほど腹芸がうまくはない。むっつり具合ならばリチャードのほうが一枚上手だ。

「……何なのさ、その顔は。言いたいことがありそうだね」

「違っていたらそう言ってほしいんですけど、飛行機が出る前に、電話で話していた相手は、あなたのお兄さんですか」

　ジェフリーは表情を硬くした。ビンゴらしい。

「あの……家族のどっちかを選ばなきゃいけないのって、すごくつらくありませんか。俺の場合は、母親かばあちゃんかの二択だったんです。俺はばあちゃんのことがすごく好きで……でも母親はどうしてもばあちゃんとは相いれなくて」

「意味がわからないんだけど。何の話なのさ」

「話が前後してすみません。あなたも、リチャードかお兄さんか、どっちか選ばなきゃいけなかったんでしょう？」

　ジェフリーは口を引き結んだ。一瞬、石に手をやって、すぐ我に返ったように手を離す。

「……何で……何でいきなりそんな話になるのさ。リチャードが何か言ったの？」

「いや、あの、あなたの存在も知りませんでした。でも、そのアレキサンドライト」

「え？」

「……犬の写真で、ヘンリーさんがつけてた石ですよね。画像の中では緑色の石に見えたから、窓が開くまで確信はありませんでしたけど」

でもこのリアクションからして、間違いではないだろう。もう一つ、確信は持てなかったけれど、気になっていたことがある。尋《たず》ねるなら今だろうか。

「お兄さんがあなたにそれを贈ったのは、リチャードがイギリスから消えたあとですか」

黙れ、とジェフリーが言った。日本語ではなかった。二語の英語だ。『失礼』ではすまないことを言ってしまったと気づいたのは、口が動いたあとだった。どうしていつも俺はこうなんだ。ジェフリーの瞳には、紛れもない憎悪が滲《にじ》んでいた。よくぞ殴られなかったものだ。

俺に手をあげるかわりに、ジェフリーは襟元に手をやり、緑にチェンジした宝石を首からもぎとるように外した。拳《こぶし》に握ったまま、離そうとしない。

「……すみません。本当にすみません、俺」

「まるでミニチュアだな」

低い呟きは、体の深い部分から漏れ出した、黒い滓《おり》のようだった。俺がぎょっとすると、ジェフリーは数秒、ぬらっとした眼差《まなざ》しで俺を見つめて、唇に曖昧《あいまい》な笑みを浮かべた。

「……ああ、君といると誰かのことを思い出しちゃうよ。本当に完璧なやつで、完璧すぎて、誰かと一緒に生きていくには欠点がなさすぎた。頭がよくてハンサムで、努力を苦にしない才能があって、妬《ねた》まなくて僻《ひが》まなくて、赤の他人にもいとこにも隔《へだ》てなく優しい。人間って助け合って生きてゆくものでしょう？　でもあいつは完璧だから、助ける隙がどこにもないんだよ。一人でも生きていけるんだ。ちょっと考えてほしいんだけどね、いつもそういう人間の後ろに立たなくちゃいけない普通の人間がいるとしたら、どんな気持ちになるかな」

　俺は三人の男の子の写真を思い出した。ジェフリーとリチャード。その後ろにヘンリー。ヘンリーは日本語が喋れないという。普通の人間というのは、つまり――

「家族が心因性の病気になったことってある？　日本では社会問題になってるんでしょ？そういう相手に対する眼差しって、イギリスよりも優しいですか。うちは親戚一同冷ややかな目になりましたよ。一番つらいのはリチャードなのに何故お前が壊れるんだ、情けないって。実の父親も」

　隠し遺言の公開直後、崩れ落ちるように調子を壊したのは、渦中の人にされてしまったリチャードではなかったという。伯爵家直系の長子ヘンリーが、『それはもうひどい感じ』になって、何もできなくなってしまったという。ふんわりした言い回しではあるが、三十代の男の人の話だろう。会社の若い重役が、突然ひどいうつ病になるようなものか。

「ヘンリーはね、愛すべきぽんこつなんです。あいつはもっと強い人間になって、誰よりも一番苦しみたかったんですよ。苦境に置かれて、伯爵家の古い闇に理不尽に苦しめられるのが自分なら、あんなふうにはならなかったでしょう。でもそうはならなかった。苦しむことになったのは、一番きれいで優秀で優しいリチャードだった。光も嵐も彼の上を素通りしていった。今までずっとためこんできたものが破裂するみたいに、兄は『リチャードがいなければよかったのに』『自分には何の価値もない』『ダイヤモンドが失われても、自分にはどうすることもできない』って言い始めました。そういうプライドもあるんです」

どうしてそこでリチャードを助けてやろうとしなかったんだという言葉が、喉から出てゆきかけた。でも、駄目だ。そんなことを言っていいのは、その時当事者としてその場にいた人間だけだ。たとえばこのジェフリーのような。

言葉にしなくても俺の思いは伝わったようで、ジェフリーは酷薄に唇を歪《ゆが》めた。

「あのね、考えてみてください。リチャードは世界中のどこでも、スマイル一つで味方を作れます。あいつは優しくて頭がよくて美しくて、おまけに寛大ですから。君だってあいつが好きでしょう。でも世界に一人しかいない僕の兄はダメです。もうまるでダメ。努力家ですけど能力は十人並です。コミュニケーションも下手だし。僕がいなくなったら、彼は一人ぼっちですよ。だから僕はヘンリーを選びました」

　当たり前のようにそう言って、ジェフリーは言葉を続けた。

「人間には一生のうちに何度か、弱くなる時期があって、たまたまヘンリーにとってはそれが四年前だったんです。それだけの話です。そういう時に周りに誰も力になってくれる人がいなかったら、みんなが『なさけない』って顔をするだけだったら、そういう人間はどうなるんでしょうね。僕は想像したくないな」

「……リチャードは。あいつの周りに、他に力になってくれる人間がいたんですか」

「一族の人間はみんな同情的だったよ」

「同情するのと隣にいるのは全然違うことでしょう」

「どうにかしてやれるんだったら、とっくに神か法か父か僕がそうしてるよ。質問に答えていなかったね。確かにこの石は、僕が兄からもらったものだよ。リチャードが僕たちの前から姿を消した直後に、父からもらった大切な宝石を、どういうわけか僕にくれた。どうしてだろうね？　別に僕は報酬《ほうしゅう》が欲しくて、リチャードの恋人に『迷惑だから別れてくれ』って言いに行ったわけじゃないのに。ただヘンリーに死なないでほしかっただけなのに」

　別にいいけどねと、ジェフリーは付け加えた。

　まぶしい光の中を飛んでいた飛行機が、雲の中に差し掛かる。機体が少しだけ揺れて、小さな窓に細かい雨粒がぱっと張りついた。ジェフリーは顔を覆っていた手の庇をとって、俺を見た。まだ笑っている。

「……腹さえ決めれば、みんな一人で生きていけると思います。死ぬほど寂しくても、住む場所と食べるものがあれば、本当に死ぬわけじゃありませんから。でも俺は、あいつにそういう生き方をしてほしくありません」

ジェフリーは黙っていた。この人は本音と建て前なんて言いながら、ずっと建て前で話し続けている。諦《あきら》めているのか。何を？　子どもの頃に戻ることをか？　三人仲良くやっていた頃のようにはもうなれないと、リチャードを捨ててヘンリーを選んだのだからと、諦めているのか。開き直って、『リチャードがいなければいい』という兄のわがままに応《こた》えているのか。伯爵家の人が、誰も協力してくれなくても。

呪いの遺言が壊したのは、リチャードの恋とヘンリーの心だけではなかっただろうに。

「ねえ中田くん、ものは相談なんですけどね、この石を僕が君にあげたら、君はヒースローで回れ右して日本に帰って、もう二度とリチャードには会わないって約束してくれる？」

ジェフリーは歪んだ微笑みを浮かべた。この人のこんな顔は見たくない。どこかしらにリチャードの面影がつきまとう顔で、こんなふうに笑ってほしくない。胸の奥が軋《きし》む。

「なんてね。冗談ですよ、君流のね」

「……すみません。さっきは本当に、あんなことを言って」

「いいのいいの。こんなことを言いたくはなかったけど、やっぱり君も人のものを盗むのが好きなのかなと思ってね。伝説の掏摸《すり》のお孫さん」

俺が絶句すると、ジェフリーは見慣れた作り笑顔を浮かべてみせた。

胸が凍る。この人が俺の家族のことをどこまで知っているのかわからない。それはいい。調べ回られることくらい、幼い頃から慣れている。犯罪者の家だと言われるのにも。でも言うにことかいて『人のものを盗むのが好き』とは何だ。俺のばあちゃんがすき好んで人さまの財布を漁《あさ》っていたとでも思うのか。悪事には報《むく》いがあると、俺に何百回も言って聞かせて、死ぬまで誰にも許されなくてもいいと、覚悟を決めて生きてきたばあちゃんが。

落ち着け。落ち着かなければ。リチャードならこういう時どうする。あいつなら。

相手がどこを目指して、何をしているのか、考えるだろう。

この人は何を目指しているんだろう？

ジェフリーは、俺の失礼な発言に逆上して、あんなことを言ったんだろうか？　違うと思う。仮にもリチャードと同じような環境で暮らしてきた人だ。考え方は俺よりリチャードに近いだろう。全ての行動に意図《いと》がある。この人は俺を怒らせたいのだろうか？　何のために？　俺は謎のヒントを探すように、ジェフリーの姿を改めて眺めた。右手は石を握りしめたまま、離そうとしない。何故だろう。せっかくきれいな緑色に変わったのに。

もしかしたらこの人は。

カラー・チェンジしない、一色だけのアレキサンドライトを演じようとしているのか。

自分にはどうしようもない理由で『兄といとこの板挟みになった人』ではなく、ただの『自分勝手な嫌な人』を。そのほうが嫌な人は演じやすいから？　いや、俺の憎しみを浴びるのが、間違いなく自分になって、他の誰かには飛び火しなくて済むから？

俺が肩から力を抜き、小さく嘆息すると、ジェフリーは眉間に皺を寄せた。

「何か？　人の顔をそんなふうに見るのは失礼ですよ」

「……いや、本当にあなたは、リチャードの『お兄ちゃん』なんだなって。あいつと話してる時にも何度も思ったんですけど、優しすぎると疲れませんか」

表情の変化からして、俺の回答は最高にジェフリーの気に食わなかったようだった。やっぱり彼の理想のリアクションは、俺が腹を立てることだったらしい。不器用な人だ。本当に憎まれたいのなら、乗り換えで往生している俺なんか放っておけばよかったのに。

「怒らせたこと、謝ります。すみませんでした」

「……君たちは本当によく似てる。どこが似てるか教えてあげようか。君もリチャードも、自分が一番えらいと思っているところがそっくりだ。大きなお世話もいいところだよ。そういうガラスの壁一枚挟んだ場所から誰かを眺める態度が、僕は本当に好きになれないな」

この人の中には多分、罪悪感がある。本気で俺の邪魔をするつもりだったなら、もっといろいろひどいことができただろう。適法内かどうかは、わからないけれど、それでも効率的なやり方が。でもそうせずに、直接俺に会いに来て、直接嫌われ役をしようと思ったのは、何かの誤解で別の人間が『悪役』になってしまうことを防ぐためだろう。この人が守ろうとしている兄のヘンリーとか、あるいはリチャードとか。別に全ての元凶がこの人じゃないことは明白なのに。

「……別にあなたが悪いわけじゃないのに」

「思い込みが強いタイプ？　うーん、何だか君が怖くなってきたなあ」

「それは……否定できないです。会えないかもしれないのに飛行機に乗ってる時点で、おかしなことをしてる自覚はあるし」

と、俺が言った時。

ジェフリーの顔がにんまりと歪んだ。見たこともないほど嬉《うれ》しそうに。恍惚《こうこつ》の表情で、彼は俺を見つめていた。なんてバカなやつなんだと、愛《いと》しいペットを見るような目で。

「ありがとう、中田くん。君はいい子だ」

「……何ですか」

「別に。ただ、待ち合わせの予定とか、結婚式の段取りとか、そういうのはないんだって、今教えてくれたからね。なーんだ。ほっとしたよ」

えっと俺が呻くと、ジェフリーはまた笑った。満足の顔だ。大大大満足の顔だ。

「怖かったんですよ。今のイングランドなら、異議申し立て期間なしで『婚姻に相当する関係』が結べますからね。いわゆるシヴィル・パートナーシップ。君とリチャードがグレトナグリーンで待ち合わせをしていたらどうしようかと思って、ここまでやってきたけれど、特にそんな予定はないんですね。あーほっとした」

「グレトナグリーン……?」

「駆け落ち結婚の名所」

やっぱりこの人のやっていることは、一番合理的な選択ではない。もしリチャードが、本当にそういう相手との結婚を望んでいて、イギリスの同性婚ができる州で手続きをしてしまったら、ダイヤモンドは伯爵家から環境保護団体の手に流れてゆく。だったらやっぱり、俺を怖がらせて日本に釘付けにしたほうが、いくらか効果的だっただろうに。

当てられる光で赤と緑に変化する石のように、内側が揺れている。ヘンリーの味方をしていると言っていたけれど、同じくらいリチャードの味方もしたいと思うのが、人情ではないのだろうか。そのほうが、この人にとっては、楽ではないのだろうか。憎むのも、憎まれるのも、結局はつらさだけが残るものだ。

「とまあ、大時代的なジョークはこのくらいにしましょうか。ご容赦《ようしゃ》くださいね、エコノミーとビジネスの差額分くらいでいいですから。はは」

「……どうにかみんなで、リチャードと仲直りできないんでしょうか」

「くどいよ。君が僕をどう鑑定しようと君の勝手だ。僕も僕のやり方を貫くだけです」

そう言ってジェフリーは乱暴に窓を閉めた。大粒のアレキサンドライトは再び毒々しい赤に輝いた。ジェフリーはきらきらしい微笑みを浮かべている。解凍が不完全で冷たい朝食をとりながら、俺はどうにか気合を入れ直した。飛行機は着陸態勢に入る。アナウンスは英語だ。飛行機の腹に折りたたまれた車輪が伸びる音がする。軽い衝撃のあと、慣性による猛烈な圧迫感に耐えているうち、機体は止まり、まばらな拍手の音が聞こえた。着陸成功だ。俺は今、冬のロンドンにいるらしい。不思議だ。昨日までは日本にいたのに。ここは完璧な非日常の世界だ。

俺はそこで久々に、一番大事なことを考えそびれていたことに思い至った。

これからどうしたらいいんだろう。どうすればリチャードに会えるだろう。開き直って悪役をつとめると決めてしまった、厄介ないとこ殿を振り切って。

case.3

導きのラピスラズリ

ヒースロー空港に到着したのは朝の八時、入国管理ゲートを抜けたのが九時半、そこからは地獄《じごく》の始まりだった。三段階式の地獄である。

「中田《なかた》くん、ほら笑って笑って！　遠くの恋人に微笑《ほほえ》みかけるみたいに。撮りまーす」

ビッグベン、ウェストミンスター寺院、トラファルガー広場。

ジェフリーは俺の腕を摑《つか》まえ、ロンドン観光旅行の定番コースに連れ出した。途中で逃げるつもりだったのだが、何度振り払ってもジェフリーは俺のあとにぴったりと寄り添ってくる。人混みに紛《まぎ》れてこっそりタクシーを拾い、とりあえず逃げようと試みても、発車間際に笑顔のジェフリーに回収されて終わった。意思の疎通にも一苦労な英語圏で、俺の意志を曲解して伝える邪悪な通訳が敵に回ったらどうにもならない。思えばリチャードの語学力には、異境での護身術の役割もあったのだろう。これが地獄その一。

「あっ、ここもいいなあ。いかにもロンドンって感じだ。撮りましょうよ中田くん」

笑ってくださいよとジェフリーは繰り返す。笑えない。しかしシャッターは落ちる。ロンドン到着後、これで七回目か八回目のツーショット撮影だ。その都度ジェフリーはSNSに写真をアップし、ほら見てくださいと俺を促《うなが》す。彼はそこそこの有名人なのか、写真をアップするたび反応があるらしく、隣の人は誰？　友達？　という質問コメントが入る。彼は答えない。そのうちみんな俺のことを気にし始めた。確かに彼も容貌《ようぼう》の整ったお兄さんで、しかも陽気なお金持ちキャラだ。ファンは多いのだろう。地獄その二。放っておいてくれ。

何のために彼はこんなことを？　決まっている。リチャードと接触するためだ。俺は魚を釣り上げるための、針のついた餌《えさ》になったのだ。

「中田くん、大丈夫？　寒いんですか？　怒ってるだけ？　お腹《なか》が減った？」

「…………」

話しかけても応《こた》えない理由を、ジェフリーは俺が腹を立てているからだと思っているようだが、違う。もっと切迫した理由がある。

情けない話、何年かぶりに俺は風邪を引いたらしい。飛行機の中には着替えとマスクを持っていかないと駄目だ。喉《のど》がガラガラしていると思ったら、あっという間に体が熱っぽくなって、今は歩くので精いっぱいだ。地獄その三。もう少し体が動けば、ダッシュで逃げることだってできるのに。警察は駄目だ。リチャードにも迷惑がかかるし、状況を説明する自信もない。まごまごしているうちに朗《ほが》らかで強引なお兄さんに引き取られるのがオチだろう。

思えば今夜のホテルもとっていない。観光案内所で何とかなるとネットに書いてあったのを鵜《う》呑《の》みにして、現地で手配しようと思っていたのだが、真夜中まで連れまわされた挙句放り出されたら、最悪地下鉄の構内で眠ることになるかもしれない。体力を消耗《しょうもう》しそうだ。一応、海外旅行保険には入ってきたけれど、貴重な時間を無駄にしたくない。

次にジェフリーがタクシーで向かったのは、イギリスで一番有名な博物館だった。ブリティッシュ・ミュージアム。世界に名だたる大英博物館だ。観覧無料ですよと彼は微笑んだ。

「収蔵品数は八百万点超。パルテノン・ギャラリーやロゼッタ・ストーンも有名ですが、あなたとリチャードの大好きなものもいっぱいあるんですよ。ほら」

入場待ちの列の中で、彼は博物館入り口のラックに差してあったパンフレットを一冊俺に与え、ほらここと右下の展示室を示した。四七という数字が入っている。この博物館の部屋には全て番号がふられているらしい。鳥かごのような黒柵で覆われたエントランスを抜け、おぼつかない足取りでジェフリーについてゆくと、『世界の宝石コレクション』という英語の立て札が見えてきた。ガラスのウィンドウの内側に、きらきら輝く展示品が見える。

「十九世紀につくられたハイジュエリー、奥には王室のコレクションもありますよ。素晴らしいじゃありませんか。君はリチャードと一緒に宝石店で働いていたんでしょう？　なら、こういう品の値打ちもわかるんじゃありませんか？」

得意げに笑うジェフリーの表情の中には、あまり出来のよくない生徒を見守る意地の悪い先生のような、憐《あわれ》みの気配が隠れていた。

リチャードがエトランジェで扱ってきた石は、お客さまのための商品だった。記念品になることもあり、夫婦や家族の間の贈り物になることもあり、時々は財産管理の一環にもなる。だが基本的には、人と人との間に存在するものだった。宝石に意志はないけれど、俺には宝石が、どこかペットのような、精霊のような、心を繋《つな》ぐ架け橋のような存在に思えた。

だがここに展示されているジュエリーは、エトランジェのそれとは決定的に性質が違う。

金細工で形作られたフルーツバスケットの中には、梨《なし》型のバロック・パールの果物が配置されていて、その上にやわらかな曲線を描く黄金の葉がしなだれかかっていた。どこからか飛んできた風情でバスケットの縁にとまる小鳥は、ペリドットとアクアマリンの羽を持ち、今にも動き出しそうに片脚《あし》を上げている。

四角いカットのダイヤモンドとエメラルドを散りばめた紐《ひも》を、十本まとめて束ねたネックレス。中央に輝くひときわ巨大なエメラルドは、何十、いや何百カラットあるのだろう。鶏《とり》の卵くらいのサイズだ。あれを首から下げたお姫さまは、さぞかし肩が凝《こ》っただろう。

パンジーの花を模したブローチは、立体的な造りになっていて、ふんわりとウェーブする花びらの一枚一枚に、淡いグラデーションを描く紫水晶と黄水晶がセッティングされていた。だがどうやって石をはめこんでいるのか、いくら観察してもわからない。石と石が不思議な力で引き合って、はじめから宝石の花として存在していたようにしか見えないのだ。彫金の葉には繊細な葉脈が何百本も走っていた。

歴史的な価値や、博物館の収蔵品であることを抜きにしても、ここにあるジュエリーのうち、一千万円で手に入るものは一つもないだろう。一千万円の石というのがどういうものなのかはリチャードの店で知っている。ここに展示されているジュエリーは、そういう石を設計図に従って必要なだけ集めてきて、腕利きの職人さんに死力を尽くしてもらった末に生まれる、人知を超えたモンスターのような存在に思われた。もちろんこれらのジュエリーにも、それぞれのドラマがあるだろう。だがそれは個人対個人のドラマではなく、家対家、あるいは国対国とか、そういう巨大な単位を巻き込んで繰り広げられる歴史絵巻だ。

隣の部屋まで、それがえんえんと続いている。

イギリスには貴族がいて、貴族というのはお金持ちだそうだ。それが具体的にどのくらいの富豪なのか、今まではよくわからなかったけれど、この展示室のジュエリーが俺の頭に一つの答えをねじこんできた。地主どころのレベルじゃない。

「わかりましたか？　三億ポンドっていうのは、こういう世界の単位なんですよ」

頭が痛い。これはただの風邪だ。ジェフリーの言葉で嫌な気分になったせいじゃない。リチャードとお前とは住む世界が違うと、美しいが冷たい宝石たちを前に見せつけられたからって、それが何だ。あいつはイギリス人で俺は日本人だし、あいつは語学堪能な宝石商で俺は経済学部の学生だ。住む世界が違うことなんかわかりきっている。それに今は二十一世紀だ。住む世界が違ったって、国籍や収入や人種が違ったって、飛行機に乗れば日本からイギリスに行けるし、男が男にキスをしても別に罪には問われない。駄目だ、夢の世界の話が現実を侵食している。これじゃリチャードに会ったら殴られる。ああ、でも。

今更も今更な話ではあるけれど、本当に押しかけてきてよかったんだろうか。

今の俺はただの邪魔者にしかなっていない。

ジェフリーは展示室をあちこち見て回り、続き部屋に一人で歩いて行ってしまった。俺はふらふらしながら部屋の中央のベンチに腰掛け、広い展示室を改めて眺めた。天井が落ちてくるような錯覚を覚え、慌てて視線を下に移す。ソファのクッションの間に、紙ゴミがはさまっていた。

「………？」

ただの紙きれ、だと思った。でも久しぶりに見る文字が印字されている。日本語のレシートだ。ショウケイ九百二十円。和栗のチーズケーキ。会計の日付は一カ月前。店舗は。

銀座《ぎんざ》資生堂《しせいどう》パーラー本店。

どうかしましたか、と話しかけられた俺は、反射的にレシートを床に落としてしまった。裏面は白い。何も書かれていなかった。不審がるジェフリーの前で拾い上げることはできなかったので、俺はそのまま断腸《だんちょう》の思いでソファを立ち上がった。

心臓がばくばくしている。どうしてこんなところに、俺が何十回とおつかいに行かされた店のレシートが？　日本人の観光客がうっかり捨てたのか？　多分違う。

俺がいる四七番展示室は、巨大なロの字型の博物館の、ちょうど右下の角のあたりだ。上二つの角の中央にある北側入り口から、右に半周回った位置である。四六、四五と宝石の展示室が東側に続いて、その先は行き止まりだ。

俺は歩きながら、ぼんやりと展示室を振り返った。愉快そうに話している韓国人の女の子たち。社会科見学でやってきたのか、メモをとる金髪の小学生たち。サリーを着て首に金のアクセサリーをつけたインド系の人たち。それだけだ。

いるのか？　ここに？

リチャードが？

考えすぎだ。熱に浮かされて、偶然の産物に変な夢を見ているだけだ。

そう思っていたら、またレシートが落ちていた。いや、置いてあった。

銀座千疋屋《せんびきや》本店。イートインのレシート。注文はフルーツサンドとミネラルウォーター。ミネラルウォーターだ。お茶ではない。笑ってはいけない。でもあいつは本当に、絶対、外では水しか飲まなかった。

俺は壁のほうを向いて口元を押さえた。笑っていると気取られては駄目だ。でもこれは、確実だ。確定だ。大英博物館のスタッフさまにおかれましては、紙ゴミを遺棄してしまって大変申し訳ございませんという心境である。でもこの一枚で俺の気力と体力がどれだけ回復したか、自分自身信じられないくらいだ。

　間違いない。ここにいるのだ。あの甘味大王が。

「見てください、ここからは王室のコレクションですよ。お金に糸目をつけないで、世界最高の職人に仕事をさせられた時代の輝きです。中田くん？　どうかしましたか？」

「……何でもありません。ちょっと疲れました」

　さっきのものよりもグレードアップした輝くジュエリーを眺めながら、俺は浮足立つ自分と戦っていた。この巨大な博物館のどこかにリチャードがいる。何のために？　SNSを見て、囮《おとり》の餌につられて『投降』しに来たのか？　違う。餌だけ食いちぎって逃げるつもりなのだ。助けに来てくれたのだ。俺が逆の立場でも同じことをするだろう。

　合流しなければならない。そして速やかに逃げよう。これ以上足を引っ張ることだけはできない。俺がここに存在しているだけで、あいつには大迷惑もいいところなのだから。

　でもどうすればいい？

　もう一枚くらいどこかにレシートがないだろうか。裏に番号でも書いてあればいい。この博物館の展示室には全て番号がふってある。どこに行けばいいのかわかれば、ちょっとトイレに行くとでも言って目を盗んで、その隙に――いや駄目だ。数字を書いたメモを、俺より先にジェフリーに見られたら一巻の終わりだ。漢字で書けばわからないだろうか？　望み薄だ。彼もこれだけ日本語を喋《しゃべ》るのだ。漢数字くらい読むだろう。さっきのレシートだって、気づいていて見逃されていた可能性もある。俺の動向を探っているのだとしたら、首に紐をつけた囮が、自分から獲物をとりに行くような醜態《しゅうたい》をさらすことになる。

そもそも本当にリチャードがいるのか？　夢じゃないのか？

耳の奥で誰かがほら貝をふいている。ジュエリーコレクションの放つ光の狭間《はざま》で、俺は夢と現実の境目を行ったり来たりしているようだ。俺は今東京にいるのか？　ロンドンにいるのか？　リチャードはどこにいるんだ？

突然誰かの携帯が鳴って、俺はすんでのところでショウケースとの激突を回避した。ジェフリーのものらしい。ハローと言って応対しながら、彼は人気《ひとけ》のない廊下のほうへ歩いていった。顔立ちが厳しい。急の電話は楽しい用件ではないようだ。俺のことなど気にしていない。

チャンス、なのだろうか。もしかしたら。

ジェフリーがいなくなった展示室を、体力が許す限りの素早さで一周見て回って、レシートがどこにもないことを確認した俺は、ふと近くにあるトイレの案内板に気づいた。ひょっとしたら。探すだけ探してみよう。

バリアフリー仕様の男子トイレの中。洗面台の鏡の隙間。

果たして待望のレシートが挟み込まれていた。二つ折りになっている。

祈るような思いで手に取り、開いてみると、今度こそメッセージが入っていた。

『あなたも海を越えてやってきたのですか？　あなたの仲間のいるところに私もいます。詳しくはパンフレットをご参照ください』

まるっこいひらがなと、自称練習中だが達者な漢字。リチャードの筆跡だ。俺はレシートを額に押し当てたまま、トイレの個室にこもって鍵をかけた。

何だこの短文ポエムみたいな伝言は。いやもちろん、この婉曲《えんきょく》さも安全のための保険なのだろうが、もう少しわかりやすくしてほしかった。会えなかったらどうするつもりだ。

あなたの仲間？　大英博物館にいる俺の仲間？　日本にまつわる展示だろうか？　どこだ。どこだ。パンフレットをめくる。日本にまつわる展示は九二から九四号室。四階だ。こんなところまで歩かせてどうするつもりだ。袋の鼠《ねずみ》になってしまう。出口は下の階にしかないのに。

いや、待て。冷静になれ。気になる部分は他にもある。

海を越えてって、何だ。

飛行機で海外にやってきた、ということではないだろう。海を越えて。エトランジェの中で、何だかそんな話を聞いた覚えがある。思い出そう。頭が少し痛いからといって何だ。

青い海。青い宝石。サファイア。ブルートパーズ。アクアマリン。そうだアクアマリンは航海のお守りだった。マリンは海だし。マリン。そういえばそんな名前の絵の具があった気がする。すごく青い色のことだ。頭がぼうっとする。美術に興味があったことなんてほとんどないのに。耳の奥がぐるぐるしている。そうだ、これもリチャードが。

リチャードが、エトランジェで。

俺はレシートをポケットにしまって、再び博物館のパンフレットを開いた。ありがたいことにこの冊子のマップには、観光客が押しかける目玉の展示だけ、小さな写真入りで地図の中に表示されている。職員さんが何度も同じことを尋《たず》ねられなくて済むようにだろう。何しろ恐ろしく広い博物館だ。有名なものしか載っていない。その中に。

あった。

探していたものが、確かにあった。これだ。

俺の頭の中は、いよいよデスメタルのライブバンドのアンコール会場みたいにガンガンしてきたが、多分これはテンションがあがりすぎたせいだろう。ゆっくりとトイレの扉を開け、人気がないことを確認してから、博物館の中にジェフリーの姿を探した。見あたらない。まだ電話中だろうか。頼むから長電話していてくれ。急がなければ。何しろここから北の展示室まで、長い通路を一直線に戻るのだ。俺は迷ってから、上着を脱いで小脇に抱えた。遠目から見れば、すぐに俺とはわからないかもしれない。少し寒いが知ったことか。

思い出す。あの時エトランジェで、リチャードは古い石の話を聞かせてくれたのだ。星のきらめく天空の破片。

昔の人がそんなふうに表現した石があるという。俺でも名前を知っている石だ。その石をすり潰《つぶ》して、昔の人は化粧品や絵の具に使ったという。フェルメールという有名な西洋画家の、抜けるような透明感のある青は、この石に由来するものなのだと。

色の名前は、『ウルトラマリン』。

あんまりなネーミングだと思った。何なんだ、ウルトラって。怪獣《かいじゅう》映画か。めちゃめちゃ青そうな名前だなと俺が笑うと、リチャードは苦笑して、そういう意味ではないのだと教えてくれた。ウルトラという言葉の原義は、なにかを『超える』という意味だそうだ。たしかに特撮映画のヒーローは超人だ。言うまでもなく、マリンは『海』。

つまり、『ウルトラマリン』で、『海を越えてやってきた』という意味だそうだ。

昔々、この石はアフガニスタンでしかとれないと思われていたので、ヨーロッパの人間には『海を越えてやってきた』青だったのだと。合成顔料が同じ色味を出すまでは、金と同じ価値のある石として取り引きされていたとも。

長い直線距離を渡りきって、俺は素早く後ろを振り返った。だるまさんがころんだ。後ろにいるのは観光客だけだ。ジェフリーの姿はない。このまま行ける。行こう。道なりに左折すると、展示の雰囲気はがらりと変わった。

パンフレットと博物館の廊下とを見比べる首振り人形になりながら、俺はようやく目当ての部屋に踏み込んだ。壁の看板には、エンシエント・メソポタミアと書かれている。古代メソポタミア。いわゆる『文明が生まれた場所』だ。

ひっそりとした部屋には、古代の人々が身に着けた装身具がガラスケースの中に飾られていた。現代の基準で見れば不揃いな石たちが、一綴《つづ》りのネックレスを作っている。四千年以上前の首飾りだ。これだけの石を集めるのがどれほどの難事だったことか。

パンフレットを見ながらきょろきょろ探し回って、俺はようやく目当ての品を見つけた。部屋の中央にどんと、専用の個室のようなガラスケースを与えられた、部屋の主。

強烈な『青』のかたまり。

展示品の名前はスタンダード・オブ・ウル。ウルのスタンダード。

全面にラピスラズリがはめこまれた、一抱えはある大きな箱。

抜けるような青のモザイクを背景に、きらきら輝く虹《にじ》色の貝殻《かいがら》と赤珊瑚《さんご》が、人々の営みを描いている。宴会をしたり、山羊《やぎ》をつれて歩いていたり、背中に薪《まき》を背負って歩いていたり。四千年前の芸術品。まだ用途はわかっていないのだと、高校生だった頃に歴史の授業で少し習った。だがひたすらに美しいのだと。とはいえ見惚《みと》れている場合じゃない。

パンフレットに写真入りで載っているラピスラズリの展示はこれ一つだ。だから間違いはないと思う。問題は時間だ。リチャードが何時間前にあのメモを残したのかわからない。

遅すぎて立ち去ってしまったのか？　箱の前に立っているのは、ペイズリーのスカーフを巻いたトレンチコートの女性だけだった。ヒールのある靴を履いている。だが、じっとスタンダードを見ているのはこの人だけだ。顔立ちは見えない。もしかしてシャウル師匠の知り合いの人だろうか？　連絡役を？

スタンダードは表と裏の絵が違う。反対側の絵を見ようとするふりをして、俺がそっと対面に回り込み、スカーフの人の顔をのぞき込むと。

「この、ばかもの」

青い瞳が俺を見た。

聞きなれた声。金色の髪。一目見ただけで永遠を感じる美貌。

「リチャード……！」

スカーフの隙間から見える顔は、極限まで不機嫌だった。リチャードはかつかつとヒールを鳴らして俺の隣に歩み寄り、手首を摑んでまた歩き出した。この部屋は美術館のレストランに直結している。そこから階段を下りればすぐに博物館の出口だ。

「来なさい。クロークの荷物を回収します」

「お……おまえぇ！　どこの女王かと思ったよ！」

「説教はあとだ」

中空に浮かぶような位置にあるレストランでは、観光客がにぎやかに美術鑑賞後の一息を楽しんでいた。喧噪《けんそう》を素通りし、白い階段を下り、クロークから俺のパスポートとバックパック、そして自分の荷物を救出すると、リチャードはまた俺の手首を摑んだ。追手が来ているかどうか振り返って確かめるような暇もない。それにしてもジェフリーが二人分のパスポートを一緒に預けようと提案した時、断固拒否できて本当によかった。

博物館を出ると、リチャードはローヒールを脱ぎ捨てゴミ箱に放り込み、預けていた箱の中から革靴と男物の靴下を取り出して履き替えた。腰をきゅっと縛っていたトレンチのベルトも緩《ゆる》める。大行列の博物館前のタクシースポットは無視して、ワンブロック小走りに歩き、別のタクシーを捕まえた。

黒い車の後部座席に、二人並んで乗り込んだ一秒後、リチャードは叫んだ。

「一体何を考えている！」

「ごめん」

「謝ることではないでしょう！」

「本当に申し訳ございませんでした！」

タクシーの運転手は振り向いて、リチャードに一言何か言った。十中八九『騒ぐなら降りろ』だろう。リチャードは運転手に詫《わ》び、どこかの地名を告げた。車が動き出す。俺は長い息を吐いた。この国に到着してからやっと、気が休まった。

「……謝罪は不要です。それより説明を。何故《なぜ》ここにあなたがいる。彼らに何を言われた」

何を言われたって——そうか、リチャードは俺がここに無理やり連れてこられたと思っているのか。それもそうだろう、こいつにしてみれば、俺がこいつを追いかける理由がない。どう説明すればわかってもらえるだろうか。まずは俺がジェフリーたちの陣営には取り込まれていないことを、どうにか信じてもらわなければならない。

「……買収はされてない。信じてくれ」

「あなたの性格など百も承知です。状況を説明しろと言っている。何故ここに？」

お前に会いに来たんだと言えば一言で終わる。でもそれだけでは何も伝わらない。考えよう。視界が回る。回る？　どうして？　そうか、目が回っているんだ。背中をまっすぐ伸ばして、体を支えているのがつらい。まだ考えることがあるのに。

「正義《せいぎ》？　正義、どうしました」

「…………考えてる、考えてるんだけど……ちょっと、タイムを……」

嬉《うれ》しすぎたのか、安心しすぎたのか、ともかくなにかのメーターが限界値を振りきったようだった。カーブでもないのに俺がよりかかられて、リチャードはさぞかしびっくりしたことだろう。申し訳ない。でももう体が自由に動かないのだ。眠い。体が熱い。目が回る。だるい。頭の奥がじくじくする。体が動かない。

正義、正義と俺の名前を呼ぶ誰かの声が、少しずつ遠くなっていった。

変な夢にも、もう慣れてしまった。アパートの部屋で眠っていて、上からリチャードが俺をのぞき込んでいる。何か言っているのに、口がぱくぱく動くだけで声が聞こえない。はずなのだが。

「気がつきましたか、正義の味方さん」

俺は目を見開いた。天井に見覚えのないランプがついている。高田馬場《たかだのばば》のアパートではない。飛行機のリクライニングシートでもない。そうだ、ロンドンに到着したんだ。博物館に行って、メモが落ちていて、リチャードと合流して。

「……夢みたいだ……こっちのほうが夢みたいだ」

「できることならば『悪夢みたいだ』に訂正を」

「全然、悪夢じゃないだろ……だってお前がいるんだぞ……」

体を起こそうとすると、頭の下にごつごつした枕があることに気づいた。クラッシュアイスのパックだ。半分くらい溶けていて、白いタオルでぐるぐる巻きにされている。額に張りついているのは男性物のハンカチだった。上半身の服が、博物館で着ていた白いシャツから、バックパックに入れていた長袖のトレーナーに替わっている。眠り込んでいる間に介抱されていたらしい。

「フロントで体温計を借りました。百度もありますよ」

「ひゃく？　それは、体温計の故障だろ……」

「失礼。華氏《かし》では通じませんね。摂氏《せっし》では三十八度少し手前くらいでしょう。私も動転していあます……もう一度計りなさい。下がっていなければ医者に連れていきます。海外旅行保険には加入してきましたか？」

「入ってきたよ。それよりお前、俺のことなんかどうでもいいだろ。ここはまだロンドンなのか？　もっと遠くに行ったほうがいいんじゃないのか」

リチャードは面白い冗談でも聞いたように笑った。小さい子をあやすような顔だった。差し出された体温計は、音が鳴っても謎の数字が表示されているだけで、俺には判読できなかったので、申し訳なく保健室のリチャード先生にお渡しした。

「九十八・五。少し下がりましたね。よかった」

「……よくないだろ。こんなところにいていいのか。移動するなら俺も」

「駄目です。寝ていなさい」

「俺のことはいいから」

「私のことはどうでもいい。さっさと、体を、休めなさい」

絶望的に変なことを言ってるぞと、俺が眼差《まなざ》しで訴えると、リチャードはしらじらとした眼差しを返してきた。縁を切った家族から逃亡中なんじゃないのか。いや、それは、もちろん、迷惑の塊《かたまり》のような俺が、言えたことではないのは百も承知なのだが。ああもう、控えめに言って死にたい。どうしてこんな時に風邪なんかひいているんだ俺は。

「…………タクシーの中から覚えてない」

「高熱でほとんど意識を失っていました。平衡感覚もおぼつかないのに、壊れた機械のように『大丈夫だから心配するな』しか言わなくなりました。肩を支えれば歩けるようでしたので、手近なホテルにチェックインして、あと一時間目が覚めなかったら医者を呼ぼうと思っていたところです」

「いや、もう本当に大丈夫だから」

「その言葉は百年分聞いた」

もう聞きたくないと、リチャードは押し殺した声で告げた。

「……どうして俺たちが、博物館に行くってわかったんだ？　先回りしてたんだろ？」

「ご丁寧に私の古いメールアドレスに、あなたとのツーショットがリアルタイムで送られてきましてね。あなたが私のいとこと同行していたのは、ビッグベンから北上してゆくコースでしょう。懐かしい散歩道です。小さなころの休日の定番でした」

つまりそれは、ジェフリーとリチャードと、もしかしたらヘンリーの三人で、よく散策したコースということか。ジェフリーは最初から、リチャードにしかわからない信号を送り続けていたのだ。だとしたらなおさらこんなところでうだうだしている暇はないはずだ。

「リチャード、もう俺は平気だよ。移動したほうが……っととと」

「動くな。寝ていろ。私からも質問を。何故ここに？　誰に情報を？　イギリスに戻ることは、師匠にも伝えませんでした」

俺はベッドに横たわったまま、詐欺師《さぎし》の佐々木が俺のところに突撃してきて、難癖をつけるついでに隠し撮りを見せてくれたのだと語った。ベッドサイドの椅子に腰掛けたリチャードは、手で顔を覆い、深く嘆息した。

「……やはりあれは迂闊《うかつ》だったか」

「あの仮装パーティのことを言ってるなら、相当迂闊だったと思うぞ」

「ああいう男は生理的に受けつけません。性根を叩きなおしてやりたくなります」

「昔のお前に似てるから、か？」

リチャードは少し驚いた顔をしてから、力なく笑って、俺の額のハンカチを裏返してくれた。冷たくて気持ちがいい。

「シャウルの入れ知恵ですね。あなたに情けをかけると碌《ろく》なことにならないと、きちんと説明しておいたつもりだったのですが」

それは『名前で呼ぶと懐くから』という、あれだろうか。

何故ここに来た、というリチャードの質問に、俺はまだ答えていない。殴りたいとも思っていたけれど、実際こうしてまた会えると、嬉しい気持ちが大幅に上回って言葉に詰まってしまう。俺は土壇場《どたんば》で言いたいことが言えない男らしい。谷本《たにもと》さんの時にもそうだった。でも今は、絶対に言わなければならない。今言えなければ永遠に言えないかもしれない。それだけは絶対に嫌で、気がついたら地球を半周していたのだから。

「……勝手な頼みなんだけどさ、一つ聞いてもらえると嬉しい」

「頼みの内容によります」

「そんなに難しいことじゃないと思う」

「ですから内容次第です。この部屋代でしたら、満額あなたに請求しますのでご心配なく」

割り勘にしてくれと頼んだ、有楽町《ゆうらくちょう》のホテルでのことを思い出した。あの時もこいつは優しかった。でも今は、ああいう気遣いの言葉より、もっと踏み込んだ情が欲しい。

「…………何も言わないまま消えないでくれ」

頼むから、と俺が続けると、リチャードは少し、身じろぎしたようだった。静かな部屋だ。他には何の音もしない。

「お前がいなくなった時……胸にでかい穴が開いたみたいで、何もできなくなって、めちゃくちゃ困ったんだ。どうしようもなくてこんなところまで来たけど……会えなかったら多分、まだ右往左往《うおうさおう》してるだけだった。だから……頼むから……」

何か言ってくれ、と。

そんなことしか言えなかった。

「……話したところでどうにもならないこともあります」

「事情が知りたいってことじゃない……！　それはいいんだ。気にならないわけじゃないけど、百歩譲って、いいんだよ。でも『理由は言えないけどロンドンに行く、用事は秘密』くらいの、情報は欲しかった」

「給料は満額以上お支払いしておいたはずですよ。文句はないでしょう。何故あなたに、そんなことまで、わざわざ言う必要があるのです」

リチャードの言葉、一つ一つが、本当にその通りだ。あまりにも正論で、大体俺が頭の中で想像していた程度のものだ。手加減コースだ。こいつが本当に怒っていて、俺を叩き潰そうとしているならば、もっと簡単に俺の弱みの核心を抉《えぐ》りだせるだろう。

こういうのには少し飽きた。

「お前ともっと仲良くなれると思ってた。いや、仲良くなりたかったんだ」

「……馬鹿《ばか》馬鹿しい」

「自分でもそう思うよ。バカすぎて泣けるレベルだ。いつまでエトランジェのバイトが続くかわからなかったけど、そのうちお前と……休みの日にたまに出かけたり、特に用事もないのに電話したり、そういうことができるかもしれないって、勝手に思ってたんだよ。今までお前とはそういうの、欠片《かけら》もなかったけど、あったらいいなって思ってたんだ。俺が勝手に」

我ながらすごく恥ずかしいことを言っている自覚はある。でもリチャードは言葉をはさまずに聞いていてくれている。だったらもう、言いたいことは今のうちに全部言ってしまおう。熱がぶり返してまた眠り込んだら、目が覚めた時もうリチャードはいない気がする。面倒な家族がいる限り、こいつはあちこち逃げ回らなければならないのだろうから。

「お前のことが好きなんだ。びっくりするくらい好きだった。お前の傍《そば》にいるのが好きだった……いつの間にかそれが俺の『普通』になってて……いきなりそれがなくなったから、酸素マスクなしで宇宙に放り出されたみたいで……週に一回か二回会えないと、体がぶっ壊れそうになるくらい辛い。いや違う、毎週会えなくてもいいんだ。世界のどこかにお前がいて、元気にしてるってわかればいいんだ。でも今回は、そうじゃなかったから……本当に心配で………だからって飛行機に乗るなんて思わなかったけどな……実際に乗るまではさ。はは……笑いごとじゃないか。ごめん。迷惑をかけて、本当にごめん」

頭が痛い。言いたいことがまとまらない。変な夢を見る。視界の中にリチャードの顔があって、だんだん顔が近づいてくるのだ。でも最後に顔を引いて、すごく嫌な顔で笑う。どうしてあんな夢を見たんだろう。いやこれは夢じゃない。あいつの後ろに不思議な形のランプが見える。ホテルの調度品だ。そんなに安いホテルではなさそうな――え？

「しばらく黙っていなさい」

顔が近い。

リチャードのきれいな形をした鼻は、俺の顔の横を素通りしていった。今は俺の右耳の隣にある。ほっそりした腕が、痛いくらいに強く俺の肩を抱いている。胸の上に誰かの体重がかかっているのに重く感じないのは、リチャードが足を床についたままだからだろう。

毛布ごしに感じる体は、思っていたより硬かった。心臓の音がする。俺のものとはペースの違う音が、二つ交互に鳴っている。頭がぼーっとしてくるのは風邪のせいなのか。

「……このたびは、誠に申し訳」

「黙っていろ」

「はい」

リチャードは石になったように俺を抱き、一分かそこらの後《のち》、唸《うな》るように喋った。

「……迷惑です。何故あなたはいつも、いつも、そんなふうに、私を好きだと言うのか」

「わかってる。だから」

「馬鹿がつくほどお人よしの、お節介焼きの子ども。身の程を弁《わきま》えず、猪突猛進《ちょとつもうしん》に突き進む。あなたの正義感はいつも利己的で、そのくせあなたの手元には自己満足以外の何も残さない。不毛にもほどがある」

「ずばずば来るな……」

「なのにどうしてもあなたを嫌いになれない」

最後に一度、俺を抱く腕に力を込めてから、リチャードは起き上がってベッドを離れていった。待て。待ってくれ。そのまま部屋を出て行ってしまいそうで怖い。まだ言いたいことはあるんだ。

「……用件を伝えそびれてた。ちゃんとあるんだよ、お前に渡す指輪が」

「指輪？」

「お前に渡すように、お師匠さんから」

言いつかって、と言いかけたところで、額を右から左にキリで貫《つらぬ》かれるような痛みが走った。成人男性の半身分のおもりが消えて、急に血流がよくなったせいだろう。結局何も言えないまま、とにかく鞄《かばん》、鞄を開けてくれと俺が促すと、リチャードはバックパックの中の、ダイヤルロックで施錠されたミニバッグを取り出した。そう、それだ。咳《せ》き込みながら三桁の番号を俺が伝えると、白い指は器用にロックを開けた。

中から指輪の箱が出てくると、リチャードは黙って立ち尽くしていた。リチャード・リング。こいつが受け継いだものだと、シャウルさんは言っていた。

俺が黙り込んでいると、リチャードは古い指輪を眺めたまま、喋った。

「あなたはどこまで聞いたのですか。私の遺産相続の件について」

今その話になるのか。寝耳に水ではあったが、飛行機の中で一通り聞いていると思う。

「お前が、特定の条件の相手と結婚すると、ダイヤを相続できて、条件に適《かな》わない相手だと、ダイヤが環境保護団体行きになるって話を聞いた。邪悪なパズルみたいだって」

「他には？」

「……『純粋なイギリス人の女性』と、それ以外の区分のことも、聞いた」

リチャードはもう一度、他には？　と俺に尋ねた。まだ何かあるのか？　思い浮かばないと首を横に振ると、リチャードは力なく笑った。

「全体像の三分の二、といったところですね。私が結婚したとしても、遺産を相続するのは私ではありません。私の配偶者になる相手です」

「……はいぐうしゃ？」

「妻にあたる相手です。ダイヤモンドを手に入れるのは、私が結婚する相手、すなわち『純粋なイギリス人の女性』であって、私ではありません。私はただの手続き用のＡＴＭにすぎないのです。そういう遺言になっています」

つまりリチャードはただの経由地点で、行き先が環境保護団体であれ配偶者であれ、ダイヤは外へ行ってしまうということか？　もちろん夫婦円満であれば、配偶者の財産だって夫の財産の一環と言えるかもしれないけれど、こんな巨額の遺産が転がり込んでいたら、うまくいっていたものだって罅《ひび》が入ったりしないものだろうか。

伯爵には、自分の子孫にダイヤを遺す気がなかったのか？

聞けば聞くほどおかしな遺言だ。

「……意味不明にもほどがあるだろ。そもそもこれは何のための遺言なんだ」

「意味を考えることは、随分《ずいぶん》前に諦《あきら》めました。人が人を愛することに理由がないのと同じように、人が人を憎むことにも明確な理由はないのかもしれません。悪意の意味を追求しても、己《おのれ》の心身をすり減らすだけです。しいて言うなら『手の込んだ八つ当たり』でしょうか？」

「……なあ、今の『人が人を愛することに理由がないのと同じように』って言葉……誰が言ったんだ？」

予想外の質問だったのだろうか、リチャードは俺の顔を見ると、少し疲れた顔で笑った。

「私の育ての父にあたる人の言葉です。第九代クレアモント伯爵」

「お前を銀行経由で呼んだっていう、ジェフリーの親父《おやじ》さんか……」

「伯爵にはとても感謝しています。私の実父以上に父でいてくださった方でした。ですがそれはそれです。今後もこの国に居つくつもりはないと、丁重《ていちょう》にお伝えしてきました」

「……じゃあ、お前はこれからどこに行くんだ？」

リチャードは答えなかった。

奇妙な予感がした。俺の声がリチャードの耳に、全く届いていないような気がしたのだ。

リチャードの目は俺を見ていない。俺のいるところを何となく見ているだけだ。

初めてだ。こいつのこんな顔を見るのは。

俺がよっぽどひどい顔をしていたのか、リチャードは軽くため息をついた。

「そう思い悩む必要はありませんよ。当代伯爵の二人の息子が望んでいるのは、彼らの言いなりになる女性と私との婚姻ですが、端的に言って」

リチャードは英単語の発音練習のように、二言のイディオムを発音した。未だかつてこんなに明朗な『クソくらえ』は聞いたことがない。渾身《こんしん》の一言だった。

「ですので、彼らの願いが叶う見込みは、限りなく薄いかと。一部お聞き苦しい言葉があったことをお詫びします」

「がんがん言ってくれ。スッとしたよ」

俺が笑っても、リチャードは表情を変えなかった。ほっそりした手は所在なく、自分の名前を冠された指輪をいじっている。

「その指輪、シャウルさんから、お前が『受け継いだもの』って聞いたけど……」

誰からの、とは尋ねられなかったけれど、リチャードは俺が問う前に答えをくれた。

「祖父です。八代目クレアモント伯爵。私の名は彼にちなんだものでしたので」

ああ。七代目に勘当《かんどう》された、国際結婚をした息子さんの名前も『リチャード』だったということか。リチャードが遺産の相続に関わるキーパーソンにされた理由は、ジェフリー曰《いわ》く人種差別的なひいきが原因だったというから、名前の一致は関係ないのだろうが。

こういうのを『因縁《いんねん》』というのだろうか。

「……よくとっておいたな、その指輪」

「捨てられるものと捨てられないものがあります」

どこかで聞いたような言葉だ。確かに、指輪を捨てたとしても、自分の家までは捨てられない。それならとっておこうという宝石への態度が、つくづくリチャードらしい。シャウルさんに修復に出したからには、少しは手をかけてやろうという気もあったのだろうし。

「……貴族の人って、みんな自分で自分の名前のリングを作るのか？」

「旧時代の遺物です。『みんな』が作るようなものでは決してありません。自作もそれほどポピュラーなことではないでしょう。タリスマン、護符の一種として認識されることもあるほどです。そういうものは他人の手を経るごとに、力を増すとも言われていますので」

「あれ？　じゃあ、ひょっとしてお前のじいさんも、その指輪は自作じゃなくて……」

「恐らくは彼の父、七代目伯爵からの贈り物でしょう。さすがに三億ポンドのダイヤモンドに目をつけるコレクターです。いずれもよい石ですよ。美しい宝石には罪はありません。たとえそれを扱った人間の内面がどれほど爛《ただ》れていようとも」

　絶対に許せない父親から贈られた、名前の指輪。

　熱のせいだろうか、何だか腑《ふ》に落ちない。リチャードのじいちゃんも、石に罪はないと考えたのだろうか。でも実の父親とはいえ、全てを捨てても構わないと思うほど愛した相手を侮辱《ぶじょく》した男からの贈り物である。そんな指輪を孫に与えるだろうか？　俺だったら捨てるか埋めるか、せいぜい墓まで持ってゆくくらいにするだろう。いや純粋に、金銭《きんせん》的な価値を考慮して、孫のお守りとして贈呈したのか。ルビーやダイヤモンドがついているわけだし。でも何だか、しっくりこない。

考えているうち、頭がぼーっとしてきた。遠くで誰かが呼んでいる。正義、正義という声が現実のものだと気づくまで少し時間がかかった。眠りかけていたのか。危ない。

「正義？　大丈夫ですか。少し喋らせ過ぎましたね」

「何でもないよ！　もう全然平気だから」

「休みなさい。まだ熱があります」

「これだけ爆睡したのに、眠れるわけないだろ！　大丈夫だからさ」

笑い声を出してみたが、我ながら上滑りしているのがわかる。でも仕方ないだろう。

リチャードがいなくなるのが怖い。

目を閉じて意識が飛んだが最後、気づいた時には部屋に俺しかいなくて、ホテルの支払いも全部終わっている気がする。そして連絡先もわからないまま、それきり。

言いたいことは言った。でもまだ返事を聞いていない。

俺が異様に自分を凝視する理由を、リチャードは悟ったのだろうか。指輪の箱を枕元に置くと、美貌の男は俺の額からハンカチをとりあげ、入れ替わりに右手を置いた。細い指をひんやり感じるのは、やっぱり熱があるからか。本当にどうしようもない。どうしてこんな時に体を壊すんだ。今でなければ一生のうち、いつ体を壊してもいいのに。

どうやらリチャードは左手を、俺の首の下に回しているようだった。でも手の感触がない。首に当てられた氷袋の下なのだろう。そのままずっと動かない。何をしているのだろうと思った時、首の裏からリチャードが手を引いた。右手と左手が交替する。

「…………う、わ……」

極限まで冷たくなった手が、俺の額を撫《な》でた。息が荒くなる。左手が熱くなると今度は右手、次は左手。何なんだこれは。氷の袋で手を冷やしては、白い手が俺の頭に触れる。

何も言えないまま胸を上下させていると、小さな笑い声が聞こえた。リチャードが笑っている。呆《あき》れているのか。

「気分はいかがですか？」

「…………気持ちいい。こんなに気持ちいいの、生まれて初めてだ……」

「それはよろしゅうございました」

囁《ささや》くような声も心地いい。小さいころ、母のひろみに看病されたことを思い出してしまう。深いため息をついた時、俺は慌てて目を見開いた。駄目だ。眠っては駄目だ。何か言わなければ。意識が遠くなってしまう。

「……リチャード。ずっと考えてたんだけど、わからないことがあるんだ……いや、こんな時に、質問することでも、ないと思うんだけど……」

「休めと言っているでしょうに。何です」

金目当てだと思われたくないって、と俺が告げると、また左右交替しようとしていた手の動きが止まった。覚えているはずだ。銀座で別れる直前に話してくれた、あの話だ。

「……ダイヤを受け継ぐのは『純粋なイギリス人の女性』なんだろ。なら、それに該当《がいとう》しない相手が、お前と結婚しようとしても、報酬《ほうしゅう》はないわけで……だったら、どうして」

「ありますよ」

「え？」

「私が該当者以外と結婚した場合にも、配偶者には報酬があります。伯爵家に伝わるサファイアのコレクション。こちらの価値はせいぜい数万ポンドと言われていますが、まあ、一財産であることに変わりはありません。ダイヤとは比べ物になりませんが」

「…………………」

やっとわかった。何故リチャードの昔の恋人が、こいつの前を去ると決めたのか。

どんな選択をするにせよ、こいつの恋愛には遠い昔の亡霊がつきまとってくるわけだ。呪われた影のようだ。ナイフでぶちぶち断ち切って、鉄の箱に押し込めて、遠い海に流してやれたらいいのに。

「……どっちにしろお前の手元には残らないんだな」

「ええ。気になっていたのはそれだけですか。ではもう」

「まだある、まだあるんだよ。ええと……そうだ、『数万ポンドと言われている』って、お前は本物の宝石を見てないってことか？」

「見ていません。公開されていませんので。見ることが叶うのは、私と、私の配偶者候補が二人揃って、伯爵家の管財人の前に揃い踏みする時のみです」

「ならどうしてダイヤやサファイアの値段がわかるんだ」

「購入記録が残っているという話を聞きませんでしたか？　購入の席には伯爵の名代《みようだい》であった先代の管財人と、石の販売者のサインが残っていました。公的な書類です。日本の『管財人』は、会社が破産する時に公的に派遣される会計士のようなものですが、伯爵家のそれはまるで立場が違います。公的な役人と家族ぐるみの友人の、中間のようなものでしょうか。彼らの一存では、宝石を私たちに引き渡すことはできません」

「ああ……ジェフリーが飛行機の中で、そんな話をしてたな……」

財産を管理してくれる管財人の家があって、金庫番のようなものだとか、その人の死が隠し遺言の発動条件になったとか。それで人間関係が壊れたとか。

「……リチャード、ごめん。お前の……昔の話、少しだけ、飛行機でジェフリーに」

「無用な気遣いです。彼は私より詳しく事情を知っていますよ」

リチャードの声には感情がなかった。飛行機の中での会話を思い出す。何が『椿姫《つばきひめ》』だ。冗談じゃない。冷たいが優しい手の感触が無性に悲しい。

「……ひどい災難だったな。お前も、お前の彼氏も」

「は？」

「え?」

気まずい沈黙のあと、リチャードは何かを悟ったように俺の額からさっと手を引き、唇を引き結んだ。あ。これは懐かしい眼差しだ。エトランジェでも散々こういう顔を見た。ちょっと好きな顔だ。

「一言で説明しましょう。私はゲイでは、ありま……いえこの言い方には語弊《ごへい》がありますので訂正を。私は今まで、同性の恋人を持ったことはありません。オーケー?」

「オーケー!」

「よろしい」

リチャードはさっぱりとした顔をしていた。俺の胸のつかえもとれた。一つずっと気がかりだった謎がようやく解けた。ついでに心臓に悪い呪いも。穂村《ほむら》さん、違いました。あなたの予想は外れてました。よかった、自分の背中にありえないほど重いものがのしかかっているような緊張感が、多分俺にあの夢を何度も何度も見せていたのだと思う。いや別に穂村さんから何も言われなかったとしても、俺はここにいたと思うけれど、やっぱり少し気になっていた。

あれ。だとしたら何故?

「正義?」

「……オーケーだけど、じゃあどうして」

彼女はトルコ系のイギリス人だった、と。

リチャードは俺が尋ねもしないうちに告げた。それ以上何も聞けなかった。

男にしろ、トルコ系の人にしろ、どっちにしろ先々代伯爵のダイヤモンド適合者リストには合致しないというわけだ。国際化も著《いちじる》しいこのご時世、遡《さかのぼ》ってもさかのぼっても両親がイギリス人なんて人間を選ぶことに、どれほどの意味があるのか、全く理解できない。

「ひどい話にもほどがあるだろ……」

「怒ったところでどうにもなりません。遺した男はもう死んでいます」

「……ん？　じゃあ、どうしてお前のいとこは、俺のことを勘違いしたんだ……？」

「勘違い？」

俺はリチャードと自分とを指さし、何度も素早く指を往復させた。察してくれ。そういう関係だと思われていたのだ。キスをする夢を見たという寝言のせいかとも思ったが、それだけで確信に至るような話ではないだろう。怒るかと思いきや、リチャードは肩をすくめただけだった。

「……左様ですか。それはとんだ、ご迷惑を」

「迷惑じゃない。何でもなかったよ。でもどうして」

「一般的に考えて、突然姿を消した『知人』を追って航空券を手配する人間は、いかに時間に融通の利く学生とはいえ少ないかと」

それもそうだ。やっぱり俺の奇行が原因か。申し訳ないったらない。俺が眉間《みけん》に皺《しわ》を寄せると、しかし、とリチャードは言葉を継いだ。

「…………とはいえ百パーセントあなたのせいとも、言いきれないとは思いますが」

「ええ？」

そしてリチャードは、低くうねるような声で、あなたにだけは言いたくなかったと前置きしながら、昔の自分の『悪癖《あくへき》』について語ってくれた。

「好意の表現の、加減が難しいのです」

「加減？」

「……幼年学校での話です。風邪を引いた学友がいたとします。同じ講義を履修していたよしみで、大した手間でもないので十四教科分のノートを全てうつして相手に渡したら、翌週相手に『僕も君を愛しているから恋人になってくれ』と言われ、頰《ほお》をはたく羽目になりました」

「そ、それは相手が悪いだろ！　勘違いだ、勘違い」

「……中等部での話です。クリスマス休暇にオーストリアの祖母に会えることを楽しみにしていた友人が、チケットの手配ミスで旅ができず、ひどく落ち込んでいました。おりしも私は同時期同地方に、大して楽しくもなさそうなスキー旅行に行く予定でしたので、彼に航空機のチケットを譲り、自分は一冬学校で過ごしました。休暇の後、彼から『いつも私の心には君の姿が鳴り響いている』という詩を献上され、ボクシングを習い始めました」

「……大分しんどいな。でもそれも相手が悪いだろ」

「イングランドの大学での話です。たびたび気さくに話しかけてくる男子生徒の車の仮免講習に同伴《どうはん》し、二カ月で十七回の路上教習に付き合ったあと、『このまま二人で永遠を探す旅に出たい』と迫られ、あやうく殴りつけて大事故になるところでした」

「全部お前のせいじゃない！　相手が悪い！　気を強く持てよ」

リチャードはどんよりとした瞳で俺を見ていた。

「あなたはそう言うでしょうが……友情や感謝の気持ちを表すと、奇妙なことになるのです。どうも私の行動は、一般的な基準に照らすと、何かが過剰であるようで……」

わかる。それはわかる。新橋《しんばし》駅で五時間待つとかそういう類《たぐい》のことだろう。俺もひろみに話したら似たような勘違いをされた。でも。

「それはお前の顔のせいでも性格のせいでもないだろ。お前がめちゃめちゃデキる男だからだよ。俺やその他大勢じゃ、したくたってできないようなことがぽんとできる腕と器があるから、それを相手が自分基準で判断して勘違いしてるだけだ。本当にお前のことを傍で見てる人間なら、単純にお前が優しすぎるだけだってすぐにわかるよ」

リチャードは口を引き結ぶと、黙り込んだ。俺が次の言葉を待っていると、何だか居心地が悪そうな顔で床を見たあと、天井を仰いだ。

「……上には上がいますね。世界は広い」

「え？　どうした？」

「別に。その他もろもろの紆余曲折《うよきょくせつ》がありまして、同性あるいは両性愛者と思われること
にはそれなりのキャリアがあります。親族に勘違いをされてもおかしくない程度には」

リチャードは最後にもう一度詫びるように、軽く頭を下げた。俺も頷《うなず》いて応じる。こう
いうのは繊細な問題だ。八割は困惑したけれど残りの二割はわくわくしたとかそういうこ
とは申告しないに限る。それに気に食わない相手を騙《だま》し通したようで、多少痛快な——

待て。考えてみれば、この状況は何かに使えるのか。

「リチャード、ちょっといいか。これからのことを作戦会議しないと」

「あなたの『これから』は決まっています。体調が回復次第、空港に行き、一番早い日本
行きの飛行機に乗って東京に帰る。それだけです」

「……何かの役に立てるかもしれないし」

「ハイエナの上前《うわまえ》を撥《は》ねようと？　腐った爪に引っかかれるのが関の山です」

「それでお前は結局、俺の前からずっと消えるわけか」

俺はベッドで上体を起こした。リチャードの目を見据える。

「さっきの頼み、聞き入れてもらえるのかどうか、まだ返事を聞いてない」

この前みたいに、何も言わずに消えないでほしい。

どこにいるのかくらいは教えてほしい。

俺が祈るように睨《にら》み続けても、リチャードは表情を変えなかった。そうか、わかった。リチャードはやっぱり優しいやつだ。少なくとも俺に嘘《うそ》をつかないでくれた。わかってはいたが、現実は残酷《ざんこく》だ。俺ではリチャードの力になれない。

俺は笑った。リチャードは何も言わない。まだ喉ががらがらしているので、あまりうまく笑えないが、それ以外できることがなかった。谷本さんに背中を押してもらって、イギリスまでやってきて、念願かなってリチャードに会えた。本当に嬉しかった。

でも俺は相変わらずの役立たずだった。

「正義」

「ちょっとおかしくてさ。海を越えてやってきたのになあ、ウルのスタンダードみたいに」

「……そのようなことはあなたの勝手でしょう」

「よくあれで俺がわかると思ったな」

ラピスラズリはそれほど頻繁《ひんぱん》にエトランジェで商《あきな》われた石ではない。ウルトラマリンの話をしたのだって、一回こっきりだった。ああいう話は日々カーペットに積もる塵《ちり》のように、数えきれないほどあの店で積み重ねてきた類のものだった。それはもう何度も。

「俺がお前の話を忘れてたらどうするつもりだったんだ」

「忘れていたなら忘れていたで、それまでだったということです。馬鹿げたメールも、写真も、見なかったふりをします」

　忘れているとは思わなかったと、俺には聞こえた。事実そうだったわけだが。何なんだ。どっちなんだ。俺はこいつに信用されているのか、いないのか。

「……あのさ、俺は」

「帰りなさい。学生の本分は勉学です。大人にお節介を焼くなど十年早い」

「お前の役に」

「帰れ。あなたがいないほうがよほど役に立つ」

　発音のよい日本語が上滑りしてゆく。リチャードは俺の目を見ない。やっと理解できた。リチャードは俺に役に立ってほしいと思っていない。

　俺を守ろうとしているだけなのだ。

　いくら食い下がっても、事情を話してくれないことも、同じ理由だろう。何なんだ。こいつは俺を何だと思っているんだ。優しすぎて腹が立つなんて初めての経験だ。

「…………お前、いいやつすぎると身を亡《ほろ》ぼすぞ……」

「熨斗《のし》をつけてお返ししたいお言葉です。寝ていなさい」

「ただのバイトだぞ？　そこまで心配する必要なんかない。適当に使えるだけ使えば」

「それ以上、無駄口を叩いたら、電気コードで手足を縛ってでも眠らせる」

　そこまで俺と話すのが嫌か。そんなふうには見えない。ただ俺が何か言うたび、目を伏せるリチャードがものすごくつらそうなので、同じ場所にいるだけで俺もつらい。

「……電気コードで縛りたいなら、ミイラになるまで巻けよ。それでも黙らないけどな」

「不適切な勘違いをしないように。いいでしょう、お喋りがしたいのなら、石の話にしましょうか。私たちの冷たい関係にはぴったりです。寝ながら相槌《あいづち》でもうっていなさい」

そう言うとリチャードは、伯爵家の宝石の話ではなく、ラピスラズリの話を始めた。自分の家の問題は、あくまで俺には関係ないということらしい。和名は『瑠璃《るり》』。仏教の教典では七宝の一つとして珍重される石。こんなことを話している場合じゃないだろう。でもこれ以上くいさがると、無力感に負けたくなくてだだをこねる子どもになってしまいそうで嫌だ。だが何よりも嫌なのは、困っている誰かの前を、何もできずに立ち去らなければならないことだ。

パイライトの金色の粒が青い石の中に混じりこむと、一粒の石の中に、一番星の輝く天球儀のような壮麗《そうれい》さが宿る。

「夏のヨーロッパや西アジアの田舎《いなか》を訪れたら、よく晴れた夜、九時か十時ごろ、ポーチに出て空を見上げてみるとよいでしょう。日本では見られないほど『青い』空に、数えきれない星が瞬《またた》いていますよ。手元の石を眺めるのもよいものですが、時には己が立っている青い星も、宇宙の中では一つの石ころにすぎないと感じてみなさい。小さな悩みがどうでもよくなります」

言いながら、リチャードは再び、俺の額に手を当てた。ヨーロッパの夜。想像する。飛行機から見下ろした山並みのどこかに、ぽつんと立つリチャードを。それはもう、きれいなんだろう。美しすぎて泣きたくなるくらい。

「お前、すごいな。目を閉じて聞いてたら、青い夜空が目の前に見えたよ」

「熱のせいでしょう。まだ少し熱い」

「……思い出した。ラピスラズリはさ、すごい石なんだよな」

「まだ言いますか。『すごい石』とは？」

前にリチャードとお客さまが話しているのを、脇でお茶を出しながら聞いていたことがある。どちらかというとジュエリーコレクターというより鉱物岩石同好会寄りのお客さまが、水晶や瑪瑙《めのう》、そしてラピスラズリを並べてもらって、楽しそうに語っていたのだ。

「ほら、『最強の石』だって話だよ」

ラピスラズリは『最強』なのだと。

石に霊的な力が宿っているという考え方は、それこそ古代から存在したようだが、その考え方の源流、伝承が確認できる範囲で『最古』のパワーストーンが、ラピスラズリなのだという。だから最強。何にでもきく。人を癒《い》やし、励《はげ》まし、勇気づけ、慰《なぐさ》め、美しい青で何でも叶えてくれる。魔法のようだ。きっと昔の人は、あの神秘的な青や、何千年も前から伝わる美術品を見て、石の力に思いを馳《は》せたのだろう。

俺がまた笑い始めると、リチャードは心配そうな顔をした。大丈夫だ。これは熱のせいじゃない。しいて言うなら自分に呆れているだけなのだ。

「パワーストーンは、古ければ古いほど力がこもるって説もあるんだろう。だったら、俺とお前はあのラピスラズリのおばけみたいな箱の前で再会したんだから、もういいことしかないんじゃないかな」

「であれば世界中の古い石に刻まれた遺跡や彫像が、ばかどもの手によって爆破されるようなこともなくなるのでしょうね」

「……本当にな」

人間は石に想《おも》いを託す。願掛けの絵馬《えま》のようだ。そうだったらいいのにと願うことと、そうであるようにと力を尽くすことは違う。ただ、それは結果には関係のないことだ。力を尽くしても願いが叶わないこともある。何故だろう、脳裏をばあちゃんの姿がよぎる。

悪いことをしたら、報《むく》いがある。

何故今そんな言葉を思い出すのだろう。悪いことをしたのはリチャードの先祖の伯爵だろう。でもその代償《だいしょう》を受けているのはリチャードだ。どうしてこんなことになる。どうして俺にはいつも何もできない。

昨日、遺産相続の話を聞いた時から気になっていたことを、俺はリチャードに質問した。クレアモント伯爵家と一口に言っても、ほぼ親戚《しんせき》のいない俺の家でもあるまいし、いろいろな立場の人がいるはずだ。その人たちはリチャード一人に降ってわいた、無茶ぶりとしか言いようのない遺言を、どう受け止めていたのかと。

リチャードはしばらく黙ってから、特にどうとも、と告げた。

七代目伯爵の存在が家のタブーになったことを除けば、これといった変化はなく、干渉してこようとした相手は二人のいとこだけだったという。三億ポンド程度のことで騒ぐのは、はしたないとでもいうように。彼らはただ、遺言の存在など知らないふりをして、それを誰かが大袈裟《おおげさ》に騒ぎたてたりしないよう、礼儀正しく口をつぐんでいたと。

助けを求めたら助けてくれそうな人はいなかったのかという俺の意図《いと》を、リチャードは正しく汲《く》んだようで、たとえ誰かに肩代わりしてほしいと言っても意味がないことだったと静かに告げた。次代伯爵と同じ世代である以上。母親がフランス人である以上。

七代目伯爵は、自分の子孫たちをいがみ合わせるためにこんな遺産相続プランを計画したのだろうというのが、リチャードの論だった。

「何もかもが気に食わなかったのでしょう。息子の出奔《しゅっぽん》も。家族の死も。異国の人間の血が、生え抜きの貴族である自分の家に混じるということも。憎悪は人間の思考を簡単に硬直化させます。死期の近づいた老齢の孤独な男であればなおさらでしょう。ですが付き合ってやる義理はありません。私はこれからも必要である限り逃げ続けます」

リチャードの言葉は、俺の耳には『死ぬまでどこにも居つかない』と聞こえた。

世界を駆け巡る宝石商にはぴったりかもしれない。でも好きな街、好きな国を好きな時に訪れるのと、誰かに急《せ》き立てられて世界のあちこちを逃げ回るのは、まるで違うことだろう。

瞳から俺の心を読んだように、リチャードは薄く微笑んだ。

「あなたが思うほどの不都合はありません。私は語学に堪能ですし、仕事もありますし、石の目利きの腕もそこそこと自負しています。四年間同じことを続けてきました。もう慣れましたよ」

俺が黙り込むと、リチャードは首をかしげた。どうしましたと問いかける声の優しさに、何だか胸がちりちりする。風邪のせいではないだろう。

「……ちょっと想像してたんだ。お前がまた、アルゼンチンだかカタールだかに、あの黒いキャリーケースをがらがら引いていって、目抜き通りに宝石店を開くところを。こぢんまりしたいい店で、おいしいお茶とお菓子が出てきてさ。お前はそのうちアルバイトを雇って、そいつはきっとお前を尊敬するように」

「なりません」

「……でも」

「雇いませんので」

俺が黙ると、リチャードは沈黙を問いかけと思ったようだった。唇が笑みの形に歪《ゆが》む。

頼むからそんなふうに笑わないでくれと言いたくなるような笑顔だった。

「いないほうがましな人材を雇ってどうしろと？」

懐かしい言葉だったが、リチャードの表情は、あの時とは似ても似つかなかった。

俺のことを名前で呼ぶなと、リチャードはシャウル師匠に頼んだそうだ。懐くからと。懐いてたんじゃない。もっと親しい相手になりたかっただけだ。頼ってほしかっただけだ。これまで俺がもらったいろいろなものを、少しでも返したいと思っていただけだ。礼儀だ何だと、自分の臆病《おくびょう》さに名前をつけて踏み込めなかった分も。

「……リチャード」

「一度外に買い出しに行きます。食べられそうなものはありますか。果物は？」

「お前、本当に……」

不意に、奇妙な音が聞こえた。ノックだ。

コツコツ、コツコツと、誰かが部屋の扉を叩いている。

俺とリチャードは口をつぐんで扉を眺めた。間を空けて、またノック。ホテルの人か？　呼び鈴があるのに？　俺は声を潜《ひそ》めてリチャードに問いかけた。

「……心当たりあるか？」

「フロントに『あるならアスピリンを』と頼んでおきましたが」

「いつ」

「意識の朦朧《もうろう》としたあなたがベッドにダイブしたころです。三時間前」

開けないほうがいいだろう。リチャードは俺をとどめたまま、部屋の玄関に向かった。声は出さない。呻《うめ》くような声が聞こえた。英語だ。リチャードは声を聞き取り、はっとしたように口に手を当てた。

「……ヘンリー」

ヘンリー？　心身を壊したというジェフリーの兄さんか。何故ここがわかったんだ。俺が困惑していると、部屋の中にいきなり携帯端末の着メロがながれ始めた。ショパンのノクターンだ。誰のものだ？　俺じゃない。リチャードも困惑している。リチャードのものでもないのか？　音の出所はどこだ？

俺はよろよろしながら立ち上がり、頭を巡らせた。

出所は俺の手持ち鞄の中だ。

裸足《はだし》のままベッドから降りて鞄を探ると、外側のポケットの中で、見覚えのない二つ折りの携帯電話が震えていた。意味もわからずとる。海外のものでも日本のものでも、基本的なボタン操作は同じだ。

『あ、もしもし中田くんですか？　ジェフリーです。二人の時間をお邪魔して申し訳ありません、実はうっかり君の鞄の中に、僕の携帯のサブ機が間違って入ってしまったみたいなんですよー。まあＧＰＳ機能のおかげで追跡できたからいいんですけどね。そうそう中田くん、折り入って耳寄りな話を聞いてもらえませんか？　実は弁護士から連絡がありまして、もしかしたらダイヤモンドが』

ロボットのように踵《きびす》を返して近づいてきたのはリチャードだった。怖い。顔から表情が抜け落ちている。俺が熱い鉄の塊のように携帯電話を放り出すと、リチャードは流れ作業のようにキャッチし、一言、叫んだ。

「警告したはずだ。二度と私の人生に近づくな！」

そしてそのまま、白い携帯電話をバッキリと二つに折った。細かいパーツが床に散る。知ったことかとばかりにリチャードはゴミ箱に携帯の残骸《ざんがい》を叩き込んだ。言葉もない。初めて見る。怒ったリチャードは、こんなに感情的な男になるのか。青い瞳が燃える火のようだ。

リチャードはそのまま扉にガードロックをかけ、扉の前に椅子を置くと、回れ右をして部屋の奥へ向かい、何故かベランダに続く扉の鍵をあけた。二メートル四方くらいの空間に、おしゃれなテーブルと椅子があって、右側に非常階段がついている。火事の時にはベランダから階段に移れるようになっているらしい。でも、今？　逃げるのか？　本気で？

「正義、着られるだけ服を着なさい。チェックアウトです。部屋の代金はチップを多めに先払いしてありますのでご心配なく。いざとなれば裕福な自称親族もそこにいます」

「お前、スリランカと香港《ホンコン》ではどんな暮らしをしてたんだよ……？」

「話していたら日が暮れます。その鞄は捨てなさい。アルマーニを買ってあげます」

「了解だ親分。どこまでもついていくぜ」

冗談めかした言葉だったが、半分は本気だった。俺は笑ったが、リチャードは返事をせず、ただ俺に背を向けた。了解だ親分。それが答えということか。

外からはまだコツコツという根気強いノックの音が聞こえるが、リチャードは完全に無視した。今度はホテルの部屋の内線電話が鳴り始めたが、知ったことじゃない。その時。

叫ぶような声が聞こえた。

ミスター・ナカタと、廊下の男が俺を呼んだ。俺にもわかる、簡単な英語で。

どうかリチャードを助けてやってくれ——と。

どうか、どうか助けてやってくれと繰り返しながら、彼はノックを続けている。助けてやってくれ？　どういうことだ。俺が硬直していると、リチャードがばちんと音が鳴るほど強く、俺の手首を摑んだ。また手首だ。どうしてこいつは手を摑まないのだろう。

「亡霊の戯言《たわごと》だ。耳を貸すな」

「でも……」

「彼らの関心はダイヤモンドの相続だけです。あなたのことはどうなってもいいと思っている。そんな人間の言葉に耳を傾ける必要などない。日本へ帰りなさい」

内線のコールとノックの音と半泣きの男の声と熱のせいで、俺の身体感覚はブレにブレていた。開いた窓から入ってくるロンドンの喧騒《けんそう》と冷たい空気が、頭の中でぐちゃぐちゃに混じり合って、リチャードの顔の上で焦点を結ぶ。白い光が弾けるような瞬間だった。こいつは本当にどんな時でも整っていて美しい。でもこの顔はだめだ。美しすぎて人間じゃないみたいだ。話しかけても声が届く気がしない。全てを自分で決めてしまった顔だ。

だったらもう、いいのではないだろうか。

わざわざ話しかけて、何かを訴えようとしなくても。

こいつがその気なら、もうそれでいいのではないだろうか。

力になりたいなんて、わざわざ言わなくても。

俺だって同じことをすれば。

もうそれで。

俺はリチャード氏の手を振りほどき、回れ右をして部屋の扉に突撃した。

椅子を持ち上げてどかす。金色のガードロックをはずして鍵を回す。

「正義！」

リチャードが叫んだが、無視した。

崩れ落ちるように部屋に入ってきたのは、半《なか》ば以上髪が白くなった男性だった。俺の姿に、青い瞳を大きく見開く。この色はクレアモント伯爵家の色らしい。リチャードと同じ青だ。でも三十代には見えない。シャウルさんくらいの歳《とし》に見える。

「ヘンリー?」

俺が問いかけると、イエスと彼は頷いた。目にはいっぱい涙をためている。これがピアノの椅子に座って、左右の肩にリチャードとジェフリーを乗せていた人なのか。ほとんど骨と皮のような体格で、一人で立っているのが信じられない。エレベーターホールのある方角から顔を出したジェフリーは、ヘンリーと俺の姿に驚愕《きょうがく》し、全力疾走で駆け寄ってきた。

「中田くん！　ヘンリーに何をしたんですか！」

ジェフリーは早口の英語で、ヘンリーに何か言ったようだった。危ないよとかなんとか。俺が人質作戦をすると思ったのか。びくりとしたヘンリーを、弟さんにお返ししてから、俺は二人の男をじっと見つめた。金茶色の髪を持つ、リチャードにどこか似た、リチャードの人生をめちゃくちゃにした相手二人を。正義という声がまだ背後から聞こえる。今更すぎる。話を聞かなかったのはお前のほうだ。

「話を聞かせてください。さっきこの人に、『リチャードを助けてほしい』って言われたんです。だから俺にも、何かできることがあるんですよね」

俺の言葉の意味が、しばらくジェフリーには理解できなかったようだ。気持ちはわかる。俺に憎まれようとしていたくらいだし。でも時々はこういうことがあるのだ。つまらないきっかけで、人の心にコペルニクス的な転回が起こってしまうようなことが。

「えーと、あなたたちに協力しますって言ってるんですけど、わかりますか」

「……本気で？」

「はあ。正直に言うと、今そこでリチャードと喧嘩《けんか》したんです。あいつ、本当に頭にくる。俺がどれだけあいつを好きか知りもしないで。おまけに『そんなに真剣になられても困る』とか、冗談じゃない。ここまで来るのだってタダじゃなかったのに」

リチャードの声が聞こえなくなった。俺の声は聞こえているのだろう。まばたきをするジェフリーに、俺は頭をかきながら気のない素振りで伝えた。

「まあ、もらえるものがあるなら、もらっておこうかなと」

そう言って俺は、あっけにとられる二人の兄弟の姿を、なんとなく見つめ返した。

「で？　俺は何をすれば、幾らもらえるんですか？」

case.4

ホワイト・サファイアの福音

のどかな田園風景の中を、不釣り合いに巨大なリムジンが走ってゆく。イギリスではもっとジャガーがたくさん走っているかと思っていたのだが、別にそんなことはなく、フォードやランドローバー、トヨタやヒュンダイが走っている。緑の丘陵《きゅうりょう》地帯の中にてんてんと見える白い雪のようなものは羊だ。草を食べている。遠くに見えるのは教会の尖塔《せんとう》だろうか。穏やかな景色だ。

「いいところでしょう。このあたりも伯爵家の領地で、伝統的に放牧をしているんですよ」

「へえー、この土地も伯爵の持ち物なんですか?」

「その通り。放牧者に土地を貸し出して数百年です。それより体はもういいんですか? 昨日はすみませんでしたね、体調不良だなんて気づかなくて」

「いやあ、おかげさまで好調ですよ。なあリチャード」

返事は、ない。

肩をすくめるジェフリーを無視して、リチャードは窓の外を眺めていた。

時刻は朝の十一時。向かい合わせに座れる豪華リムジンの席次は、進行方向側にジェフリーとヘンリー、それぞれと向かい合わせになる形で俺とリチャード。向かっているのは郊外にあるクレアモント伯爵家の屋敷である。管財人の一家が管理しているところで、それはもういかにもな風情の貴族の屋敷があるそうだ。あっちもこっちも古くて高い物だらけだというが、セキュリティは二十一世紀の最新版だという。

七代目伯爵のジュエリーコレクションが、秘蔵されている場所だ。

てっきりロンドンの大銀行の貸金庫にでも収納されているのだろうと俺は思っていたのだが、七代目の偏屈さは宝石の管理面においてもいかんなく発揮されたらしく、自分の死後、一切のコレクションの移動を禁じたのだという。人目に触れることすら避けたかったようだ。道理といえば道理である。彼にとって三億ポンドのダイヤは、子孫に邪悪なサプライズを仕掛けるための目玉アイテムだったのだから。

俺の隣で、リチャードは黙って、誰とも目を合わせず、人形のように沈黙している。

昨日はあれから大変だった。リチャードは俺がジェフリーと仲良く話しているのを見ると、信じられないものを見るような顔で立ち尽くしてしまい、部屋の窓から脱出する作戦もあえなく潰《つい》えた。ホテルの部屋は急仕立ての作戦会議場になり、俺はジェフリーから『とあるプラン』を持ち掛けられた。

「あのですね、博物館にいる間に、遺言関係の面倒を任せている弁護士から長い電話が入ったんです。君に関する話で。ひょっとしたらひょっとするかもしれません」

「って言うと？」

「ダイヤがもらえるかも」

うわー。すごい話だ。誰がもらえるんだ？　決まっている。俺だ。リチャードの『配偶者』候補なのだから。

七代目伯爵の作った地獄《じごく》のNGリストが、かろうじて基本的人権に反しないギリギリのところを通っているのは、他でもない、NGリストが個別的なものであったからだ。イギリス人以外の人間はダメとは書いていない。こういう地域のこういう条件の人間と結婚したらサファイアと書かれているだけだ。ジェフリーとヘンリーはそれを逆手にとった。

「確認した結果、『黄色人種の男性とシヴィル・パートナーシップを形成した場合』の条項が、あのNGリストにはありません。十九世紀生まれの人間が考えたものですから、想像の範囲にも限度があったんでしょう。だからもし、君がリチャードと結婚する気さえあれば、三億ポンドのダイヤは君のものになるんです。仮にナショナル・トラストと係争になっても、弁護士は勝てるだろうと言っています。いやあ、すみません中田《なかた》くん。飛行機の中では勘違いをしてたんですよ。水に流してくれると嬉《うれ》しいな。三億ポンドは半々でどうです？」

「一億五千万ポンドか。でもいくらかは税金でとられますよね？」

「そこはこっちで調整しますよ。なあんだ、君とはいい友達になれそうだなあ！」

彼は恋人ではなくただのアルバイトで、そういうことは何もなかったとリチャードは下を向いて繰り返したが、でも一緒に何度も食事に行ったよな、泣いていた俺を車で慰《なぐさ》めてくれたよな、それにさっきベッドで抱きしめてくれたよなと俺が無表情に問うと、美しい男は体の内側からボディブローを受けたように、それっきり何も言わなくなった。閉じた貝のようだ。ジェフリーはリチャードが逃げるのを心配していたが、そんな素振りはなかった。当然だ。こいつは俺を置いて一人だけ逃げられるような性格ではない。

　ホテルで一晩夜を明かし、翌朝ジェフリーとヘンリーは、運転手付きのリムジンを調達してきた。目指すは伯爵家だ。実際にパートナーシップの届け出をしなくても、俺とリチャードが揃えば、『相続者候補』が揃うことになり、ダイヤモンドは開示される。

　隣室のリチャードは、朝になって俺が呼びに行くと、たった一言だけ喋《しゃべ》った。

「……何故《なぜ》？」

　立っているのが不思議に見える度合いは、昨日のヘンリーといい勝負だった。灰にまみれた宝石のようだ。壮絶な美しさに儚《はかな》さが加わって、まるで命を吸い取る亡霊だ。俺は能天気に口を開けて笑った。

「『何故』って、当たり前だろ？　お前を愛してるからだよ」

　リチャードはそれからまた閉じた貝になったが、俺が先にリムジンに乗り込むと、遠いところを見るような目をしたままあとに続いた。病気の犬のリードの持ち主になったような気分だ。それから車は二時間、ロンドンから北西へ走り続けた。ジェフリーと俺がテンションの高い日本語で話し合い、時々ジェフリーがヘンリーに通訳をして笑わせようとし、ヘンリーはひたすら、黙り込んだリチャードを気遣っては無視されている。

　リチャードはもう、何も言わない。

辛気臭い空気にうんざりしたのか、ジェフリーが呆《あき》れたように笑った。

「そっけないねえ、王子さま。もっと嬉しそうな顔をしなよ？　せっかく君の恋人が一肌脱いでくれて、その厄介《やっかい》な呪いが解けるかもしれないんだよ？　君たちはハッピーエンドだし、うまくすればお金持ちになれるし、いいことずくめじゃないか」

「多分照れてるんですよ。可愛《かわい》いやつだから」

「言うねえ。リチャードが袖にしてきたやつらが聞いたら癇癪《かんしゃく》を起こしそうだ。どっちが告白したの？　どういうところが好き？　僕は偏見ないよ」

「告白っていうか、俺の一目ぼれだったんです。好きだ好きだってずっと言ってたら折れてくれました。好きなところは全部ですね。嫌いになれるところがない」

リチャードは窓の外を眺めながら、その実どこも見ていない。耳を塞《ふさ》がずに音声を遮断《しゃだん》しているようだ。人形というより、何かの間違いでよみがえってしまった死体に見える。

「僕のいとこは本当に幸せ者だなあ。ちょっと待ってね、ヘンリーに通訳するから」

ジェフリーに到着時間を尋《たず》ねると、もう十分ほどらしい。俺はまた頭が痛くなってきたと呻《うめ》いて、アスピリンを一錠もらった。ついでにメールを一通書く。誰も俺のことなど見ていないのはわかっていたが、それでも絶対にリチャードの目に入らないように打ち込むのは骨だった。まだ送信できないので、予約送信機能を使う。三時間後くらいにしておこう。

そうこうしているうちに、リムジンは仰々しい柵の前にたどり着いた。運転手がカメラに向かって話しかけると、音もなく門が開く。丘の上の屋敷まで一本道が伸びていた。

伯爵家の屋敷の第一印象は『小ぶりな国会議事堂』だった。古めかしい石造りの建物が身を寄せ合っている。壁の隙間や芝の上でチカチカ光っているのは、防犯カメラか何かだろう。周辺は見渡す限りの『庭』――というかこれは『土地』だ。ゴルフ場が建てられる――で、森があり、池があり、川が流れていて、遠くを鴨《かも》の群れが飛んでいる。鹿《しか》や猪《いのしし》もいるらしい。こんな状況でなかったら、きっと派手にはしゃいでいたと思う。

屋敷の門扉《もんぴ》の前では、白い頭のおじいさんが、俺たちを待ち構えていた。仕立てのいいジャケット姿で、背筋がぴしりとしている。瞳の色は深い青だ。六十代後半くらいか。

「紹介しましょう、中田くん。こちらベンヤミン・ガラット氏。七代目伯爵のダイヤモンドを管理している、伯爵家の忠実な管財人です。いやあ、親子二代でご苦労さまでしたねえ。でもそれも今日までですよ」

ジェフリーが微笑《ほほえ》むと、肌の白いおじいさんは俺のことを少し睨《にら》み、そのあとにリチャードに視線をやり、何かをジェフリーに伝えた。ジェフリーは手持ちの鞄《かばん》から書類を出し、裁判に臨む弁護士のようにてきぱきと何かを伝えていた。ガラット氏はしばらく途方に暮れた顔をしていたが、最終的にはため息をつき、リチャードに歩み寄った。

少しびくりとしたリチャードの前に、とっさに俺が一歩踏み出し割り込むと、ガラット氏は無言で俺を迂回《うかい》し、リチャードに問いかけた。

本当に彼を愛しているのか？　と。

俺とジェフリーの空気が緊迫する。しまった。この質問は想定外だった。リチャードは何と言うだろう。気まずそうな俺を眺めたリチャードは、笑いもせず、怒りもせず、ぼんやりと俺を指さし、空気を吐き出すように言った。

彼に尋ねてくださいと。

ガラット氏は口をへの字にして俺のほうを見た。ジェフリーに雇われただけの、そのあたりを歩いていた東洋人だと思っていたのだろうか。どのくらい愛しているか尋ねられたらどうしよう。俺の英語力で歯の浮くような言葉がどのくらい言えるのか、なかなか難しいところだ。頭の中でいろいろな例文を思い浮かべていたが、ガラット氏は何も言わずに、俺の前を素通りした。回答は見え透いている、ということだろう。

彼は諦《あきら》めたように、玄関扉を開けた。屋敷の中は異世界だった。

赤絨毯《じゅうたん》のエントランスホールには、金色のシャンデリアが輝いていた。ドレスを身につけた人たちがさざめいていても、何の違和感もないだろう。むしろジーンズ姿の俺が場違いだ。二階へ続く階段にも、唐草模様の絨毯が敷かれていて、踊り場には大理石の乙女が花瓶《かびん》を捧げ持っている。ここがリチャードの『実家』か。さすがに自分の家と比べる気にはならない。これは家というより、何か巨大な歴史の一部分だ。

ついてこいと言うように、ガラット氏は俺とリチャードを見て、階段を上り始めた。

「中田くん、ついていってください。ダイヤモンドの公開です」

「い、今すぐですか。こんなにいきなり」

「彼と弁護士との対談は昨日のうちに終わっていたんですよ、今更食い下がるなんて往生際が悪いったら。閲覧《えつらん》の権利があるのは、リチャードとその配偶者候補だけです。僕たちはお留守番。あとで感想聞かせてくださいね。いやあ興奮するなあ」

冗談抜きに百年ぶりですよと笑いながら、ジェフリーはヘンリーの肩を支えていた。車の中からヘンリーはずっと調子が悪そうだった。休める場所に連れていきたいのだろう。

俺はちらりと隣のリチャードを見た。

リチャードはどこも見ていない。ただベルトコンベアに乗せられた羊のように、ガラット氏の後ろを大人しく歩いているだけだ。ジェフリーに見送られながら、俺もあとに従う。

階段を上りきったところで、後ろから誰もついてこないことを確認すると、俺はジーンズのポケットに手を突っ込んでから、リチャードの腰をそっと小突いた。力のない青い瞳が俺を見る。強く見つめ返し、ポケットから出した手で、リチャードの手を握った。青い瞳が見開かれる。感触で気づいたようだ。

「手紙」

手のひらの中に、細長い、丸めた紙が入っている。ホテルのメモ帳しか使えるものがなかったので、くるくる巻いてプレスしたら、潰《つぶ》れた煙草《たばこ》みたいな形になった。

「あとで読んで。今は駄目だぞ」

リチャードの手が巻紙を受け取り、ポケットにおさめたことを確認すると、俺はにーっと笑った。リチャードはまだ放心気味にぼうっとしている。ありがたい。俺はリチャードを追い越して、ガラット氏についていった。お待ちかねのダイヤとの対面だ。

伯爵家の二階もまた、高級ホテルのような広さと豪華さと古さに彩《いろど》られてはいたが、ある区画から先は別世界だった。ガードマンとおぼしき屈強な男たちが揃い踏みしていて、身体検査のあと、空港でお馴染《なじ》みの金属探知機ゲートをくぐらされた。十九世紀仕様なのは外側だけで、中身は貴族のお屋敷というより銀行の金庫室だ。壁も分厚い。のどかな田園風景の中から重機が突撃してきても、この部屋の中にいれば無事で済むだろう。

手荷物を没収された俺とリチャードの前で、ガラット氏は懐《ふところ》から箱を取り出し、穴の開いた金色の棒にしか見えない鍵を取り出すと、金庫室の最奥の壁に差し込んだ。カードキーと指紋認証を経て、やっと最後の扉が開く。

扉が開くと、中にはアンティークのテーブルと椅子がセッティングされていた。不思議なことにエトランジェにそっくりだった。赤くはないが、ゆったりとしたソファが二脚。ガラスのテーブル。奥の壁に埋め込まれた金庫。

俺たちが部屋に入ると、扉はゆっくりと閉ざされた。

俺は左側、リチャードは右側の席に腰を下ろす。ガラット氏は俺たちに背を向けて、最後の金庫の開錠にあたった。リチャードの顔色を確認すると、相変わらずぼうっとして、下を見ている。少し意外だが、よかった。警戒されていたらどうしようかと思った。

思い出す。こいつに初めて出会った時のこと。代々木《よよぎ》公園の誘蛾灯《ゆうがとう》が、スポットライトのようだった。本当にきれいで、息が止まるかと思った。エトランジェで教わったロイヤルミルクティーの淹《い》れ方。玉手箱を開ける時のもったいぶった指の美しさ。あまりにやけないようにと苦心してプリンを食べている時に、時々ぱたぱた動く足。宝石のことを語る時の、何もかも超越したような美しい佇《たたず》まい。

ガラット氏が振り向く。手に捧げ持っているのは、古そうな黒いベルベットの箱だ。厳重に巻かれていた紙の封を、ガラット氏が破く。あの中にダイヤが一つ入っているのだとしたら、それはもう大した値打ちもののサイズだろう。つばを飲み込む。大丈夫だ。

彼は金色のお盆に載せた箱を、ゆっくり、ガラスのテーブルに置いた。

思い出す。リチャードが俺に語ってくれたダイヤモンドの物語。結婚指輪の定番。独占市場で決まる価格。『世界で一番硬い石』。炭素原子でつくられた石。

しわしわの手が箱を開ける。一秒が長い。心臓が口から飛び出しそうだ。

思い出す。硬度と対衝撃の耐久性とは違うという話を。『世界で一番硬い』というのは、一方向からの圧力にどれだけ耐えられるかの問題でしかないのだと。ダイヤモンドは意外と脆《もろ》い。壁なんかに叩きつけると、すぐに割れる。

隣にいるリチャードが、はっと俺を見た。そうか、下を見ていたのはこっそり手紙を読んでいたからか。でももう遅い。

ガラット氏が宝石箱を開けた瞬間。

白く輝く宝石を鷲掴《わしづか》みにし、俺は可能な限り右腕をふりかぶった。

「正義！　やめなさいその石は！」

振りかぶった拳からダイヤが離れる瞬間、リチャードは俺の腕を掴み、タックルをかけてきた。椅子と体が傾《かし》いで、座ったまま床に倒れる。その時にはもう石は宙を舞っていた。

ゆっくり、ゆっくりと。

きらきら輝く大きな石が落ちてゆく。

カンと鈍い音がして、石はテーブルの縁に当たって跳ね返り、床に落ちた。

砕けただろうか。罅《ひび》が入っただろうか。致命的に傷《なだ》んだだろうか。叫んだガラット氏が警報機を鳴らす。金庫室の扉が開いて、警備員が雪崩れ込んできた。割れていてくれ。頼む。頼むから。いやそもそも叩きつければ割れるものじゃないのか、ダイヤモンドっていうのは。リチャードの情報だったのに信憑性《しんぴょう》がなかったなんて信じたくもない。

砕けてくれ。アスファルトに落ちた雪合戦の雪玉みたいに。

俺の腕を抱いたまま硬直するリチャードをもぎ離すと、俺は左右の腕を別々の男に一本ずつがっちり固められた。わかってます。わかってます。これからぼこぼこにされるのだろう。覚悟はしていた。痛み止めは飲んである。風邪薬用だが。

「何があったんですか！　中田くん！」

駆け込んできたジェフリーに、警備員は床に転がった石を促《うなが》した。投げたんだよとでも言ったのか。神さまの名前を呟《つぶや》きながら、ジェフリーは石に駆け寄ろうとし、

「待ちなさい！」

リチャードに留められた。

立ち上がり、乱れた衣服を直したリチャードは、素早く絨毯に跪《ひざまず》いて石の状態を確認した。久々に見る、宝石の専門家の顔だ。ジェフリーに遅れてヘンリーもやってくる。

床に転がった伯爵家の至宝を、そっと手に取ったリチャードは、大きく瞳を見開いた。

ジェフリーが顔をしかめる。割れていたのか。割れていてくれ。頼むから。

だがリチャードが呟いたのは、意外な言葉だった。

「……ホワイト・サファイアです」

え？

「ダイヤモンドではありません。サファイアです。価格は……せいぜい数万ポンドかと」

リチャードは同じ言葉を英語で繰り返した。何を言っているんだと二人のいとこはリチャードに食ってかかったが、リチャードは宝石商の顔をしていた。強くて毅然《きぜん》として、お客さまのわがままにも振り回されない男だ。そして石に関しては嘘《うそ》をつかない。

「ガラット。これは配偶者が『純粋なイギリス人の女性』ではない場合の報酬《ほうしゅう》ですか」

「何が『ふさわしい』だ！　早くこの男をつまみだせ！」

ジェフリーはガードマンに同じことを英語で指示したようだったが、俺の腕を摑む手に力が入る前に、リチャードが何かを叫び返した。こっちは何を言ったのかさっぱりわからないが、ともかく俺はそのまま待機になった。

睨み合うジェフリーとリチャードの間で、ガラット氏はずっと口を押さえて、祈るような言葉を繰り返していた。彼にだけは当たらないようにと気をつけてダイヤを投げたのだが、やっぱりびっくりさせてしまったのか。いや、どうやらそれだけではないらしい。

金庫の管理人は、魂《たましい》の抜けたような顔で消え入るように呟いた。俺の貧弱なリスニング能力が間違っていないとしたら、多分こうだった。

なんてことだ、本当だったたんだ——と。


羊がのんびり草をはむ野原が、地平線まで広がっている。

これが全部、誰かの家の土地だと言われても、日本の住宅事情に慣れきってしまった俺にはなかなか実感がわかない。この国には階級社会がまだ息づいていると、斜め読みしたガイドブックにちらりと書いてあった気がするが、まさかここまでとは思っていなかった。

二重窓の傍に配置された寝椅子の上で、俺はのんびり外を見ていた。それ以外できることがない。俺は再び警備員につまみだされ、巨大な屋敷の二階の部屋に放り込まれた。長く使われた気配のない部屋だったが、きれいに掃除されていて、大きな窓からは景色がよく見える。扉は施錠されてしまったが、外にいる見張りの人に声をかければトイレにも行ける。温情処置もいいところだろう。

かちりと音がして、部屋の扉が再び開いたのは、午後の二時近くになってからだった。二時間以上は放置されていたことになる。

入ってきたのはリチャードだった。食事のお盆を持っている。マグカップに紅茶、もこもこしたパン、スープ。百年前なら、これが最後の晩餐《ばんさん》ならぬ昼食になるのだろうが。

「説教に来ました」

「……申し訳ございませんでした」

俺は寝椅子から立ち上がり、土下座を決めようと思ったが、さっきからまたカッカし始めた体がなかなか自由に動いてくれず、足がもつれて転んだだけになった。リチャードは食事の盆を小さな書き物机の上に置くと、俺を立たせ、座れと寝椅子を促した。謝罪のタイミングを逸《いっ》したまま腰掛けた俺の前に、机用の椅子を引きずってきて腰掛ける。

「食事の前に少し話を。この部屋は寒くありませんか?」

「いや、腹が減ってること以外は快適だよ。オイルヒーターがいい仕事してる」

「左様ですか。では本題に」

リチャードは短く息を吸った。俺も構える。

「何を考えていた、この馬鹿《ばか》は！」

「申し訳ございま……」

「棒読みの台詞《せりふ》は結構。あんなことをして石が砕けていたらどうするつもりだった！」

リチャードはそこで言葉を切ってしまった。説教にしては短い。どうするも何も。

「……そのつもりだったんだよ」

「何故そのようなことを」

「だってあれは明らかに『ないほうがいい石』だろ」

石は人間を、本当に望む方向に導いてくれるものだという。

でもあの『ダイヤ』は、そうではなかった。過去の人間の望む方向へ、現在を生きる人間を引っ張ってゆこうとする、呪いのかけられた石になっていた。あれがあるから、ジェフリーもヘンリーも、その他の親類の人たちも、リチャードを縛る遺言においそれと手出しができない。放っておいても呪いが解ける様子はない。だったら。

壊してしまうしかないと思った。

リチャードは黙り込んでいた。最初から納得してもらえるとは思っていない。三億ポンドの器物損壊だ。泥棒どころかクラッシャーである。性質《たち》が悪いにも程がある。故意の破壊だから、海外旅行保険など何の役にも立たないだろう。その場で警備員に殺されなければましと思っていたので、正直まだ自分が無傷であることが信じられない。

「小学生くらいの頃、トランプのババヌキをしてる時にいつも思ってたんだよ。あれってババを引いた人が、こっそりババをゴミ箱に捨てたらどうなるんだろうな？」

「知ったことか。あのようなことをして、ただですむと思いますか」

「思わなかった。一生かけても弁償《べんしょう》できそうにないこともわかってたよ。でも俺一人の問題で何とかなるかなとは思った」

中田のお父さんは俺とは血縁関係がないから、単純に縁を切ってもらえばいい。母方の親類はいない。皆無だ。母のひろみは——あっ。

「リチャード！　俺のスマホ返してくれ！　金庫室で没収されたままだ！」

「無論持ってきましたが、何故そのように慌てて」

「急いでるんだ！　三時間後に設定してあったから！」

やばい、ぎりぎりだ。リチャードが懐からスマホを出すと、俺は慌ててロックを解除して、送信予定リストを開いた。予定を解除。よかった。間に合った。そこで気づいた。

リチャードは、俺の手元をしっかりとのぞき込んでいた。

「あ…………」

メールの文言は、シンプルなものだった。宛先は『ひろみ』。本文は一行。

本当に申し訳ないんだけど、俺は死んだと思ってくれ――と。

それだけだ。

何があったかはおいおい伝わるだろう。情けなさのあまり泣かせてしまうかもしれないけれど、相手が息子でも何でも、明らかに間違ったことをした人間を彼女は容認しないだろう。お前がやったことなら一人でどうにかしろと、彼女なら言ってくれると思う。だから全部、俺だけの問題で決着するかなと。

数秒、沈黙があった後、リチャードは俺の胸倉を激しく摑んで立たせた。膝《ひざ》が浮かぶ。瞳が燃え猛《たけ》っていて、いつもよりも青が濃い。いつものこいつの瞳が空の色なら、今は凍りついた海だ。

「『死んだと思え』だと？　自分の母親に？　己《おのれ》の一生を何だと思っている！」

「怒られてる理由はすげーわかるけどさ、俺にも同じことを言わせてほしいよ」

俺がそう言うと、リチャードは放心したように手を緩《ゆる》めた。寝椅子にすとんと腰掛けた俺は、襟《えり》元を軽く直してから、リチャードの顔を見上げた。

「何なんだよ、昨日のあれは。『一生一人で生きていく』って聞こえたぞ」

「…………これは私の問題です」

「それが何だよ！　お前だって生身の人間なんだぞ！　それが石ころ一つの問題で世界を転々とするとか友達も恋人も作らないとか、冗談じゃないだろ！　俺はなあ！」

「ひとの問題に口出しをするな！」

「お前のことが好きで好きでたまらないから、同じだけお前に怒ってるんだよ！」

リチャードは不意の大声に驚いたようで、口をつぐんだ。ありがたい。最初で最後の機会だろうから言わせてもらおう。言いたかったことをありったけ。

「本当に卑怯《ひきよう》だぞ、お前。俺のことは踏み込んできて心配して、何度も助けてくれたくせに、俺がお前のほうに手を伸ばすと『これは私の問題です』なんてさ。俺は檻《おり》の中でお前に餌《えさ》をもらってるペットか何かのつもりかよ。にこにこしながらお前にお礼言って、馬鹿みたいに尻尾ふってればいいのか」

「あなたをそんなふうに思ったことはない！　だが正義の味方ごっこにも限度があると」

「正義の味方ごっこ？」

俺が笑うと、リチャードは表情をこわばらせた。怖がっているのか、この男が俺を。ちょっと不思議な光景だ。

「冗談きついよ。俺は世紀の大悪人になる覚悟をしたのに」

悪いことをしたら、報《むく》いがある。

ばあちゃんの言葉だ。あの言葉の意味を、額面通りに受け取れば、悪いことはしてはいけませんということになるだろう。でも。

ばあちゃんはずっと、悪いことをして生きてきた。だから少し違う意味にもとれる。

悪いことをしたくてするやつはいない。でもどうしても、しなければならないのなら。報いを受ける覚悟をしろと。

覚悟は昨日決めた。やれると思った。だからやった。

リチャードは理解できないという顔で俺を見ている。まただ。こいつはまた俺に優しくしようとしている。もういいよと言ってやりたいけれど、そんなことをしたら余計に優しくされるだけだろう。うんざりする。

「解説してやるとな、俺はあそこでダイヤをぶっ壊すつもりだったんだよ」

「わかっています。ですが何故……」

「まあ聞けって。それでダイヤが砕けるか、割れるか、破損するかして、価値が大幅に下落したとするだろ。覆水盆《ふくすいぼん》に返らずで、ダイヤは元に戻らない。お前の結婚にも意味がなくなる。それでいいんだ。俺は警察の厄介《やっかい》になるけど、お前は変な遺言から解放されて万々歳《ばんばんざい》でさ、一人で生きていかなくていい。好きなところに行って好きなやつに好きって言える。家族もできるし友達も作り放題、優しくしまくって勘違いされたって痛くもかゆくもないぞ。犬を飼うのもいいかもな。もちろん一人で過ごしたっていいけどさ。でもどこで誰と一緒に暮らして、幸せにやってる時でも、絶対お前は、俺のことを思い出すんだ。月に一度か、年に一度かは、『あの時馬鹿なバイトがいて、あいつは今でもまだどこかで服役してるんだろうなあ』って。最高だろ」

「………どこが最高だというのです」

「お前は絶対、俺を忘れられない。特別な相手になりたくないとか、影を刻みたいと思っていないとか、そんな戯言《たわごと》は抜かせなくなる」

リチャードの瞳には再び、怒りの炎が灯《とも》った。よし、もうひと押し。

「ざまあみろだよ。一人で生きていけるもんならやってみろ」

今度こそリチャードはいきりたった。腰だめに拳を作って振りかぶる。ほどよい位置だ。殴り抜けば俺の顔を直撃するだろう。俺は精一杯の作り笑いを顔に張りつけた。この顔を殴るのはさぞかし気分がいいだろうという顔を。

が。

リチャードの拳は、俺の頬《ほお》に触れるか触れないかで、ぴたりと静止してしまった。

「……へ？」

ぽかんとして顔を上げると、リチャードは醒《さ》めた表情をしていた。冷静だ。銀座のエトランジェにいる、宝石商のリチャードさんだ。

「どうしました？　馴染みがあるでしょうに。あなたのお好きな空手の基本は、極《き》めたあとの寸止めルールと聞いています。実際に当てると反則負けになるとか」

「いや……俺の師範《しはん》の流派はフルコンタクトで、普通にびしばし当ててたよ」

「左様ですか。では改めて」

はっと気合を入れて、リチャードは俺の頭にチョップを落とした。ぽこんという音がしそうなおふざけチョップだった。えっ。そんな軽いノリの話を、俺はしていたっけか。もっとこうドログロした話ではなかったか。生きるか死ぬか、愛か憎《ぞう》かな話を。雰囲気的に。

俺が引き続き呆《ほう》けていると、リチャードは可愛いペットでも見るような眼差《まなざ》しで俺を見おろし、腕を組んで首をかしげていた。どうしました？　と俺に尋ねる蠱惑《こわく》的な微笑み。もったりとまとわりつくような喋り方。余裕綽々《しゃくしゃく》の顔だ。

「戯言は、もう終わりですか？」

「……お前……ひょっとして、怒ってない？」

「ちっとも」

「…………………何で？」

「役者が大根すぎるので、やむなく」

「えっ……………えーっ……マジかよ……」

「残念です。非常に残念です」

「……ごめんな？」

「ふざけるのも大概にしろこの大馬鹿者！　『ごめん』で済むなら警察はいらないと！　私の日本語の教科書には書かれていた！」

俺の頭には引き続き軽いチョップが連続で入った。地味に痛くなってくる。俺が頭を下げ続けていると、最後に三回駄目押しをしてリチャードは手を止めた。こいつが空手を習っていなくて本当によかった。

すみませんでしたと、俺が再び頭を下げると、リチャードは俺の膝に丸まった紙を投げ出した。一瞬何だろうと思ってしまった。俺の手紙だ。

「……読んだのか」

「字が汚くて読めません」

「え？　いや……読めるだろ」

「全く読めません」

「いつもお前に作ってた、プリンのレシピだよ」

オーブンは使わない。茶碗《ちゃわん》に卵液を入れて、茶碗蒸しの要領で鍋で蒸す。鍋の火を消しタイミングさえ間違えなければ、ぼそぼそになることはめったにない。調理器具を準備したら三工程で終わる。キャラメルソースを底面に入れたい時には、もう一工程増えるが。あまり料理が得意ではないということは以前に聞いた。でも読むことや、翻訳《ほんやく》すること
なら、こいつの得意分野だろう。だからこのレシピをとっておいて、どこの国の誰になるかはわからないが、傍にいる誰かに作ってもらえばいいと思ったのだ。そうすればこいつはきっとまた、ちょっと前のめりになって、笑っていると気取られないように笑いながら、好物をぱくぱく食べると思う。

別にそれを見ているのが俺である必要はないし。

リチャードは何も言わなかった。俺は叩き返されてしまったレシピをジーンズのポケットにしまい、苦笑いを作ってみせた。

「えーと、それで俺は、警察に行くのかな」

「行きませんよ。馬鹿馬鹿しい。そもそもあれはダイヤモンドではなかった」

「そのあたり詳しく頼む。ガラットさんが何か言ってたけど、全然聞き取れなくてさ」

リチャードはため息をついて立ち上がり、俺の前に食事の盆を差し出した。食べていいらしい。本当に？　本当にいいのか？　と俺が目を輝かせて確認すると、どうぞとぞんざいに促された。ありがとうございます。まずはスープ、と思って口をつけたら、オートミールのミルク粥《がゆ》だった。味がしない。

「食べながら聞きなさい。あなたの一世一代の大舞台の、くだらない顚末《てんまつ》を」

金庫番であるガラット氏は、リチャードの言葉に魂が抜けそうな顔をしていたが、彼は聞き知っていたと言う。自分が守っている石が、三億ポンドのダイヤモンドではなくサファイアであるという話を。だが確信がなかったのだと。

「ただの嘘、あるいは妄想《もうそう》だと思っていたそうです」

「はあ?」

「先々代伯爵から『ダイヤモンド』を守るようにと直接言いつけられた、彼の父オイゲン・ガラット氏は、最後の十数年、重度の認知症を患《わずら》っていました。息子への情報伝達に致命的な齟齬《そご》が生まれたのはそれゆえでしょう。病ゆえの言葉と思って、息子は信じなかったそうです。三億ポンドの領収書もあるわけですし、偽物《にせもの》のダイヤであるはずがないと」

「なっ、そんな……開けて確かめろよ！　番人だっていうなら、金庫の中身くらい」

「食べながら喋るな。行儀が悪い」

俺は口をつぐんで、ミルク粥を胃袋に流し込んだ。ともかく胃によさそうな食べ物だ。それは確かだ。俺が一皿たいらげ準備万端の顔を作ると、リチャードは話を続けた。

「彼には金庫を開ける権利がなかったのですよ。彼はあくまで伯爵家に仕える人間であって、遺言には法的拘束《こうそく》力が伴《ともな》います。あの金庫を開けていいのは、七代目伯爵の隠し遺言が執行される時のみでした」

「……それってつまり、さっきか」

「その通り。それに加えて、ガラットが言うには、まだ記憶に霞《かすみ》がかかっていなかった頃の父からは、こう聞かされたとのことでした。『あの金庫は、守ることではなく、むしろ開けないことにこそ意味があるのだ』と」

「…………」

俺がガラット氏だったら確かめただろうか。権利云々《うんぬん》なんて無視しても。わからない。でも確かめてほしかった。だって金庫の鍵を持っているのは彼だけなのだから。ひとの人生が懸かっているのだから、もしかしたら偽物かもしれないダイヤのために、誰かの人生が大幅に軌道修正を迫られるかもしれないのだから。これはただの、俺の願望か。

「……七代目伯爵は、何のためにこんなことしたんだ……？」

それもわかっているのか。

リチャードは俺の顔をじっと見ていた。

「ある程度、真相は明らかになっていると思います。これはよくできた詐欺《さぎ》事件でした」

「詐欺？」

「七代目伯爵は、サファイアをダイヤモンドとして購入したのですよ」

「ばっ……馬鹿じゃないのか！　ダイヤとサファイアを間違えるか！　仮にもジュエリーのコレクションが趣味の伯爵さまが！」

「間違えるはずがないでしょう。意図《いと》的な誤ちです」

意図的な誤ち？　わざと間違えたということか。

俺が眉根を寄せても、リチャードは表情を変えなかった。ああ、この顔はいつもの顔だ。宝石商のリチャードさんだ。俺が一番好きな、仕事人のリチャードだ。毛を逆立てている山猫はどこかへ行ってしまった。いや見惚《みと》れている場合じゃない。どういうことだ。

「厳重に閉ざされた金庫の中には、あの宝石箱だけではなく、書状も秘匿《ひとく》されていました。先々代伯爵と、先代伯爵の間にかわされた書簡です。横暴な人種差別主義者であった父親と、スリランカに駆け落ちしたその息子との間にかわされた手紙ですよ」

「……ケンカ別れする前の手紙ってことか」

「いえ、そのあとです。これは確かに詐欺事件ではありましたが、どちらかというと実態は脱税に近いものでした。それもとりわけ、意味のない」

　そしてリチャードは、懐からすいと、古びた紙を取り出した。五枚ほどある。うち三枚を、リチャードは翻訳音読してくれた。

『愛する息子へ　日々お前の幸せを祈っているが　慣れない環境で体を壊したりしていないか　それだけが気がかりだ。レアとお前と　手と手を取って　互いを敬う家庭を築きなさい。我々は変わらない日々をすごしているが　その中にお前の顔が見えないことだけが時折ふと　隙間風のように寂しく思われる』

『愛するお父さんへ　お返事が遅れたことをお許しください。お手紙を拝領するまでに時間がかかりました。東アジアの戦況はおもわしくないようです。ここにも枢軸《すうじく》軍がやってくるという噂《うわさ》がありますが　本当とは思われません。きっとイギリスは戦争をしないでしょうし　いずれ本国へ戻ることができるかもしれません』

『私の最愛の息子へ　この島へ帰ることなど考えるべきではない。お前一人であればまだしも　レアを連れて戻ることは　お前に耐えがたい屈辱《くつじょく》を与えるだろう。遠く離れていて

も　日々健《すこ》やかにあるように』

筆記体で書かれた三通の手紙。一通は手紙をカーボンで写したもののようだ。末尾にはサインと戦前の年号と日付。紙も古びているし、本物らしく見える。でも納得できない。

「何なんだ、これ……?」

「レアというのは私の祖母です。彼女はスリランカに帰化した白人でした。というよりも、どこにも身よりのない女性でした。現地の宣教師によって育てられた女性で、母親は病死に、父親はわからない。宝石の町で生まれ、一度もイギリスを訪れたことのないイギリス人で、自分のことをスリランカの人間と認識している女性でした。一族郎党が彼の結婚に大反対したことも理解が容易でしょう」

「それは一応、ジェフリーから聞いたよ。でも……なおさらありえないだろ、だって」

伯爵は息子と喧嘩《けんか》別れをしたはずだ。これは何なんだ。伯爵のねつ造した手紙なのか。

リチャードは残りの二枚を俺の前に差し出した。これも手紙だ。読めないのははじめからわかっているようで、今度も日本語に翻訳してくれた。

『石頭のふりをすることにも限度がある。いつか本当に自分が　馬鹿げた北方人種至上主義者になってしまうのではないかと　そればかりが恐ろしい。オイゲンからダイヤモンドを受け取った。レアに感謝を。彼女の心はこの石の輝きにおとらず美しい』

『あなたの心づくしを受け取りました。彼女の村の人々は優秀です。あなたにさしあげられる　僕たちのまごころは　たったこれしかないのです。愛するお父さん　心はいつも傍《そば》にいます』

伯爵のカーボンの手紙。息子から届いた封筒入りの手紙。

「筆跡鑑定をすれば、別々の人間の書いた手紙であることは明白になるでしょうが、祖父の字には私も見覚えがあります。これは確かに、私の祖父が曾祖父《そうそふ》にあてた手紙です」

「……じゃあ」

七代目伯爵が、自分の息子を勘当《かんどう》したというのは、一体何だったのだ。

呆ける俺に、リチャードは淡々と語って聞かせた。

「格式というものは、一体いつ誰が、どのように造るのか。私にはわかりませんが、ただ一つ言えることは、二十世紀初頭の『伯爵』といえど、全てのしがらみから自由であったわけではないということです」

「……さっき出てきた、北方人種至上主義者って、何だ？」

「人種差別主義者です。イギリスやスウェーデンなどに多い、金髪に白い肌をした一部のヨーロッパ人を『北方人種』と定義し、彼らがその他の人種よりも優れているとし、人種別に序列をつける考え方です。後《のち》には大陸のナチズムにも影響を与えました。アジア人やアフリカ人の序列はとても低いもので、結婚を非推奨《すいしょう》することが道義的なこととされていました」

「つまり、『エトランジェ』には絶対入れない連中ってことだな」

「当店の禁則事項に関する正しい認識をどうも。ですが先々代伯爵の時代には、人種差別は違法ではなかったのですよ。それどころか先進的な考えとする人々も存在しました。ダーウィンの『種の起源』の発刊が一八五九年といえば、少しはこの時代の人々の『人種』の認識のイメージが湧きますか？　白人がもっとも進歩した生き物だと、彼らは『科学的に』信じていたのです。悪魔の証明のようなものですが、人種差別が全く根拠のないものであると証明されるまでには、遺伝子研究の発展を待たなければなりませんでした。一人の無知は正すことができますが、一億人の無知は暴力になります」

「…………続けてくれ」

七代目伯爵は、伯爵家の次男坊だったそうだ。アフリカの戦争に参戦して、手柄をたてて帰ってきたら、本国で勉学に励《はげ》んでいたはずの長男がインフルエンザで死んでいて、繰り上がり式に伯爵の位を手に入れた。立場はそれほど強くなかったらしい。そして彼の周りには、エトランジェには絶対に入れない類《たぐい》の思想をかかげた人たちが存在した。取り巻かれていたと言ってもいいでしょうと、リチャードは呟いた。

「八代目伯爵になる可能性が一番高いのは、もちろん七代目の嫡子《ちゃくし》でしたが、七代目の亡き兄の息子たちがその椅子に座る可能性も十分にあったのです。さらにはその次の伯爵の椅子に誰が座るかを考えるのであれば、この問題はより複雑になります」

頭の中を歴史ドラマ風の衣装をつけた外国人の顔がぐるぐる回る。せめて日本人の顔で想像してみよう。大河ドラマみたいで若干わかりやすくなるかもしれない。そうか、これは殿さまの家に生じた跡継ぎ騒動なのだ。とりあえずの当主は立ったものの、次代の当主候補は複数いて、現当主の立場はあまり強くない。そんな中、次代当主の最有力候補が、当時の基準で考えると『とんでもない相手』との結婚を望み始めた。村娘との恋みたいなものか。どこかの相続要綱《ようこう》の表現にならうなら、『NG』にされそうな相手との。

「……七代目伯爵としては、ええと、頭が痛い展開ってことでいいのかな」

「その通り。彼は自分の息子を愛していましたが、自分たちを取り巻く不安定な環境もよく理解していました。当時の彼はまだ、己の我を通せる立場ではなかったのでしょう。七代目伯爵の引き継いだ資産は、いわば『伯爵家』という大樹によって育《はぐく》まれた、伯爵家の人間たちの共有財産です。彼もまた一時預かり人に過ぎません。相続という財産継承のルールを逸脱《いつだつ》して、勝手に資産を動かすことはできないのです」

覚えている。ジェフリーが言っていた。イギリスの貴族というのは、伝統的に長子相続、長男に総取りをさせることによって、財産の散逸を防いできたから、今でも他国に比べて

『貴族』という生き物が名実を伴う肩書きなのだと。貴族とはいえ、いや貴族だからこそ、自分の金を好き勝手には動かせないのだ。とりわけ相続の局面では。

「あなたならどうしますか。何不自由ない暮らしに慣れた自分の息子が、恋愛結婚を望み、説得もむなしく、ほぼ無一文の状態で家を離れていったとしたら。結婚相手の『身分』や親族との力関係から考えて、孫たちの遺産相続にはかなりの困難が予想されます」

「それは……仕送りをするよ。お金がないだろうから、仕送りをしてやらないと……」

「いかほどの？　常識的な金額で満足ですか。世は足並みを揃えて戦争に向かっています。いつ連絡が途絶えるかもわからない状態です」

「家族が許してくれる分、ありったけ送りたい……！」

「家族はもってのほかだと反対しています」

「じゃあ何も言わずにありったけ送る！」

「彼もそうしたのでしょう」

三億ポンド、と。

リチャードは言った。会社を三回起こして潰してもまだ余る金。そんな金額の宝石を手に入れてどうするんだと、俺は飛行機の中で散々考えていた。考えていたはずなのに。

宝石を手に入れることではなく、買うことにだけ意味があるとは、考えもしなかった。

「この取り引きの実態は、非常に人情的な詐欺行為でした。伯爵は管財人のガラット氏を代理人にたて、ホワイト・サファイアを三億ポンドで購入しました。誰にも咎《とが》めだてをされない『仕送り』、実態は生前贈与です。類似した品物が存在しなくても、彼は何らかの宝石を購入するという形で息子に援助をしたとは思いますが、息子の妻はラトゥナプラの人間でした。宝石の町に生まれた人間の矜持《きょうじ》があったのでしょう。あのサファイアは大したものです。三億ポンドの価値はありませんが、あなたの投擲《とうてき》にも耐えたのですから。宝石のいわゆる『頑丈さ』をはかる尺度は、硬度ではなく靭性《じんせい》と呼びますが、ダイヤモンドの靭性は七・五、サファイアは八です。サファイアのほうがいくらか強いことは確かですが、それにしても限度があります。内部に不純物が少なく、構造が澄みきっていた証《あかし》です。無論、あのような扱いは、誰も想定していなかったでしょうが」

「誠に申し訳ございませんでした！」

「そう謝ることでもありません。あなたが石を投げた時には惚《ほ》れなおしました」

「…………マジで言ってる？」

「皮肉に決まっている。話を続けても？」

「あ、あぁ、うん」

そうだ、これだけでは終わらない。先々代伯爵の遺産相続要綱の話がまだだ。彼が真実、差別主義者ではなかったというのなら、リチャードを蝕《むしば》んだあの『ＮＧリスト』は何なのだ。あんな、まるであてつけのような、復讐《ふくしゅう》のような。

ひょっとして。

俺の表情の変化を読んだように、リチャードはくたびれた顔で笑った。

「想像がつきましたか」

「ひょっとして……伯爵は、自分の子どもが家を継ぐとは、思っていなかった？」

久々に聞く『グッフォーユー』だ。嬉しかったが、声には疲れの色が濃い。

「実際に、彼らが空襲で死ななければ、その中の誰かが伯爵になった可能性が高いかと。そしてこの相続要綱に縛られるのは、彼らの子孫であったはずです」

だとしたら。

これは伯爵の復讐だったのか。

自分の息子の結婚を阻《はば》んだ、差別主義者たちへの。

お前たちがやっているのはこういうことだと見せつけるような、人生を疲弊《ひへい》させ、家族の情を壊し、サファイアだけが残る、徒労に終わる嫌がらせを。でもその結果は。

「人を呪わば、何でしたか。山田《やまだ》さん」

「……俺は中田正義だよ。穴二つですね、バクスチャー先生。でも」

その言い方はおかしいと思う、と俺が言いかけると、リチャードは俺の口の前にすっと手を差し出して留めた。まだ喋ることがあるらしい。

伯爵がいつ、作戦を実行に移したのかはわからない。だが彼はホワイト・サファイアを金庫に封じ、自分の他に唯一『ダイヤモンド』の正体を知る管財人のオイゲン・ガラット氏の死後公開するようにという条件を付けて、呪いの遺言をしたためた。オイゲン氏は明らかに、隠し遺言の存在を知らなかったのだろうとリチャードは言った。そうでなければこんなことにはならなかっただろうとも。伯爵がオイゲン氏の死を遺言の公開条件にしたのは、否応《いやおう》なしに詐欺の片棒を担《かつ》がされたオイゲン氏を守るための策だったのだろうとのことだったが、伯爵の温情は裏目に出た。

俺はふいに、さっき送信しそびれたひろみへのメッセージを思い出した。でこぼこな関係もいいところだったが、二十年、母と息子として付き合ってきた相手である。何か言っておかなければ義理が立たないと思ったので、ひどい文面でも書くだけは書いておいた。今思えばあれが本当に送信されていなくてよかった。

ありえない話だとは思うが、ひょっとしたら伯爵も同じだったのだろうか？

毎日毎日、自分が自分でなくなるようなことをしながら、腹に据えかねるような人々の間で暮らし続けて、フラストレーションをぶちまけることもできず、ある日突然、彼は『王さまの耳はロバの耳』作戦を思いつく。誰にも言えないことならば、誰にも聞かれない場所で言って、ストレス解消すればいい。膨大《ぼうだい》なNGリストを作るだけ作って、自分と息子にひどいことをした親族がどんなてんてこまいをするのか想像して、伯爵は少しは気が晴れたのかもしれない。本当にやってやるぞと金庫にしまいこんで、でも気が収まったら出すつもりで。

しかし運命の日はやってくる。バトル・オブ・ブリテン。ロンドンの空襲は、ばあちゃんが俺に話してくれた東京大空襲とどれだけ違ったのだろう。町が全部燃えていて、死んだ人が川に浮かんでいて、それに摑まっていた人たちもいつの間にか焼け死んでいたそうだ。人間は生まれる日も死ぬ日も自分では選べない。

伯爵も、彼が憎んでいた家族たちも。

連絡を受け、急ぎ妻と共にイギリスに帰ってきた息子に、いまわの際《きわ》に伯爵が告げた言葉は『何故帰ってきた』だったという。今ならその意味がわかる。

呪いの穴に落ちたのは、果たして彼の愛した息子の係累《けいるい》になったのだ。

「………不毛にもほどがあるだろ」

「まったくです」

どうして。

何で伯爵は戦おうとしなかったんだろう。

シングルマザーの掏摸《すり》じゃない。仮にも権力のある男性だ。自分の息子を悪く言うやつは許さない、外国人の花嫁の何が悪いんだと言って、格式の高い良識派ぶった人々が難癖をつけてきても、それがどうしたと啖呵《たんか》を切って、戦えばよかったのに、どうして。

俺がリチャードに眼差しで訴えると、美貌《びぼう》の男は軽く肩をすくめた。

「自分がやっていることが正しいか否か、決めるべきは自分です。七代目伯爵に欠けていたのは智慧《ちえ》でも良識でもなく、己の生き方を己の肩に背負う勇気だったのでしょう。彼はあなたのおばあさまの爪の垢《あか》を、少しでも煎《せん》じて飲むべきでしたね」

「お前、そんな、他人事みたいに」

「他人事です。会ったこともない男の話ですよ」

「…………」

確かに彼は、自分の息子を愛していて、守りたいと思っていたのだろう。でもその想《おも》いはねじまがって、まがった末に、いびつな罠になった。

俺はため息をついて頭を抱えた。

「大丈夫ですか。まだめまいが？」

「……うおお」

「いや、そうじゃない。そうじゃないけど……」

俺は空《から》っぽになった食事の盆を書き物机に避難させ、寝椅子の上に横たわった。食後すぐ寝るなんて行儀が悪いが、体の力が抜けてそれどころじゃない。なら俺の覚悟は何だったんだ。一生借金漬けの覚悟とか、リチャードに恨まれて憎まれる覚悟とか、谷本《たにもと》さんとはこれ以上親しくなれそうもないけれど今までの状態でも十分嬉しかったから彼女の笑顔を心の宝石に生きていこうとか、そういうあれこれは。口から魂が出て行きそうだ。

頭を抱えた俺の前に、リチャードがやってきた。笑っている。よかった、さっきの顔に比べれば、随分《ずいぶん》穏やかな表情だ。

「……何はともあれ、よかったよ。お前の結婚がどうこうって話もこれで終わりだろ」

「そうでしょうか。さて、そろそろ本題に入りませんか」

「え？」

本題というのは、今の話ではなかったのだろうか。

俺が困惑すると、リチャードは麗《うるわ》しの表情から『笑顔』の成分を一気に引き抜いた。マネキンだ。ただ美しいだけの顔が目の前にある。感情が全く読み取れない。今まで一度も見たことがない。とても怖い。何だこれは。こいつは何を言おうとしているんだ。

「言ったでしょう。説教をしに来たと」

「……だってさっき、もう」

「あの程度で終わるとでも？　ガス抜きをさせていただかないことにはまともに喋る自信がありませんでした。今は落ち着いて、あなたに説教ができます。では」

俺が身を硬くすると、リチャードは青い瞳に力を込めた。

「中田正義、あなたは少しもわかっていない」

「………お前にそんなふうに呼ばれるの、初めてだな」

リチャードは感情を見せない顔のまま、俺に淡々と語り続けた。

「さきほどあなたは言いましたね。あのような暴挙に及んだのは、私の中に自分の影を、消えない形で刻みつけたかったからだと。ですがそのような御託《ごたく》をあなたが本気で抜かすと信じてやるほど、私はお人よしではありません。大根役者の芝居に騙《だま》されてやるのは一度で十分です。正しい理由の解説を求めます。何故ですか？」

正しい理由？　そんなことを言われても。

すごく怒っていたから、くらいしか思い浮かばない。

昨日のホテルでリチャードは、俺のことをずっと守ろうとしていた。迷惑をかけたくないからと、日本を去ったこともわかっている。でも俺は今までもらった分を少しでも返したくて、リチャードの役に立ちたくてここまでやってきたのに、こいつが俺の思っていたことを全部無視して、日本に帰れとしか言ってくれなかったことが悲しくて悔しくて仕方がなかった。だから俺も開き直ることにしたのだ。リチャードが自分のやりたいようにやって俺を守ろうとするのなら、俺だってやりたいようにやって、こいつを守ろうと。

我ながら偉そうな考えである。リチャードならまだしも、俺には分不相応もいいところだ。何様のつもりだ。そんなことはわかっている。

でもそれ以外、どうやって俺がこいつの役に立てるだろう。

ずっと一人で生きていくなんて言ってしまう、お節介焼きの可愛いやつの歩いてゆく道を、少しでも明るいほうに持ってゆくには。

大体そんなことを俺が語っても、リチャードの顔はまだ感情を取り戻さなかった。もういっそ怒ってほしい。馬鹿とか阿呆《あほう》とかまた罵《ののし》ってくれればいい。俺がどうしたらいいのか、こいつの美しい顔は、怖いくらいに全く教えてくれない。

俺が困惑していると、リチャードは首を横に振った。

「違う」

「……え?」

「あなたは全く、わかっていない。それはあなたの行動の本当の理由ではない」

「いや、でも……素直な自供だぞ、これ……?」

「あなたが改めるべきは、その絶望的なまでの自己認識の甘さです。もっと根深い問題が、あなたの中には横たわっている。わからないのですか。私の傍にいた一年足らずの間にさえ、あなたは同じことを何度も繰り返しているのですよ」

「………どういうことだよ?」

「『誰かの役に立ちたい』」

は? と問い返す俺のことなど気にせず、リチャードは言葉を続けた。

「いつかの夜に、あなたは自分で言っていた。大好きな相手に何もできないやつだとがっかりされるのが怖い、薄情者と言われたくないだけだと。あなたの言う『正義の味方』とは、『誰もが困った時に使える便利な道具』に近いのでしょう。つまるところあなたを苛《さいな》む無力感こそが、その無鉄砲な行動の根源です」

変な気分だ。リチャードの顔が、大きくなったり小さくなったりしているような気がする。あまりにも同じものを見つめすぎたので、遠近感がわからなくなってしまった。相変わらず美しい顔には感情がのってこない。どうしたらいいのかわからない。リチャードが喜んでいたら俺は嬉しくて、悲しんでいるのなら俺も悲しいのに。あれ？

何で俺は、リチャードの機嫌次第で、自分の行動を選ぼうとしているんだ？

いやいやそれは当たり前だろう。だって俺はリチャードに喜んでほしいわけで、でもリチャードは俺を怒っていて、あれ。あれ。あれ？

リチャードは椅子から立ち上がると、寝椅子の上の俺に席を詰めさせ、すとんと隣に腰を下ろした。まだ表情が動かない。リアクションに困る。芸術品のように美しい男だが、こんなに作り物めいた美しさは不安だ。どうしたらいいのかわからなくなってしまう。怖い。俺はリチャードに笑っていてほしいのに。リチャードの顔はまるで鏡だ。俺は俺の内側をのぞき込まされている。

「人の思いを『呪い』などと形容するのは、この二十一世紀に感心しませんが、図らずも私もまた、あなたに呪いをかけた人間になりましたね。『あなたは間違っていない』と、あの夜あなたに言ってしまった。私が祖父からリチャード・リングを受け継いだように、あなたもまたおばあさまから、その名前と心意気を受け継いだのでしょう。弱いものに優しく。正しい道を歩くように。確かにあなたの在《あ》り方はとても気高く、まっすぐで、美しい。ですが限度があるでしょう。人々の役に立ちたいと強く願う思いは大変結構なものではありますが、それはあなたの人生の主軸に据えるべきものではない。何故なら今を生きているのはあなたで、その人生の主役はあなたでしかありえず、あなたの大好きな人たちはみな、あなたの幸せを願っているから。あなたが役に立つか立たないか、社会貢献するか否か、周囲の人々に感謝されるか恨まれるかなど、副次的な問題でしかありません。そのようなことは人の一生の最重要事項ではない。あなたならばわかるでしょう、愛する人の幸福を痛々しいほど願う時に、人がどれほどの力を発揮するものか」

そう言うと、リチャードはそっと右手を持ち上げて、俺の頬に添えた。いつもは宝石を繊細に扱っている手だ。柔らかくて冷たくて、優しい。

「あなたの愛する人たちは、みんなあなたに幸せになってほしいのですよ、正義」

「…………」

「無論、私もまた強くそう願う人間の一人です」

青い瞳はまっすぐに、俺のことを見つめていた。リチャードが今何を考えているのか、やっとわかった。確かにこれは『説教』だ。でも、どうしたらいいのかわからない。こんなに、もうわけのわからないほど優しいことを言われたのは、初めてだと思う。胸の奥の硬い岩に水が流れ込んできて、からからだった枯れ川があっという間に水源地になってしまったような、変な気分だ。とても変な気分だ。

幸せになってほしいなんて。

いつだったか俺も、似たようなことを誰かに言った気がする。そうだ、ルビーの真美《まみ》さんだ。彼女のことは忘れられないと思う。あの人は、自分で自分を粗末にすると、彼女を大切に想っている人たちがどれだけ傷つくのか、全然わかっていなかったから――

自分を大切にすることが、他の人たちを幸せにすることにつながるんですよと、俺は偉そうに――

――ああ。

馬鹿だ。これはもう、表彰状《ひょうしょうじょう》級の馬鹿だ。

俺が石のように黙りこんでいると、リチャードは微《かす》かに笑った。少しの表情の変化でも、この距離ならばすぐにわかる。少しほっとした。こいつの美貌にノックアウトされて久しいけれど、笑っているところが一番好きだ。

「おわかりになりましたか？」

ちょっと唇をすぼめた表情で、リチャードはからかうように言った。

俺ががくがくと頷《うなず》くと、リチャードはグッフォーユーと言ってくれた。そして俺の腰に両腕を回して、体を抱き寄せた。ハグだ。肩の上に頭の重さを感じる。温かい。

「私はあなたに『困った時に使える便利な道具』などになってほしくない。『中田正義』

という、私の大切な人でいてほしい。あなたは私を、優しさにつけこんで利用するだけ利用して捨てるような手合いとでも思っていたのですか？　だとしたら、耐えがたい侮辱《ぶじょく》です。あなたに決闘を申し込むもやぶさかではありません」

「……決闘って、何するんだよ」

「決まっています。空手とボクシングで倒れるまで殴り合いです」

「お前の顔を殴れるわけないだろ……！」

「では話術で戦いましょう。あなたを泣かせたら私の勝ち」

「…………俺、もう負けてるよ……」

知っていますと言うかわりに、リチャードは俺の腰から背中に腕を移して、ぐっと強く抱きしめてくれた。昨日のホテルより、ずっと力強い腕だった。あの時は慰められながらも馬鹿者と言われているようで、申し訳なさが募るばかりだったけれど、今はしっかり立てと励まされているような気がする。びっくりするくらい大量の涙が、ぼたぼた音を立ててリチャードの背中をつたってゆく。眼球全部が泣いているようだ。これは本当に全て俺の涙なのか。涙腺《るいせん》の蛇口が全開になると、人間はこんなに泣けるものなのか。

呻きながら背中に腕をまわし、うんうんと頷くように背中を叩き、せっかくなので思いっきり抱き返すと、リチャードはブレークと訴える格闘技の選手のように俺の肩をばしばし叩き、さっと体を引いてしまった。素早く寝椅子から立ち上がり、眺めのいい窓際まで高速すたすた歩きをする。おほんという咳《せき》払いがわざとらしい。

「……何だよ……もうちょっと抱いてろよ、まだ顔が大変なんだよ」

「私はあなたのタオルではありません。洗面所で洗ってきなさい。いえ、内線電話でメイドにタオルを持ってこさせればいいだけの話です。そのくらいの英会話は可能でしょう」

全然自信がない、と俺が首を横に振ると、リチャードは呆れたとばかりに顔をしかめ、何かを持ってきてほしいとお願いする時の簡単な言い回しをメモし、古そうな内線電話や、暖房器具の詳しい使い方も教えてくれたあと、口をつぐんだ。深刻な顔である。何を言われるのか見当はつく。ジェフリーやヘンリーのことだろう。あの二人は、少なくともジェフリーは、かなり真剣に俺を殺したがっているんじゃないだろうか。

「勝手ながらあなたのパスポートをお借りして、帰りの便の手配も進めています。明日の朝の便で日本に帰りなさい。ですが今日はここに一泊です。この部屋からあまり出ないほうがいいと、私はあなたに強く進言したいのですが、監禁事件を起こすつもりはありませんし、洗面所で予期せず誰かと出会うようなこともあるかもしれません。そこで」

リチャードはずいっと俺に顔を寄せてきた。深刻な表情だが、心なし、さっきより血色がよくなっている。リチャードも緊張していたのだろう。

「約束なさい。日本語を話すほうのいとこが、あなたに何を言おうとも、『はあ』『まあ』『そうですか』以外、何も言ってはいけません」

「え？　なんで……」

「よろしいですか」

「あのさ、理由を」

「よろしいですね？　『はあ』『まあ』『そうですか』です」

俺は無言で首を縦に振った。リチャードは満足したように、すました顔で頷いた。

「よろしい。では体力が許す範囲で、屋敷の中を散歩するのもよいでしょう。築二百年以上の歴史的建造物です。心の慰めくらいにはなります。何かあったら私の電話に連絡を。しかしくれぐれも注意なさい。日本語を話すほうのいとこが」

「わかった、わかったよ。頑張ってみる」

「頑張る必要はどこにもありません。無視していればいいだけの話です」

だったら何故こんなにリチャードがしゃちこばっているのだろう。俺のいないところでいろいろな折衝《せっしょう》があったのだろうか。よくわからないが、明らかにことの元凶は俺なのだし、ここは大人しく言うことを聞いておくに限るだろう。

でもちょっと、やりたいことも、あるわけで。

俺はトイレに行って探検をしてくると言い置いて、大階段を下りて広間に出て、人を探してキッチンの場所を尋ねた。調度品の掃除をしていたメイドさんは、少し変な顔をしたあと、それでも俺を厨房《ちゅうぼう》に案内してくれた。金庫室のハイテクはどこへやら、キッチンは

ＩＨどころかガスレンジが現役だし、鍋も食器も一律古そうだ。

大鍋とフライパン、それから卵、牛乳、砂糖を出してもらったところで、メイドさんはさっさと退出してしまった。まずい、器がない。このままだと家探しをしなければならない。ただでさえクレアモント家の方々には、俺のお覚えは最悪でしかないだろうに、更に最悪度を更新するのかと、俺が覚悟をしていると。

「いやあ、やられましたよ」

少し子どもっぽい声が、廊下からキッチンに続く扉のほうから聞こえてきた。

振り返った俺に、ジェフリーは軽く片手をあげた。見慣れた作り笑いで微笑んでいる。まずい。見たところこの厨房には他に出口がない。おまけに周りには他に人の気配もない。リチャードに電話しても間に合うかどうか。この人に腕っぷしでかなわないとは思わないが、傷つけたりしたら大事《おおごと》だ。そもそもリチャードの家族である。問題外だ。

「あー、やられたやられた。まったく大した日本人ですね。シェイクスピアの国の人間をここまで騙したんですから、誇っていいと思いますよ」

「……はあ」

「こんなところで何してるんですか？　おなかが減ったとか？」

わかっている。俺が彼に言っていいのは『はあ』『まあ』『そうですか』だ。でも、正直渡りに船である。器が足りないのだ。

「……あの、湯飲みくらいの大きさの器を四つ、お借りしたいんです」

「料理がしたいんですか？」

「はあ」

「器を四つですね。取っ手のないティーカップでいいですか？」

ジェフリーは手早く内線で下働きのおばさんを呼び、オーダーを伝え、必要な道具を持ってこさせた。彼自身も食器のありかを知らないあたりに、家事から切り離された日常生活が思われる。きれいな薔薇《ばら》の絵付けが施されたカップで、これを鍋に沈めるのには、相当勇気が必要だろう。ジェフリーに軽く頭を下げたあと、俺は気まずく切り出した。

「……ありがとうございます。でも俺、あなたに何も言えないんです。勘弁してください」

正直に申告すると、ジェフリーは声をあげて笑った。リチャードの気持ちもわかりますと言う。何がわかるのか俺にはさっぱりわからないが、ともかくさっさとやることをやって引き上げよう。水をはった鍋を熱し、フライパンを火にかけて、卵をボウルに割る。牛乳と砂糖とまぜてプリン液をつくるのだ。

「まったく、本当に参りましたよ。舐《な》めてかかったことを後悔しました。君はとんでもないやつだった。人がどれだけ他人を愛せるのかの臨界点を見せつけられました」

「……はあ？」

「とぼけちゃって。リチャードから聞きましたよ。『三億ポンドの負債を背負って、二度と会えなくなってもいいから愛する人を解放したい』、『ひとえに愛ゆえの暴走』って。君の頭のスタンダードは騎士道物語の時代で止まってるんですか?」

「は、はあ!　まあ!」

むせそうになったが堪《こら》えた。なるほど、リチャードがどうやって俺の暴走を言い繕《つくろ》ってくれたのかよくわかった。俺が逆の立場だったとしても、きっと似たような理由しか思いつかないだろう。どれだけ能天気で夢見がちで一時の衝動に身を任せがちな若者だとしても、九割九分やりそうにないことをやってしまったのだから、それをどうにか弁明しようと思ったら、もう『愛ゆえ』とかそういう形のないものに逃げるしかない。全部俺のせいだ。あとで謝ろう。確かに今は滅多なことは言わないほうがよさそうだ。

ジェフリーは俺の隣に立ったまま、立ち去る様子はなかった。

「あーあ。おまけにあれはダイヤじゃなかったし。七代目の隠された手紙なんて出てきちゃったし。僕は立つ瀬がないし。ヘンリーは寝込むし。まあ食欲はあるみたいですけど」

「……はあ」

「あなたの行動含め、予想外の展開すぎて、ついてゆくだけでやっとですよ」

「…………そうですか」

攪拌《かくはん》したプリン液をひとまず置いて、フライパンに砂糖だけを入れて焦がす。カラメルソースだ。これを器の底に敷いて、器を湯で満たした鍋に沈めて、プリン液を入れて十分蒸したら冷蔵庫。これでリチャードを元気にするマジックアイテムの完成だ。

フライパンで砂糖を焦がし、ジュッと音がしたところで水を投入する。淡々と作業を続ける俺に、ジェフリーはもう一度、ねえと声をかけてきた。

「これは真面目な質問なんですが、あなたは本気でリチャードを解放したいと思っていたんですか？　それであんなことをしたんですか？　あれであいつが喜ぶと少しでも思ったんですか？　そんなに愛しているのに、あなたがダイヤを粉々にしたらリチャードがどうするか想像できなかったんですか？　解放なんてとんでもない、あいつは家族も警察もふりきってあなたを助け出して、あなたへの償《つぐな》いの一生を送ろうとするはずですよ」

「…………………」

想像しなかったわけじゃない。だからこそ、俺はまず最初にリチャードに嫌われようと思ったのだ。なんてこった、嫌なやつを信用してしまったものだとあいつに後悔してもらった上で、クラッシャー中田をやろうと思ったのだ。だから、大丈夫かなと。それでも甘かったのだろうか。

俺が曖昧《あいまい》に首を横に振ると、ジェフリーは短く笑い、肩をすくめた。

「あいつだったら、そんなことをされるよりも、君と一緒に死ねるほうがずっといいって言うだろうな」

「はあ、まあ、いや…………それは絶対、嫌ですね」

「そっか、よかった。すみません、前置きが長くなりました。謝りたかったんです。ごめんなさい、中田くん。謝って済むなら警察はいらないって、昔ガバネスの先生に習いましたけど、僕のやったことは警察に行っても裁いてもらえる類のことじゃないと思うので、やっぱり謝るしかないかなと」

「すごい例文の載ってる教科書だったんですね」

「テキストは半分くらい先生の手作りでね、今すぐ東京に行っても不自由なくお喋りができるようにしましょうってコンセプトで、実践《じっせん》的に習っていたんだよ。ヘンリーも一緒に習えればよかったけど、兄はあの時もう上の学校に通っていたからなあ……あの、わかってもらえないかもしれませんけど、僕は真面目に謝罪してるんですよ」

　別に俺だってあなたを利用しようと思ったんだから、魚心あれば水心で、謝ってもらう必要はないと俺が言うと、ジェフリーはうにゃうにゃっとした皺《しわ》を眉間《みけん》に刻んで唸《うな》った。そうこうしているうちに鍋の湯が沸騰《ふっとう》してきたので、カラメルを敷いた器をおそるおそる沈めて、プリン液を流し込む。時計を見ながら蓋《ふた》をして、準備完了だ。あと十分。

　ジェフリーはしばらく俺の言葉を待っていたようだったが、どれほど待っても俺が何も言わないとわかると、短く息を吐いた。心の中にある何かに、踏んぎりをつけるように。

「……なら、言い方を変えます。よかった。本当によかった」

「はあ」

「君が心中物の愛読者じゃなくてよかった。あいつは優しいから、大切な相手と二人で、にっちもさっちもいかなくなったら、きっと最後の手段をとりますよ」

「…………」

「僕はあいつに一生許されない覚悟をしましたけど、身勝手な話、あいつが僕の知らないところで勝手に幸せになってくれたらいいとは思ってたんです。だからあいつのパートナーが君でよかった。リチャードのことを不幸にするのは僕だけで十分です」

「……そんなこと言うなら、今からだって」

「無理ですよ。絶対許してもらえないことをしたんですから」

「絶対に許してもらえないか、そうじゃないかなんて、最後までわからないことでしょう。できることなら許すほうが、お互い絶対に楽ですよ。家族なんでしょう。お願いします。今すぐじゃなくても、いつでもいいですから、リチャードと話をしてください」

お願いしますと俺が繰り返すと、ジェフリーは黙った。こんなことを言われるとは思っていなかったのか、戸惑っているようだったが、深いため息をついた。

「……ヒーローにそんなこと言われちゃね。悪役としては言うことを聞くしかないか」

「俺は別にそんな」

「いいのいいの。それにしても君、まだ若いのに大変な人生を送ってるね」

「……かもしれないですけど、リチャードやあなたほどじゃないです」

「あー！　やっぱり駄目だ。君は駄目だ。リチャードに似すぎてる。バカみたいなお人よしなんだよ。もっと人を疑って、踏み込みすぎない距離から人間関係を俯瞰《ふかん》してよ。困るなあ、リチャードの隣にいるならもっと冷徹になれるやつじゃないと」

俺は苦笑いしながらもう一度時計を見て、鍋の湯を弱火に切り替えた。紆余曲折《うよきょくせつ》を経すぎた感はあるが、この人の心の根っこは、結局今も『リチャードのお兄ちゃん』のままのようだ。だったら、うまくいくと思う。リチャードの心はまだ氷漬けだが、あいつは誰かを許さないでいるよりも、許すほうが得意な男だと思うから。

「じゃ、そういう恋人を見つけろよって、あいつに言っておきます」

「君にそんなことを言わせたらあいつに氷水をかけられるよ。パートナーシップは延期するってリチャードが言ってたけど、いつでもまたイギリスにおいでよ。日本に比べれば随分ゲイが住みやすい国でしょ？　国籍の取りにくさも折り紙付きだけど」

「あ、ああ、はあ、まあ、そうですか」

「ところで君、何を作ってるの？　日本料理の茶碗蒸し？」

「プリンのつもりですけど……」

「プディング？　これが？」

イギリスでいうプディングというのは、もっと具材がたくさんつまった保存食だけど、とジェフリーは言った。俺は日本でいう『プリン』は、こういうつるんとした卵のおやつで、冷やして食べると甘くておいしいのだと説明した。するとジェフリーは強烈に目を見開いて、オーウと横文字の発音で呻いた。

「懐かしい！　思い出したよ！　ガバネスの先生が『よくできました』って時に作ってくれた。そうそう、こういうのだったなあ。つるっとして小さくて……思えばリチャードはこれを食べるために死ぬ気で勉強してるような節があった……」

「そうだったんですか」

「え？　じゃあどうして君が？　リチャードがレシピを覚えていたんじゃないの？」

俺は唖然《あぜん》として首を横に振り、これは自分の母親の手抜きレシピで、大したものじゃないのだと伝えた。『はあ』『まあ』『そうですか』はもう遥《はる》か彼方だ。ジェフリーはため息をつきながら、何度も何度も頷き続けた。

「……不思議な話だね。ところで四つもあるってことは、僕も一つ食べていいの？」

「リチャードに聞いてください。あいつの分のつもりで作ってたので」

「そんな残酷《ざんこく》なことを僕にさせないでよ。返事は見えてる。最初から三つだったことにしない？　お小遣いで手を打とうよ」

「いえ、あの、無理だと思います」

「何で？」

あれ、と俺は指で促した。

キッチンと廊下とを繋《つな》ぐ、開け放たれた扉の向こうに、腕組みをした王子さまが立っていた。ようこそリチャード。ジェフリーは気まずそうな笑みを浮かべた。

「やあリチャード。あの……中田くんと、ちょっと懐かしい話を」

「正義」

「うっす」

「約束」

「はい」

「厳守」

「イエッサー」

言いながらリチャードがキッチンに入ってくると、ジェフリーは眉を下げて笑った。

「そういう日本式の縦割り関係はどうかと思うな。イギリス式にもう少し優しくしてあげたほうが」

「私が私の大事な相手をどのように扱うのかは、あなたには関係のないことです」

「……一般論として」

「大丈夫です。本当に大丈夫です。これ以上ないってほどうまくやってるので」

リチャードは俺の背中をつねった。いててて俺が呻くと、ぎゅっと腰を抱く。リチャードは俺を見ていない。いとこのことだけをじっと睨んでいた。

「できれば二人きりに」

「………ごゆっくり」

胸に手を当てたジェフリーは、子どもっぽい顔でひらひらと手を振って消えていった。見えなくなった途端、リチャードは俺の腰から腕を離した。お互い一歩ずつ、横に距離を取り、ふうっとため息をつく。

「胆《きも》が冷えます。電話をしろと言ったでしょう」

「困ったことは何もなかったよ。今更俺をどうこうしても、あの人にうまみはないだろ。それよりお前のプリンびいきのきっかけの話を聞いたぞ。いい先生がいたんだな」

「厳しい方でした。ですが……思えば…………………確かに……」

リチャードは珍しく、自分の思い出の中に溺《おぼ》れるように、中空を睨みながら顔をしかめた。ひょっとして単純にプリンが好きになるきっかけではなく、甘味大王になるきっかけのデザートだったのだろうか。だとしたら何とも罪深いおやつである。

キッチンにはカラメルの甘い匂いがただよっている。あまり長居をしても、これからこの場所を使う厨房の担当者には迷惑だろう。早々に立ち去らなければならない。でもその前に一つ、こいつと話したいことができてしまった。

「あのさ、切実な話、今は仕方がないとしても、ほとぼりがさめたらあの人たちの誤解を解いておいたほうがいいぞ。もったいないよ」

「無論です。あなたの名誉にもかかわることですし」

「そうじゃなくて。こんなこと言えた義理じゃないのは百も承知だけど」

前置きして、少し躊躇《ためら》ってから、俺は言葉を継いだ。

「お前にだっているんだろ。本当に大事な相手が」

面倒な呪いが解けたというのなら、もうまごまごしている理由はないはずだ。

リチャードはしばらく俺の顔を眺めていたが、沸騰した鍋の湯がぼこんと音をたてると、青い瞳に限りなく優しい色を浮かべ、わざとらしく酷薄《こくはく》に笑った。

「……子どもが口出しするのは、百年早い」

「『子ども』はやめろよ。俺と十歳も違わないんだろ」

「私の歳《とし》は秘密です。年齢不詳の宝石商ですので」

「一度でもお前に本気で惚れられたら、それから何があったって、お前のことが忘れられないんじゃないかな。そりゃ四年は……長いけど、それでも俺だったら……いや『俺だったら』はおかしいな。ともかく連絡くらいは」

「正義」

息を呑《の》むような声で俺の名を呼んだあと、リチャードは俺の腕を掴んだ。振り返るとキッチンの入り口に、ゆらりと人影が現れた。ヘンリーだ。よかった。彼には日本語がわからない。リチャードも少しほっとしたようで、俺の腕を掴む力が緩んだ。

どう見ても三十代には見えない、未来のクレアモント伯爵は、墓場から出てきたばかりの死体のような顔に悲壮な表情を浮かべて、何も言わずに俺に近づいてきた。リチャードが俺たちの間に入るが、ヘンリーのすがるような視線を受けると、一歩退《しりぞ》いた。青い瞳が俺を見ている。この澄んだ空のような淡いブルーは、伯爵家の色らしい。

「…………」

ヘンリーはじっと俺の顔を見つめたあと、俺の手を握り、深く頭を下げた。手を握っている間、彼は何も言わなかった。

何十秒かそうしていたあと、ヘンリーはリチャードと、言葉少なに会話を交わし、そのまま静かにキッチンを出て行った。

「……何だったんだ」

「さあ、彼の考えていることは私にはわかりません。それより正義、用が済んだのなら戻りなさい。やはりあなたを部屋から出すべきではなかった」

「でもこれを冷蔵庫に入れないと」

「全責任をもってあなたのプリンは私が引き受けます。ご心配なく」

「わ、わかった、頼んだ」

何だか珍獣になってしまったような気がする。物理的にぼこぼこにされる覚悟はしていたし、お縄《なわ》になる覚悟もばっちりだったが、あまりにも斜め上の状況で、自分が無事であることに実感が持てない。俺は二階の部屋に足早に帰還し、少し眠ることにした。また明日飛行機に乗るというのなら、今のうちに体を本調子に戻しておかなければ。

　日が落ちたあと、メイドさんが運んできてくれた夕食は、ちょっと焼きすぎて焦げた鶏《とり》のローストに、固めのパン、紫色のハーブの散った薬膳《やくぜん》のようなスープだった。今時のイギリス貴族はヘルシー志向なんだろうか。単純に風邪気味の俺に配慮してくれただけかもしれない。夜には冷えてきたので、浴室を借りたあとにウールの寝間着も貸してもらった。

　八時半。早すぎるが他にすることもなし、また眠ろうかとベッドに入った矢先。

　不思議な音が聞こえてきた。ピアノだと思う。一階からだ。

　抒情《じょじょう》的な旋律が、夜気《やき》に混じってぽろぽろと聞こえてくる。おかかえのピアニストでもいるのだろうか。結局屋敷の写真を撮るような時間もなかったし、俺は物見遊山《ものみゆさん》気分で観に行ってみることにした。

　パジャマの上にコートを引っ掛け、階段を下りて、音に導かれるように歩いてゆくと、たどり着いたのは小さな広間だった。十人のお客さまが来た時のための応接間という感じだ。二人掛けや一人掛けのソファが何脚も並べられていて、壁には絵画があり、火の入った暖炉があり、飴《あめ》色のグランドピアノを男性が弾いている。ヘンリーだ。ソファに腰掛けるお客さまは、リチャード一人である。どちらも深いブラウンのナイトガウン姿だ。

　外に出たのを咎められそうで、俺は慌てて出窓のくぼみに隠れた。ありがたいことにカーテンがあったので、体に巻きつけてカモフラージュする。よっぽど注意深くのぞき込まれない限りはバレないだろう。

　俺はカーテンの隙間から顔を出し、演奏者の表情を窺《うかが》った。滔々《とうとう》と流れる小川のような曲なのに、ヘンリーの額には汗がにじんでいる。何なんだろう、この一対一のコンサートは。穏やかな音色の一音一音が、魂が込められているように重い。

　まどろんでいた子どもが眠りに落ちるような、穏やかな終わりのあと、リチャードは拍手を送った。演奏していたヘンリーは少しびくりとし、おどおどしたお辞儀をして、リチャードから少し離れたソファに腰掛けた。テーブルの上には背の低いグラスと、酒の瓶のようなものがある。宵《よい》の口の飲み会でもしていたのだろうか。

　二つの椅子の間に距離があるので、二人はそこそこ大きな声で喋っていた。

　俺は自分のリスニング能力には全く自信がないのだが、それでも二人の会話の『調子』のようなものはわかった。ヘンリーがぽつりと言葉を零《こぼ》すと、リチャードはそれを優しく受け、くるみこむように話をして、また会話のバトンをヘンリーに渡す。ヘンリーはたくさん時間をかけてリチャードの言葉を受けとってから、またぽんと池に石を投げ込むように、言葉少なに喋る。リチャードはそれをまた受けとめて、丁寧《ていねい》にお返しする。

　何なんだこれは。接待か子守りか迷うところだ。この人はリチャードの年上のいとこで、間接的にはリチャードと昔の恋人の仲を裂いた張本人ではないのか。接待するなら彼がリチャードを慰撫《いぶ》するのが筋というものだろう。いや待て。こんなふうに考えるのは、ジェフリーが憤《いきどお》っていた、『ヘンリーを追い詰めた親族』と同じだ。

予測不可能なトラブルの渦中に投げ込まれたという意味では、この人もリチャードと同じ、犠牲者か。

少なくともリチャード本人は、そう思っているようで、彼に対して無類の優しさを発揮していた。そういうところがヘンリーを追い詰めたのだとジェフリーは言っていた気がするが、どうなのだろう。それにしてもジェフリーはどこだ。

埒《らち》もないことをうだうだ考えていると、俺の耳は、かなり解読しやすい単語をとらえた。ヘンリーがジャパニーズ、と言っている。俺のことだろうか。違う。日本語のことだ。

小さいころ一緒に勉強できればよかったのになと、ヘンリーが言っている。リチャードは微笑んで、これから一緒に新しいことをすればいいとか何とか優しく提案している。無敵の宝石商リチャードさんモードだ。これは仲直りの儀式なのだろうか。それにしてはリチャードが譲歩しすぎているように見える。もっとがっつり『すみませんでした』と謝罪《ぎ》するくらいのことがなければ、俺としては腹が収まらない。いやいや、こういう代理の義憤《ふん》はよくないとリチャードにたしなめられたばかりだ。我慢しなければ。そうだ、派手に謝ったところで家族なのだからまた顔を合わせる。きっとリチャードは溝を埋めようとしているのだ。理屈としてはわかる。でも感覚的にはつらい。

盗み聞きの外野が勝手に不機嫌になっていれば世話はない。コンサートも終わったのだし引っ込もうと思っていると、お盆を持ったジェフリーが小走りに俺の前を通過していった。彼はまだ昼と同じ姿だ。薔薇の絵のカップが四つ。プリンだ。あれは俺のプリンだ。リチャード用に作ったと言ったのに。

ジェフリーはヘンリーのことを『ハリー』と呼んでいた。愛称なのだろう。日本のおやつがあるからみんなで食べようよという声が、俺には遠足の引率の先生のように聞こえた。思えばジェフリーは初めて会った時からテンションが高めで、明るくて強引な人だったが、彼のそういうところは、気弱なヘンリーを補うために育まれてきたのかもしれない。

ちらりと様子を窺うと、ジェフリーはヘンリーとリチャードの中間地点の二人掛けに腰掛けていた。三人、何となく仲がよさそうな間合いに落ち着いて、無言でプリンを食べている。ちょっとシュールだが、可愛い光景だ。

二十年前のこの屋敷では、こういう光景が日常的に見られたのだろうか。

長く沈黙が続いたあと、一番最初に呟いたのはヘンリーだった。

グッド、と。

聞き間違いようがない。おいしいと言った。そうだねえとジェフリーも唱和する。うまかったのか。ひろみが俺に作ってくれた手抜きの離乳食プリンが、イギリスの名家の貴族に、本当に受けているのか。この国の人間の味覚はどうなっているんだ、などと思ってはいけない。ありがたく受け取ろう。おいしく食べてもらえてよかった。リチャードのために作ったプリンではあるのだが。

おいしいおいしいと社交辞令のように繰り返すジェフリーとヘンリーに、リチャードはぴしりと宣言した。

これは私のものなので、一音一音、はっきりと。

全然あげたくなかった。あなたたちにあげたくなかった。

本当にあげたくなかった。

それはもうあげたくなかった、と。

場の空気が凍る。おおうと呻いたジェフリーの隣で、ヘンリーが泣きそうな顔をしている。明るい声でジェフリーが何かを弁明し始めた。勝手に持ってきたのは僕だから僕の責任だとでも言っているのか。長々した言葉の途中に、リチャードはぶっつりと割って入った。

でも自分はこれを、今までに何十回も食べている。

だから一度くらいは分けてやる。

喜ぶがいい——と。

あまりにもかっちりした宣言だったので、立ち聞きの俺ですら冗談だとわかる声だった。

でもジェフリーとヘンリーには、この冗談を額面通りに受け取ることは難しかったのだろう。沈黙は続いた。耐えかねたのか、沈痛な面持ちのジェフリーが何か言おうとした時に、リチャードが短く言葉をかぶせた。すると残り二人が弾かれたように笑い始めた。冗談ですよとでも言ったのだろうか。よくわからない。リチャードは椅子から立ち上がった。俺は慌ててまたカーテンの中に隠れる。部屋を出るなら俺の目の前を通るはずだ。自己暗示をかける。俺は壁。俺はカーテン。生まれついての無機物だ。

リチャードが俺の目の前を通過する。全身を布にはりつけるように、カーテンの中にくるまっていると、待ってくれと誰かが追いかけてきた。ヘンリーだ。どうしてよりによって俺の目の前で止まるんだ。ばれているのか。いや、二人の会話は自然だ。

ヘンリーの声は崩れていた。もはや半泣きだ。実力の三ランクくらい上の英会話講座実践リスニング編が、ゼロ距離で披露されている。早口な前半部分は全くわからなかったが、ペースダウンした後半はわかった。またジャパニーズだ。俺の話だ。

本当にあの日本人の男の子が好きなのかと。

ただの友達なんだろうと、重ねて質問している。するどい指摘だ。

崩れそうになっているヘンリーは、壁に手をついてすがりながら、以前リチャードが交際していた女性との、やり直しを説得していた。もっとわかりやすく謝罪してほしいなどと一瞬でも思ったことを俺は恥じた。この人はリチャードがイギリスを離れていた四年間、同じことをずっと、それはもうずっと、鳥肌が走るほどずっと考えていたのだろう。自分で自分を壊してしまわなければ耐えられないくらい。心臓を冷たい手で撫《な》でられ続けるような寄る辺《よべ》のなさが俺にも伝染してくる。しかし頼むから二人ともカーテンの下を見ないでほしい。スリッパがはみ出していそうなのだ。

リチャードは黙って、嘆き節になるいとこの話を聞いていたが、吐息のような声で微かに笑った。見えなくても表情が目に浮かぶ。俺を安心させようとする時の、優しそうな宝石商の顔をしているのだろう。

リチャードはゆっくりと、四年ですよと言った。男の四年と女の四年は違うと。絶縁していたのはあなたたちとだけで、彼女との縁までは切っていないとも。そして年上のいとこに一歩近づき、リチャードは小さな子どもに嚙《か》んで含めるように、ゆっくりゆっくり言って聞かせた。

今は結婚して、二人の子どもの母親になり、幸せにしているそうですよ、と。

俺にはそれが死刑宣告に聞こえた。

本当に崩れ落ちかけたヘンリーを、リチャードは支え、肩を抱いた。

「終わったことです。少なくとも私の中では。今の私の望みは、あなたが元気な姿を見せてくれることです。またピアノを聴かせてくださいね」

不思議なことに、あいつの言葉が日本語のように聞こえた。同じ声を聞きすぎると、頭の中に自動翻訳装置でも生まれてくるのだろうか。そんなはずはない。でも何と言ったのか確かにわかった。でもそこから先の会話は駄目だった。話題が変わり、会話がペースアップして二人のネイティブスピーカーの会話は完全な謎音声と化した。

そのままゆっくり、二人の声が遠ざかってゆく。

ひょっこりとカーテンから顔を出して、俺は周囲を確認した。リチャードとヘンリーの姿はない。ジェフリーは一人で残りの酒を呷《あお》っている。逃げるなら今だ。俺は音もなく絨毯の上を速足に抜け、足を滑らせない最高速度で階段を上りきった。

寝よう。俺は自分の英語力を全然信用していないので、リチャードが言っていた内容が正しいかどうか自信はない。違うかもしれない。そもそもあんなふうに、誰かの言葉がそのまま心に聞こえるようなことなんて、あるはずがない。さっさと部屋で眠ろう。と思って部屋の扉を開けると。

「遅かったですね」

部屋の中にリチャードがいた。

寝椅子に横たわった美貌の男は、面倒くさそうな顔で、閉ざされたカーテンの前で天井を見ている。

「……どうしてここに？」

「別に。具合を見に来て差し上げただけですよ」

「ああ、そう……」

「建て前です。しばらく一人になりたかったので。入り口でまごまごせず、あなたも入ればよかったのに。愉快な地獄が味わえましたよ」

「うわ、お前、気づいてたのか……」

「無論です」

　リチャードは嘆息し、目を閉じた。このままここで寝る気はないのだろうが、確かに避難所にはなるだろう。やっぱりあの会合は、気疲れのする儀式だったようだ。

　ベッドに二枚ある毛布を一枚、おすそわけすると、リチャードは何ですかと笑った。

「風邪ひくかもしれないだろ。寒いし」

「古い屋敷ですからね。居住性に難があるのはわかっています。今から部屋を替えますか？　風通しはどこでも似たようなものだとは思いますが」

「……別に俺は構わないけど……お前はいいのかなって」

「と言うと？」

「ここ、もともとお前の部屋だろ」

　リチャードはやる気なく振り返り、俺の顔を見た。理由を聞きたいわけではないだろう。書き物机に付属した書棚には、使い込まれた日本語や韓国語、中国語の辞書に加えて、俺には読めない文字の本が刺さっている。子ども部屋らしくない子ども部屋だ。

　リチャードは黙って、肩越しに俺の姿を見ていたが、再び窓のほうに向き直り、俺を見ずに口を開いた。

「あなたの実家の部屋の話が聞きたくなりました。何でもいいから話してください。その間に酔いがさめます」

「そんなに飲んだのか」

返事はなかった。手持ちのカードの交換というわけか。でも、俺の実家の部屋の話？

町田《まちだ》の狭いアパートにそんなものはない。いやちょっと待て。もう一つある。

「……そうだな、埼玉の家のことなら、少しだけ覚えてるよ。縁側があって、日の光がまぶしくて、舞い上がったホコリが銀の雪みたいに見えるんだ。それぱっかり見てたのを覚えてる。俺の部屋も……多分あったんだろうな、でも覚えてない」

「埼玉？　あなたの家は町田では？」

「一番最初の家は大宮《おおみや》だったんだ。忘却の彼方だけどな。父親の家。でも、まあ、ひどいやつでさ、ひろみと一緒に逃げて、それっきりだ」

ジェフリーは彼の足跡まで辿《たど》ったのだろうか。だとしたらご苦労さまな話である。殴る相手がいなくなったあいつは、また別の人と結婚して、その人とも別れたらしい。血は繋がっている相手だが、俺が『父親』として大切にしたいと思っている人は、中田のお父さんであってあいつではない。思い出すたび腸《はらわた》の奥のほうから黒いものがこみ上げてくる。瞼《まぶた》の裏で嫌な記憶がちかちかする。

「ひろみのことを『ひろみ』って呼び始めたのは、そのあとからだな。『お母さん』っていうと……甘えてる感じがして、何かすごく嫌だった。俺は正義で、あっちはひろみで、そういう相手として付き合えたらいいなって思ってたんだよ。今考えるとガキだよなあ……いや、実際はもう、頭が上がらないくらい甘えてるんだけどさ」

俺が苦笑いして言葉を打ち切ると、リチャードは俺の視線を避けるように頭を巡らせて、立ち上がり、書き物机の横にあるキャビネットの扉を開けた。カードのようなものがいくつも無造作に突っ込まれている。その中の一つを取り出し、軽く表面をはたいて俺に手渡した。何だろう、暗くてよく見えない。身を乗り出して電灯の下に持ってゆくと、家族の写真だとわかった。カラーではないのは、単なる撮影者の趣味だろう。だって今と同じ容貌のリチャードが写っているのだから、割合最近の——うん？

「うん？」

髪が長い。ゆるいウェーブを描く金髪は腰まである。控えめだが華やかな微笑み、きゅっとくびれたウエスト。シュッとした黒いハイヒールに巻きスカート。

「な、何だこれ！　女装？　いや、女の人？　ええ……？」

「母です」

あっ、なるほど。よくよく見れば、彼女の前には短パンをはいた男の子が立っている。硬い顔をしているし、ふっくらしたほっぺのふてぶてしいお坊ちゃんだが、目元にはリチャードの面影がある。

「遺伝子が、すげーいい仕事をしたんだな……」

「また面妖な言葉を。カトリーヌ・ド・ヴルピアン。私が『ママン』と呼ぶと、既婚者のように聞こえるからやめろと嫌がりました。そのくせ私が彼女の名字をはずして自己紹介をすると、『あなたはママンが嫌いなの』と泣くのです。苦労しましたよ」

「いやいや、『ように聞こえる』も何も、明らかに既婚者だろ……」

「当時既《すで》に彼女は離婚して、シングルになっていましたよ」

「…………お前の家族ってみんな強烈だな」

「あなたに言われると不思議です」

それから俺たちはいろいろな話をした。小さい頃楽しかったことの話。俺は友達と遊びに行くこと。リチャードは語学学習。怖かったものの話。俺は家族の涙。リチャードは鏡。今一番何が食べたいか。俺はラーメン。リチャードは甘さ控えめのチーズケーキ。世界一周するならまずはどこに行くか。俺はスリランカ。何しろばあちゃんの石の実家だ。他方リチャードは日本。こちらはさしずめ実家以上の安心感といったところか。

話は尽きないが、不意にリチャードが壁の時計を確認した。つられて俺も壁を見る。時刻はそろそろ十一時半になろうとしていた。早い。さっきまで九時前だったのに。

「長居がすぎました。お邪魔しましたね。明日は空港から十二時間の直行便です。偏西風で往路よりは早く到着できるでしょうが、今夜は体をよく休めなさい」

「了解。何だか最初から最後まで、面倒をかけてばかりでごめんな」

本当に悪かったと、俺が改めて頭を下げると、リチャードは当然のように無視した。謝るなという言いつけは継続中らしい。わかった。じゃあ言い方を変えよう。

「……………ありがとう。お前が俺の目の前にいて、また喋れるってことが、信じられないくらい嬉しいよ。かなり真剣に、もう二度と会えない覚悟をしてたからさ」

俺が苦笑いすると、部屋を出てゆこうとしていたリチャードは踵《きびす》を返し、俺を見つめて立ち止まった。何だろう。

「若干、不安があります」

「え？」

「自分のことを大切にしろと、私はあなたに言いましたが、本当にわかっているのかどうか。また無茶をしないかどうか。確信が持てません」

リチャードの目元には、剣呑《けんのん》な皺が寄っていた。そんなことを言われても。

「そもそも機会がないんじゃないか？　ひとさまの家の家宝を投げるなんて」

「そういうことではありません。それに二度あることは三度あるとも言うでしょう」

「……………おい。もしかしてお前、やっぱり一人で」

「私が理由もなく孤独な放浪の旅に出るとでも？　そこまで暇ではありませんよ。それにしても、あなたも私を全面的に信用してくださったわけではないようですね」

「そ、そんなことはないけどさ！」

「お気になさらず、お互いさまです。手を出しなさい」

　リチャードは無造作に懐に手を突っ込み、俺が手を出すと何かを載せた。びろうどの巾《きん》着《ちゃく》袋に何かが入っている。

　待て。このサイズは。手のひらに馴染みがある。

　嫌な予感がする。

　袋を開けると、透明なファセット・カットの石が姿を現した。他でもない、俺が投げたホワイト・サファイアだ。あちこちすかして確認したが、大きな罅《ひび》は本当にない。とろんとした柔らかい透明感のある石だ。

「誰かの暴投で少々傷がつきましたが、見たところ罅は入っていないようです。師匠のところで磨きなおせばすぐきれいになります」

　是非《ぜひ》、研磨《けんま》の代金は払わせてくださいという意志を込めて、頭を下げると、リチャードは微かに笑ったようだった。

「あげます」

「…………え？」

「あなたに」

これを、とリチャードは促した。ホワイト・サファイア。雪解け水をそのまま固めたような、澄みきった石。

「伯爵の手紙には、隠し遺言の補注も同封されていました。何らかのアクシデントで、この石の正体を見抜いた伯爵家の人間がいた場合、管財人との話し合いの末双方が納得の上であれば、その人間が石を引き取ると。というわけでこの石は私のものになりました」

「待て待て待て。それがどうして俺にこれをくれるなんて話になるんだ。そもそも大丈夫なのか、これがダイヤじゃないって、今日わかったばっかりなのに」

「親類一同への申し開きならば、ジェフリーが喜んで担当するとのことでした。とはいえ勘違いしないように。『あげる』といっても、『預ける』だけです」

預ける？　この石を俺に？　貸金庫どころか部屋にセーフティーボックスの一つもないような大学生に、こんなものを預けてどうするっていうんだ。俺が意味不明の顔をしているうち、リチャードは言葉を続けた。

「この石には因縁《いんねん》がありすぎます。この家に置いておくのは不穏ですし、かといって売り飛ばすべきものでもないでしょう。そういうわけで、あなたをその石の一時預かり所にさせていただこうと思います。そうすればそのホワイト・サファイアは、ただ不運によって私と私の家族の人生を弄《もてあそ》んだ石ではなく、あなたによって因縁の霧から救われた石になりますから。宝石に罪はありませんが、人の認識というのは厄介《やっかい》なものです。『厄落とし』

の役を負ったとでも思えばよろしい。ただし、あなたはあくまで預かり人であることをお忘れなく。必ず私に返しなさい」

ややこしいが、『あげる』と言いつつ本当にくれるわけではないようだ。『預けるだけ』。石の属性を変えるか、増やそうとしているのか。ぼろぼろになった包み紙の上から、もう一重、別の包装紙で包むように。

「俺なんかでいいのか」

「あなたでなければなりません」

どこかで聞いたような言葉だ。穂村《ほむら》さんから聞いた秘密を思い出す。リチャードはあれを俺には言わないでほしいと伝えていたらしい。今更ながら理由が気になる。怪訝《けげん》な顔をした宝石商の前で、いやあと俺は言葉を継いだ。

「……俺は大して役に立つバイトでもなかったのに、お前はどうして目をかけてくれたのかなって。最初のきっかけはわかるけど、もう随分長いだろ。何だか不思議でさ」

「何を今更。言うまでもない。役に立つバイトではなかったからですよ」

は？　どういうことだ。俺が目を瞬《またた》かせると、リチャードは澄ました顔で畳《たた》みかけた。

「どこでどのような職務に従事するのであれ、あなたほどの粗忽者《そこつもの》が務め上げられる仕事があるとは思えませんでした。お客さま一人ひとりに過剰《かじょう》に肩入れし、自分の取り分など勘定外で暴走し、挙句の果てには赤の他人のために人生を賭《か》ける。放っておいたらどこまで行ってしまうのかわからない転がる石のようなものです」

放っておけませんでした、と。

リチャードは澄ました声で言った。愛だの恋だのではないことはわかっていたが、これではまるで放っておけないから面倒を見ていたとでも言わんばかりではないか。『過剰に肩入れし』あたりからはそっくりそのまま同じ言葉を、こいつにお返ししたいのだが、今は控えるべきだろうか。

苦笑いする俺の前で、リチャードはまだつんと澄ましていた。確信犯だろう。

「……わかった。でもいつまで持っていればいいんだよ」

「さて、随分長い間、厄介な遺言に縛られていた石ですからね。因縁を落とすにもそれなりの時間がかかるでしょう」

そうですね、とリチャードは首をかしげた。さっきからこいつの動きはやけに芝居がかっているような気がする。

「私とあなたが最後に会う時でいかがですか？」

「え？」

この期《ご》に及んでまだ縁起でもない話をするつもりなのか。また戯言を抜かしたら容赦《ようしゃ》しないと俺がベッドから立ち上がると、リチャードは俺を留めるように、すっと手を伸べ、人差し指を立てた。

「いつになっても構いません。ですがあなたは私の大事なものを預かっているのですから、私がこの世界のどこにいようが、あなたが公務員になろうがマフィアのボスになろうが、結婚しようが病を得ようが、絶対に連絡を取り合わなければなりません。もちろんその『最後』が、何十年後のことになるのかは、私にもわかりませんが」

不思議な感覚だった。リチャードの言葉が、音というより皮膚《ひふ》感覚のように感じられる。肌を流れる源泉掛け流しの温泉のように、言葉の熱が沁《し》みてくるのだ。俺が硬直していると、リチャードは楽しそうに笑って近づいてきた。こいつもこんなに幼い表情をするのか。受け取る受け取らないの押し問答に、リチャードは暴力的なほどの美貌で勝利を納めてしまった。いつの間にかサファイアの巾着袋が、俺のパジャマの胸ポケットにねじこまれている。

「……リチャード」

「返品は受け付けません。私はあなたにその石を預けました。預かったからにはきっちり管理なさい。明日の朝までには箱を準備します。税関で呼び止められることがあっても通過できるように、急ごしらえですが書類も準備します。必ず手荷物で持っていくように」

「待てって」

部屋から出ていきかけたリチャードを、俺は慌てて呼び止めた。ベッドを回り込んで、ソファの上に置いた鞄をさぐる。目当てのものはすぐに見つかった。

小さな箱を持って、俺はリチャードの前に立ち、右手を突き出した。

「やる」

リチャードには開ける前から箱の中身がわかっただろう。エトランジェでもらった宝石箱なのだから当然だ。ばあちゃんの指輪だ。

リチャードは中身を確認したあと、首を軽く横に振った。

「……わかっていませんね。受け取れません。これはあなたのおばあさまの」

まあ『やる』って言っても『預ける』って意味だよと俺が補足すると、リチャードは少し、変な顔をした。先にやったのはそっちだろうに。

「俺だけ預かるんじゃ、フェアじゃない。お前も預かってくれ。俺がお前にサファイアを返す時に、お前もこれを俺に返してくれたらいい」

「しかし、これはあなたのお母さまにもご縁が」

「ひろみは俺の好きにしていいって言ってくれたよ。だからお前に渡したい」

リチャードは黙り込み、箱の中のくぼみから、そっと指輪をとりあげた。細い指の先にばあちゃんの指輪が輝いている。小さなピンク色の石が、部屋の灯《あか》りを反射して輝いた。

非現実的に美しい。この石も、リチャードも。

「……本当に、何度見ても惚れ惚れするパパラチアです。清澄《せいちょう》にして純真、無処理でありながら力強く鮮やかな色。たとえるのなら泥中《でいちゅう》にありながら穢《けが》れを知らない蓮《はす》でしょう」

「今の言葉をばあちゃんに聞かせてやりたかったなあ」

俺が呟くと、リチャードは俺の顔を見た。穏やかに笑っている。

「いいでしょう。一宝石商として……いえ、一個人として、誠心誠意お預かりいたします。また無鉄砲な正義の味方になりたくなったら、この指輪を眺めるかわりに、私のホワイト・サファイアを眺めなさい。そして今日の説教を思い出し、よく反省するように」

「『幸せになれ』だろ。一生忘れない。でも俺だけじゃ意味がないからな。お前もちゃんと、今まで面倒に巻き込まれた分も合わせて、バリバリ幸せを追求していけよ。面倒なことで悩みそうになったらばあちゃんの……いや、俺の指輪を見るといいぞ。お前にとってこのパパラチアは、きれいな蓮みたいなものなんだろ。気分がきっと和《やわ》らぐよ」

「……そうですね。まあ」

善処しますよと、リチャードは言ってくれた。嬉しい。心が湧きたつ。親しい誰かに、本当に大切な、自分の一部のようなものを贈って、受け取ってもらえると、こういう気持ちになるものなのか。心の一部を里子に出すようだ。嬉しいが何だか切ない。いつか戻ってくるとはわかっていても。

ああ、もしかしたら。

「どうしました」

「や、何だかくすぐったくてさ。指輪の交換みたいだなって」

言って、二秒で、俺は凍りついた。

しまった。どうして俺はいつも、こういうふうに口を滑らせてから、自分のうっかりに気づくのだろう。よりによって、この状況で、もう散々その手の話でリチャードに迷惑をかけたというのに、何なんだ俺は。うっかり無神経にも限度があるだろう。

謝罪の言葉も思い浮かばず、今すぐ出窓から外に飛び降りろと言われるのではと俺が戦々恐々《きょうきょう》としていると、リチャードは音もなく表情を切り替えた。笑っている。不穏なほど美しい顔で。やばい。

「リチャードごめん、本当にごめん。俺また」

「何故謝るのです？　『みたい』も何も、その通りではありませんか」

「…………は？」

「何しろ私とあなたとは、何度も二人で食事に行って、泣いているところを車で慰めて、ホテルのベッドで抱き合った仲なのでしょう？　順当な道のりです」

「あ、あ……？　いや、あれはただ、敵を欺《あざむ》くには味方からの方便で」

「つれないことを。私のことなど好きでも何でもないと言うのですね」

「そこまでは言ってないだろ！　好きでもないやつを追いかけて地球を半周できるかよ！いや、いやいや待て本当にごめん。これから死ぬほど気をつける。だから今回は」

「口を、閉じろ」

「はい」

俺が口を結んで背筋を伸ばした時、リチャードの手が俺の右頰に触れた。手だったと思う。多分手だ。金色の髪が耳元に触れて、また離れてゆく。

「おやすみなさい、中田正義さん」

リチャードは花がほころぶように笑って、グッドスリープと俺に言い残していった。最後にちらりと見せた『してやったり』の顔の美しさが憎い。酔っ払いがそんなに楽しそうな顔をするんじゃない。それにしてもきれいだ。憑《つ》き物が落ちたような顔というのは、ああいう顔をいうのか。

ぱたんと扉が閉まる音を聞いたあと、俺は深いため息をついた。

どんなに頑張ってもあと三十分は寝つけそうにないので、俺は諦めてスマホをいじった。今この瞬間に連絡をしたい相手。一人しかいない。俺の背中を押してくれた天使だ。

『こんばんは。今イギリスにいます。こちらは夜です。いろいろなことがあったけど、何とか無事に帰れそうです。本当にありがとう。話したいことがたくさんあるよ！』

返信はなかった。でもいい。帰れば彼女にまた会える。向こうはもう朝のはずだ。谷本さんはどうしているだろう。振り切ってきた日常に、何の気なしにまた戻れるのだと気づいて、俺は途方もなく深いため息をついた。眠りの沼が手招きをする。

正直、さっき俺の頰に触れたのは、手ではなかったなと思う。でも手ということにしておきたい。心臓が壊れてしまう。

往路は地下鉄でロンドンまで出てしまったヒースローだったが、復路はひたすら牧草地を車でかっとばして、最後は渋滞に巻き込まれながらの到着になった。朝の八時。飛行機は九時半に飛ぶ。運転手さんを外に待たせて、リチャードは出発ロビーまでついてきてくれた。面倒な手続きを終え、バックパックを預けて身軽になり、出発ゲートの前に立った俺に、リチャードは何気ないことのように言った。

「今回の遺産のごたごたが片づくまで、しばらく私はこの国から動けません。それまで銀《ぎん》座《ざ》の師匠を手伝っていただけますか？」

しばらく。それまで。ということは。

「……じゃあ、お前！」

「泥沼から足を抜き次第、銀座に戻ります」

よっしゃあという俺の叫びは、紳士の国の空港の皆さまの注目を浴びてしまい、ガッツポーズをとったまま恐縮する羽目になった。でも嬉しい。恥ずかしいがとても嬉しい。

リチャードが戻ってくる。

「雄《お》たけびは結構。それで返事は？　イエス？」

「イエス！　イエス！　絶対にイエスだ！」

「返事は一度でいい！」

ヒューッという口笛が遠くから聞こえてきた。よくわからないが祝福されている。何だか嬉しい。ありがとうございます。ありがとうございます。

「任せとけ！　シャウルさんと一緒に、お前が驚くほどぴかぴかの店にしておくよ」

「学生の本分を忘れてはいけませんよ。師匠は宝石商である以前に『商人』です。勝手に働くとわかれば馬車馬のようにあなたを酷使するでしょう。おまけに底意地が悪い」

最後の一言は独り言のようだった。でも銀座のあの店では、いくら雑用をさせられるとしても限度があるだろう。今の俺に怖いものはない。

「どんとこいだよ。少し喋っただけだけど、そんなに悪い人じゃないだろ」

「甘すぎる。彼は必要な局面で己を『優しく見せる』ことに長《た》けているのです。それがわかった時には手遅れだと思いますが」

この二人にもいろいろあったらしい。リチャードがいつ戻ってくるのか知らないが、せめてシャウルさんと仲良くなって、リチャードの昔の話をぽつぽつ聞いてみよう。俺がまだにやにやしていることを不審がったのか、リチャードは少し困ったような顔をした。

「……それほど宝石に興味があるなら、彼に石のいろはを叩き込んでもらいますか？　スパルタになるでしょうが、人材育成にかけては、私の何倍もキャリアのある人ですよ」

「石のことも好きだけど、俺は何よりお前が戻ってくるのが嬉しいんだよ。そうだ、一晩考えてたんだけどさ、俺、英会話習うって決めたよ。大学に名物コースもあるし」

　週二回一コマ九十分、受講料四千円。ネイティブの講師一人に最大でも生徒三人までという地獄の英会話講座。経済学部はあれが必修じゃないから羨《うらや》ましいと、文学部の知り合いに言われたことがある。とはいえ本気で英語が喋れるようになりたい生徒には、英会話教室より安くて効率的だから人気だとも聞いた。

「今回のことで痛感したんだよ。俺、ずっとお前と日本語で喋ってるだろ。いつまでも一方的に歩み寄ってもらうのはフェアじゃない」

　リチャードはしばらく、地蔵になったように眉間に皺を寄せていたが、やれやれと言わんばかりにため息をついた。何だ、せっかく勉強しようと意気込んでいるのに。

「呆れているだけです。特定の個人と話したいという目的があるにもかかわらず、わざわざ他の誰かに語学を習い、金銭まで支払うとは。ロンドンからリヴァプールに行くために、船を得て海原に漕《こ》ぎ出すような旅路ですね」

　軽やかな発音の英語のアナウンスが、俺の耳を右から左へ通り抜けてゆく。リチャードはつんと澄ましたままそっぽを向いて、どことも言えないどこかを見ていた。言葉の意味を理解するまで、しばらく時間がかかった。

「……だってお前、忙しいだろ。電話かけても繋がらないだろうし」

「エトランジェを離れてからは事情が事情でした。今ならば時々電話をするくらいは可能でしょう。週に一度か、二度くらいであれば」

「今の俺相手じゃ、幼稚園児と喋るようなもんだぞ……」

「失敬な。英語圏の五歳児ならばあなたよりも上手にお喋りしますよ。ところであなたは、美しい日本語を喋る相手とお喋りしたいがために、私との会話を望むのですか？」

珍しくリチャードの日本語がカクカクしている。四角四面な言葉を選ぶのはいつものことだが、もう少し柔らかい言い回しがありそうなものだ。でも言っていることはわかる。多分照れているのだ。慣れよう。俺かリチャード、どちらかが慣れなければ、永遠に玄関で足踏みが続く。ど真ん中を射抜いた表現をするならば、俺はこいつともっと仲良くなりたいから英会話を始めたかったのだ。相手の土俵《どひょう》で喋ってみたかった。だったらもっとダイレクトにやれとリチャードが受けてくれた。恥ずかしい。でもありがたい。申し出てくれたからには頑張ろう。

「……わかった。電話する。あー。照れるな」

「何故照れる。理解できない。まずはメールを。空いている時間を教えますので、その中からいつ電話をかけてくるのか指定なさい。折り返し課題となるトピックを送付しますので、期日までに課題に沿った三分程度の短い原稿を準備しておくように。最初は自己紹介でいいでしょう」

「やるからには本気でやりなさい。二カ月もすれば見違えますよ、保証します」

「うえっ……？」

忘れていた。こいつは語学の鬼なのだ。好きこそものの何とやらでここまで語学に習熟している人間に、言葉を教わる恐ろしさを、俺は考えていなかった。いや逆に考えよう。門前の小僧で俺も少しは宝石にも詳しくなれたのだから、このどさくさは公務員試験用の英語の勉強にも役に立つはずだ。ものすごい鬼コーチのスパルタになりそうだが。

「何か不満が？」

「ないです！　もう全然ないです！」

「ありそうな顔です。おいおい尋ねるとしましょう」

「本当にないって。お前と電話できるってだけで奇跡みたいに嬉しいんだぞ。だって連絡がとれるってことは、世界のどこにいても、お前が元気にしてるかどうか、ちゃんとわかるってことだろ。嬉しすぎてスマホが手放せなくなりそうだよ」

「……上には上がいる、上には上がいる、上には上がいる……」

「何の呪文だよ？」

リチャードは渋面《じゅうめん》を作ったあと、別にと小声で呟いた。まあいい。

「ちゃんと銀座に帰ってこいよ。谷本さんを紹介させてほしいんだ。気が合うと思うなあ！二人とも石が好きだから、俺にはわからないような話題で盛り上がるんじゃないかな」

俺が笑うと、リチャードはしばらく静かな顔をしていたが、不意に何か思いついたように、にやあっと笑った。

「よろしいのですか？」

「……どういうことだよ」

「ただの一般論です。何しろ私は日本語と石に関する造詣《ぞうけい》が深く、ほどよく見目も麗しく、何よりしがらみから解放されたばかりで多少気分が上がっている、気ままな独身者です。本当によろしいのですか？　あなたを差し置いて、私たち二人が仲良くなって」

リチャードは首をかしげた。誘うような眼差しには壮絶な色香が漂っている。こういう色男路線もありなのか。確かにそういう心配もないではない、かもしれないけれど。

「よろしいも何も、構いやしないよ」

「自信家ですね。よほど彼女に愛されている確信を得ましたか？」

逆だよと俺が言っても、リチャードはぴんとこないようだ。

「断言するよ。お前が俺より谷本さんを好きなんて、絶対にありえないね！」

どうだとばかりに腰に手を当て、俺は言いきった。

人が誰を好きになるかは自由意志の問題だ。邪魔だてするようなものじゃない。でも仮にリチャードが谷本さんを好きになったとして、その愛がどれだけ深くて素晴らしいものだとしてもだ、彼女への気持ちなら俺だって負ける気はしない。全然しない。何しろ彼女は正真正銘《しょうしんしょうめい》俺の天使で、恋愛はわからないけれど俺が見守ってくれるなら頑張ってみたいとまで言ってくれたのだ。そこで『彼氏ができたら報告するね』という台詞が出てくるところがまた、涙ぐましいすれ違いポイントではあるのだが、そこはこれから伸びしろがあるということで――あれ。

　リチャードが変な顔をしている。唇は真一文字で、青い目は真ん丸だ。

　何だろう。わからない。わからないながらも、こういう時にまあいいかと放置するのが危険なことは経験で知っている。先手必勝だ。

「なあリチャード、俺また、変なこと言った……？」

　別に、とリチャードは、俺から全く視線を動かさずに言った。説明してくれそうな気配はない。自分で気づけということか。リチャードの視線の中で、俺は自分の言葉を脳内で反芻《はんすう》した。お前が俺より谷本さんを好きなんて絶対にありえない。どこがまずかった。『絶対にありえない』か。気分は英語の授業の品詞分解だ。お前が、俺より、谷本さんを、好きなんて、ああー。あああー。わかった。俺にもわかった。わかりたくなかった。

「ごっ……誤解だ！　今のは」

「日本語とは、かくも難解な言語ですねえ」

「お前が好きなのは俺だろって意味じゃなくてだな！」

　言いかけたところで、リチャードは俺の両肩を掴み、するりと回れ右させて、出国ゲートに向かうように、ばしんと背中を叩いた。

「まったく、今のところ否定できないのが残念で仕方ありません」

そしてリチャードは笑いながら、さっさと行けと乱暴な口ぶりで言った。促されるまま歩く。パスポートとチケットを見せて、出国ゲートをくぐっても、リチャードはまだ俺を見送っていてくれた。俺も大きく手を振る。気持ちのいい別れだった。これが最後じゃないとわかっているから。

絶世の好男子は、俺が手を振るだけ、呆れたように振りかえしてくれた。

何日間留守にするのかわからなかったので、ゼミの下村《しもむら》にはとにかくノートをとってくれとしか伝えていなかったけれど、数えてみれば往復に二日、滞在二日を合わせて四日だ。うち一日は休日である。カバーリングにしゃかりきになる必要はないかもしれない。それにしてもともかく連絡しなければ。早いほうがいい。

俺は免税品店脇のベンチでスマホを繰った。空港のフリー・ワイファイがありがたい。

『説明できないくらい面倒な案件が終わって、無事に帰れそうだ。心配かけてごめん』

返信は来ないだろう。と思っていたのだが下村の返信は早かった。一言である。

『お前めちゃめちゃエンジョイしてない？』

エンジョイ？

どういうことだと質問する前に、下村は何かのURLを投げてきた。これは写真投稿用のSNSか。クリックしても害はなさそうだ。ページに飛んで、画面が切り替わって、俺は踏まれた猫のような悲鳴を上げた。

ロンドン塔の前の、ジェフリーと俺。自撮り。

ビッグベンの前の、ジェフリーと俺。自撮り。

大英博物館の前に立つジェフリーと俺。隠し撮り。

全編通して、俺は仏頂面《ぶっちょうづら》、ジェフリーは輝く笑顔である。

こんな。こんなことって。何で。どうして下村がリチャードのいとこのSNSなんかを。と思ってよく見たらジェフリーのアカウントにはフォロワーが万単位でついていた。芸能人か。そういえば彼もかなりのイケメンだ。

『金融タレントのSNS、派手だからフォローしてた』

『大富豪の友達とロンドン豪遊？　お土産《みやげ》は免税品店の酒でいいよ』

かしこまりましたと返事をする以外、俺に何ができただろう。

望み薄だとは思うが、できればゼミの他の人員にはこの話が広まらないことを祈りつつ——実態は全然違うが、説明してもわかってもらえると思えないし、真相を思えば誤解されているほうがまだましな気もする——俺は下村に酒を買い、余裕をもって搭乗《とうじょう》ゲートに向かった。eチケットを渡された時には気づかなかったが、当然のようにまたビジネスクラスだ。しばらくリチャードには頭が上がらないだろう。離陸前に飲み物が配られる。せっかくなので、俺は前の座席のおじいさんが飲んでいるシャンパンをオーダーすることにした。『あれと同じものをください』という俺の英語は、にこやかなスマイルで応じられ、見事俺の前には水の入ったグラスが届けられた。シャンパンの夢は泡と消えた。

グラスに入った一杯の水。

不思議だ。今、俺の懐にあるホワイト・サファイアは、まるでこんなふうに見えた。アルプスの山の澄んだ雪解け水を、そのまま石の形に固めたような石。文句なしに美しい。もともとは家族の愛の証の石でもあったのだろう。でもそのあとの扱われ方が、致命的にまずかった。

夢想する。もし先々代クレアモント伯爵をとりまく家族が、偏見のない人ばかりだったら。先々代伯爵が、憎しみに駆られて復讐を考えなかったら。

リチャードの人生は変わっただろう。逃げる必要のない生活を送って、トルコ系の奥さんと一緒に、アメリカで金融商品の仕事をしていたかもしれない。そして俺の人生も今とは違っただろう。ばあちゃんの指輪を冷蔵庫に入れたまま大学に通って、時々町田の実家に戻る。あの指輪の元の持ち主に出会うこともなかっただろう。イギリスの伯爵家の宝物を投げることも、ロイヤルミルクティーの淹れ方にこだわりを感じることも。

こんなことを考えてはいけないのはわかっているけれど。

もし、俺とリチャードを引き合わせてくれた巡りあわせが、どこかにあるのだとしたら、俺はそれに感謝したい。

俺は鞄のポケットの上から、サファイアの硬い感触を軽く押さえた。

スマホの電源を落とす前に、最後のひまつぶしをしていると、うっかり手がすべってまたジェフリーのSNSのページを開いてしまった。しかも更新されている。写真が一枚。伯爵家の領地の広大な緑の草原だった。写真の中の曇天《どんてん》は、飛行機の窓から見える雲と同じ色に輝いている。一言だけ、短い英語のコメントがついていた。

『金か、愛か？　僕の家族は愛を選ぶ人を選んだ。誇りに思う』

もう絶望的なまでに、俺はこの人とはうまくやれる気がしない。無理だ。あの笑顔を見たら逃げたくなると思う。帰国してからリチャードにメールをする時には、今回の旅のお礼とお詫《わ》びと一緒に、ジェフリーのSNSの写真の削除依頼も一緒に伝えよう。そうしよう。スマホの電源を落とすと、飛行機はすぐに動き始めた。こぼしてしまいそうなので、慌ててグラスの水を飲む。思えばこの旅の間、夢を見ていたような気がする。リチャードは悪夢だと言ったが、俺にはそんなに、悪い夢じゃなかった。

そろそろ目をさまして新しい現実に戻れと促すように、冷たい水の感触が、すうっと俺の体の深いところに落ちていった。

下村へのお土産は、スコッチにするかどうかぎりぎりまで迷ったのだが、せっかくなのでジンにした。ボンベイ・サファイアという名のイギリス名物は、さしあたり今回の旅の土産にはぴったりだろう。

extra case.

バイカラー・トルマリンの戯れ

土曜日の朝、九時三十分。銀座《ぎんざ》の店の中に、リチャードがいた。

「おはようございます、正義《せいぎ》。随分《ずいぶん》早いのですね」

振り向きざま、リチャードは何でもないことのように言った。

俺の顔は途端に、忙しい百面相を始めた。口をへの字にまげたり、逆に口角を持ち上げたり。朝の九時台の銀座の街は静かだった。当然だ。このエトランジェだって開店時間は十一時からである。アルバイトでも十時に来れば間に合う。でも今日は特別だ。

リチャードが帰ってくると、シャウルさんが教えてくれたのだ。

美貌《びぼう》の宝石商は、相変わらずの端麗《たんれい》なスーツ姿だった。少しもこもこしたチャコールグレーの素材で、白いダーツのはいったシャツは淡いグリーンだ。すっかり冬の装いである。

「……シャウルさんは？」

「師匠なら先ほどまでここにいましたが……電話をしながら外に出て行って、まだ帰っていないようです。じき戻ってしまうとは思いますが……」

リチャードは途中で言葉を打ち切ると、俺に何かを訴えるような目を向けて、再びさっと視線を逸《そ》らした。言いたいことが大体わかった。

ついてこいと促《うなが》して、俺はエトランジェの厨房《ちゅうぼう》に入った。リチャードも鞄《かばん》を持ってついてくる。紅茶用のポットや鍋をしまっておく棚の一角を開けると、紅茶の缶が鎮座していた。シャウルさんが持ってきてくれたもので、外箱こそリチャードが持参してきたものと同じだが、中身は全く違う。彼が独自のスパイスをミックスした茶葉になっているのだ。

これだと俺が促すと、リチャードは無言で頷《うなず》き、中を開けてにおいを確認したあと、さっさと自前の鞄に没収した。入れ替わりに同じ缶を出し、何事もなかったように置き換える。見ているほうが噴き出してしまいそうなくらい涼しい顔で、リチャードは缶の交換を遂行《すいこう》した。

気持ちはわかる。リチャード不在の間ずっとこのお茶を飲み続けてきた俺に言わせてもらえば、シャウルさんの好みにブレンドされたディンブラ茶葉べースの紅茶は、もはやお茶というより健康飲料だ。甘辛スパイシーなアジアの味である。代謝もよくなってむやみやたらと元気になるが、静かなお店でリラックスするムードにはそぐわない。どっちかというと皇居の周りをぐるぐる走り回りたくなる系だ。変なものは入っていないんですよねと俺は散々確認し、シャウルさんも無論ですと請け合ってはくれたが、未だに多少、不安になる。何しろこれをお客さまにお出ししているのは俺なのだ。

ミッションコンプリート、と俺が親指を立てると、リチャードは微《かす》かに笑った。ああ、この笑顔が、この店の中にあることがひたすら嬉《うれ》しい。

「いかがでしたか。私がいない間、師匠の調子は」

「すごかったよ。ガンガン売ってた」

「相変わらずですね……」

このワンマン宝石店エトランジェにおける宝石商は、いわば小さな銀河の中心である。リチャードが己《おのれ》の周囲をただよう星を大切にお客さまにお届けする真心配送タイプならば、シャウルさんは外宇宙めがけて星を投げまくるピッチャータイプだった。この店にやってくるお客さまはリチャードとの癒《い》やしの時間を楽しみにしているのだと思うし、彼もまったりした空間を大事にしようとしてはいたが、シャウルさんの会話は、最終的には必ず数字に着地した。あなたはこれを幾らだと思うのか。幾らなら買うのか。お客さまとの競《せ》り合いを楽しんでいるタイプだ。交渉次第で値下げ、おまけあり、まとめ買い値引きあり、常連値引きあり。本当に『商人タイプ』だ。確かにこういう交渉を連日繰り返しているのなら、スパイスたっぷりのお茶でテンションをあげてゆく必要があるかもしれない。

リチャードの姿は、不思議なくらい『いつも通り』だった。留守にしていた時間が嘘《うそ》のようだ。おかえりとか、また会えて嬉しいぞとか、毎日サファイアを見てるぞとか、俺だって多少は感動的なことを言いたかったのだが、完全にタイミングを逸《いっ》してしまった。昨日の夜は眠れないくらい嬉しかったのに、おかげで少し寝不足で、肝心《かんじん》な今はテンションが低い。とはいえ今日持ってくるべきものは、ちゃんと準備してあるが。

「その荷物は何です？　シャウルに言いつけられた掃除用具か何かですか？」

「そんなとこだよ。そっちの実家のあれこれは、もう全部片づいたのか？」

「道は未だ半《なか》ば、といったところです。トラブル対策には主にジェフリーが奔走《ほんそう》しています。せいぜい張りきってもらいましょう。私は今まで留守にしていた分の『人間らしい付き合い』とやらに奮励《ふんれい》し、最低限の『義理』を通して、適切に退却してきました」

リチャードは軽くはなを鳴らした。いろいろ大変だったらしい。それはそうだろう。あれだけのことがあったのだから。おつかれ、と軽く俺がねぎらうと、美貌の男は憂《うれ》いの表情を見せた。

「十二分に急いだつもりではありますが、遅きに失したようです」

「そうでもないだろ。クリスマス商戦には間に合ってるぞ」

「……秋季限定のスイーツは、既《すで》に大半が入手不可能ですので」

ああ。この宝石商さんは、バイトを随分舐《な》めているようだ。

俺はリチャードの肩をぽんぽんと叩き、回れ右をさせると、久々に主を迎える菓子棚の扉を開いた。いつ戻ってくるのか本人もわからないとのことだったので、日持ちのするものしか手に入れられなかったが、それでも十種類以上はある。焼き菓子。クッキー。真空パックのチーズケーキ。もちろん各種の限定チョコレートも。

リチャードはぎゅうっと眦《まなじり》に力を入れると、菓子棚の前に膝《ひざ》をついて中を確認し、長い睫毛《まつげ》がばちばちと音を立てそうな瞬《まばた》きを繰り返し、俺を見上げた。また菓子棚を見る。俺。棚。俺。棚。わかりやすい。

「『こういうことはあまりしないように』は、なしだぞ。心配しなくても領収書は全部とってあるからさ」

「……あなたには、何と言えばよいのか……」

「何を今更！　お前の考えてることなんてな、お見通しなんだよ。ソファに座ってろ、お茶いれるから。あれだな、『内助の功』」

「…………今のイディオムの意味を、あなたは本当に理解していますか？」

「え？　『内助の功』は……確か『親しい人間のナイスアシスト』……だろ？」

「愚《おろ》か者。国語辞典を熟読しろ」

「そんな言い方はないだろ！　しいて言うなら、俺は上機嫌なお前を見るのが好きなんだよ。喜ばせ甲斐《がい》があるって言えばいいのか……甘いもの見てにこにこしてる時の顔なんかさ、虹《にじ》のかかってる空みたいで清々《すがすが》しいくらいきれいだぞ」

俺が笑うと、リチャードの瞳に、多少、力がこもったような気がした。やばい。虹のかかってる空云々《うんぬん》はまずかったか。せっかくの喜びに水を差してしまったのだとしたら申し訳ない。ごめんと謝る間もなく、リチャードはすうっと、応接間に戻っていった。何だか少し怖いが、今はとにかくお茶を作ろう。

久々にスパイスの香らない茶葉を煮立て、久々の出番を喜ぶ白と金のカップに注ぐと、俺は盆に二人分載せて持っていった。シャウルさんが戻ってきたら鍋にある分を出そう。

ハッピーお菓子タイムをエンジョイしているかと思われたリチャードは、しかしテーブルの上に玉手箱を出していた。接客モードか。いやまだ十時前だ。私物か？　それともイギリスから戻ってくる間に、どこかに寄り道して石を仕入れてきたのか？

「ロイヤルミルクティーお待たせいたしましたー」

「おかけください」

え？

ぽかんとする俺に、リチャードは極上の営業スマイルを浮かべながら、おかけくださいと繰り返した。何なんだろう。ただの悪ふざけか？　それにしては笑顔が美しすぎる。

「さて、本日中田《なかた》さまにご案内したいお石はこちらでございます」

「お店屋さんごっこか？　どうして……」

リチャードは俺の質問を無視して、ベルベットの箱の蓋《ふた》を開けた。

入っていた石は一つだけだった。これを俺に見せるために、わざわざ準備してくれたのだろうか？　角ばったファセット・カットだ。ネイルの施された女性の爪のようにシュッと縦に長く、透明で、二色に分かれていた。上半分がビリジアンのような緑、下半分がショッキングピンク。ええ？　一つの石に色が二つ？

「何だこれ……違う石なのか？　いや、それにしては自然な……」

「こちらはバイカラー・トルマリン、バイとは『二つ』を意味する接頭辞《せっとうじ》でございます。異なる色が一つの石の中に共生しているのです。このバイカラーを見るのは初めてですか？　いわゆるウォーターメロンと呼ばれるタイプでございますね」

ウォーターメロン。すいかのことか。なるほど。確かにこの石を見た人は、鮮やかなグリーンと濃いピンクの取り合わせに、すいかの皮と中身を想像するだろう。こういうタイプもございますよと、ご丁寧《ていねい》にリチャードは端末でネット検索をし、いろいろな画像を見せてくれた。半球形の標本の写真がある。こちらは本当に、緑色の部分がピンク色の部分をまるっと取り囲む色合いだ。スイカだ。これはもう間違いなくスイカの輪切りだ。

「……でも、この石がどうかしたのか？　何でこれを俺に？」

わざわざこんなふうに他人行儀な紹介を？　とまでは言わず、俺が軽く首をかしげると、リチャードはふっと笑った。楽しそうな顔だ。だが、何だろう、若干『楽しそう』が強すぎて、不穏だ。何を企《たくら》んでいるんだ。

「さて、中田さまは今までこちらで何度も、さまざまなお色のトルマリンをご覧になってきたと存じますが、そもそも『トルマリン』という言葉が、どちらの国の言語に起源をもつものかは、ご存知ですか？」

こんなふうに質問するからには、定番のラテン語でもギリシャ語でもないのだろう。俺がお手上げの仕草をすると、リチャードは何故《なぜ》か、世界旅行をするならどこから？　と少し冗談めかした口調で言った。俺っぽい口調だ。ロンドンでの記憶がよみがえる。そういえばそんな話をしたっけ。リチャードの回答は日本だった。俺はといえば。

「……スリランカ？」

「グッフォーユー。トルマリンの語源にあたるのは、シンハラ語の『多色』。同じ石でありながら、赤、青、黄、オレンジ、ピンク、グリーン、あらゆる色を網羅《もうら》する色合いを持つ石であることを示す、そのままの言葉でございます。しかしながらこちらのバイカラー・トルマリンの宝石言葉は『調和と共生』。二つの色が一つの石の中で、個を保ちつつ融和しているさまをたとえたものなのでございます」

「久しぶりに聞くけど……お前の宝石トークって本当に……いいなあ」

　癒やされる。いいものだ。宝石のことを喋《しゃべ》っている時のリチャードは、きれいとかかっこいいとか、そういう言葉を超えた何か別の有機体になっている。トルマリンには『科学的な』『癒やし効果』があるとかないとか、眉唾《まゆつば》な領域の話も聞いたことはあるが、銀座のリチャードの効果ほどではないだろう。少なくとも俺には特効薬のようなものだ。

　俺がしまりのない顔でため息をつくと、リチャードはまた楽しそうに笑った。まずい。今のはさすがに失礼だった。やはりお咎《とが》めが入るパターンだろう。

　と思っていたのだが。

「中田さまのそういう満ち足りたお顔を拝見できまして、私も大変嬉しく思います。それでこそ、この国に戻ってきた甲斐があるというものです」

　うん？

おかしい。気のせいではない。やっぱりさっきから何か奇妙なことが起きている。

俺はリチャードのプラス一言を期待して沈黙を続けた。間の抜けた顔を見ると愉快な気分になるとか、しっかり商売をしなければならないという戒《いまし》めになって大変よろしいとか。だが待てど暮らせど、美貌の宝石商は口を開かなかった。言いっぱなしだ。どういうことなんだ。俺は目を逸らしてロイヤルミルクティーを一口飲んだ。まだ熱すぎる。

「えーと……シャウルさんは戻ってこないのかな……」

「さてこちらのトルマリンでございますが、いわゆるウォーターメロンと申しましても、このように二つの色合いがバランスよく配置されているものはレアでございます。さながら理性と熱情が奇跡的に調和する、中田さまの精神世界のようであるかと」

「お、お、おれの？　精神が、なんだって？」

「理性と熱情が奇跡的に調和していると申し上げました」

「……あのさ、お前他の『中田』って知り合いと間違えてるんじゃないのかな……」

「何故そのようなことを仰《おつしや》るのです？　私が他でもないあなたを、他の誰かと間違えるとでもお思いですか？　どうぞお手に取ってご覧くださいませ。電気石とも呼ばれるトルマリンですが、触れるだけでしびれるようなことは決してございませんのでご安心ください。帯電性のある石ですので、放置しておくと静電気がホコリを吸い寄せる、程度のことでございます。そうそう、しびれると言えば中田さまの行動力にも快哉《かいさい》を叫ばざるを得ません。

飛行機のチケットを手配してから渡航まではほぼノータイムであったとか」

「ああ、いやその、ええっと、あのさ、本当にこれはどういう……」

「まさに稲妻《いなづま》、電撃的でございました。若さに裏打ちされたあなたの情熱の炎はあくまでも理知的に燃え盛り、無謀な冒険を深謀の上に成立させてしまいます」

「ストップ……！　頼む、さっきから心臓が、やたらどくどくして」

「動悸《どうき》息切れでございますか？　中田さまらしくもない。どのような苦境、劣勢に置かれてもひるまず、己の頭の中で最適と思われる道を驀進《ばくしん》してゆくことこそが、あなたの最大の強みではございませんか。さながら歴史的文献にあらわれる日本の武士道の体現者です」

「リチャード！　お前は俺をどうしたいんだ！　口と尻がぴりぴりするよ……！」

「そういうふうにむずがっていらっしゃる中田さまの姿は初めて拝見するように思いますが、大変お可愛《かわい》らしゅうございますね」

「ちょっと水を飲んでくる！」

　俺は椅子から立ち上がり、厨房に駆け込んで、とりあえず目についたところにあったグラスに水道水を注いで飲んだ。小学校の徒競走のあとみたいだ。手近なところにクッションか何かがあればいいのに。あーあーと叫びながら、二発くらい正拳突きを叩き込みたい。とはいえ衝撃を吸収してくれそうなものはどこにもなかったので、俺は自分の腕を抱いて小刻みに縦揺れすることにした。息が荒くなる。落ち着け。平常心だ。

可能な限り息を整え、応接室に戻ると、ソファの上のリチャードは優雅に脚《あし》を組み直し、俺を見てにこりと笑った。背筋が粟立つような美貌だ。まともに顔が見られない。

「……俺、何か、気に食わないこと言ったかな……この前の英会話の時とか……」

「とんでもないことでございます。私はありのままのあなたの在《あ》り方を申し上げているだけです。しかしお心に沿わないことを申し上げていたとしたら、それはひとえに私の不徳の致すところ、深くお詫《わ》び申し上げます」

「そんな必要はないけどさ！　明らかにお前……」

「困ってしまいますねぇ。何がお気に召《め》さないのでしょうか。ただあなたが常日頃私に示してくれる温かな敬意へ、ささやかなお返しをしているだけですのに」

そう言って、リチャードはにっこりと笑った。心から楽しそうに。

途端に全てが腑《ふ》に落ちた。

わかった。この褒め殺し地獄《じごく》はただの『お返し』だ。いつもリチャードに窘《たしな》められる俺の悪癖《あくへき》『うっかり褒め』への返礼なのだ。目には目を、歯には歯を、粗忽《そこつ》な褒め言葉には粗忽な褒め言葉を。合理的である。おかげで死ぬほど恥ずかしい。以前もメールで窘められたことはあったが、今回は別格だ。反省していたつもりではあったけれど、自分がやられるまで、実際にはどういうことなのか、少しもわかっていなかった。もう言葉もない。死ぬほど恥ずかしい。

「……ご……めん……」

「どうなさいましたか、中田さま？　何故謝るのです」

「や、だから……俺は……本当にうっかりしてるから……お前に、失礼なこと、ぽんぽん言うから……もう、あれだな……いっそ私語厳禁とかにしてもらえば、少しは」

「私はそのようなことは望んでいませんよ」

じゃあどうしろって言うんだよと、俺が情けない顔をすると、リチャードはまた微笑《ほほえ》んだ。からかっている顔ではない。いつもの美しい宝石商の顔だ。見ているだけで安心する。とはいえ俺はこいつが自然に笑っているだけで、すごくほっとするのだが。

「以前にもお伝えしたように思いますが、あなたのその美辞麗句《びじれいく》には他意がありません。私には理解できませんが、ともかくあなたは私を褒めることが好きなのでしょう。でしたら構いません。私も自分の好きな甘味類を健康の範囲内で最大限堪能しますし、あなたもあなたの楽しみのために、臆面《おくめん》もなく私を褒めなさい。そのかわり、私にもあなたを褒める楽しみを与えてくださる日が来ることを心待ちにしていますよ、正義。英語力の向上でも、石の目利きでも、あるいは他の分野でも」

期待していますと、美貌の宝石商は微笑んだ。真正面から閃光弾《せんこうだん》の直撃を喰《く》らうような、まばゆいばかりのスマイルだった。でもこれを口に出すとまずいことになる。いや、そうでもないのか。下心のない褒め言葉なら気にしないと言ってくれた。

ならもう、いいのかもしれない。言いたいことを言えば。

容姿が好きだということ以外にも、こいつには言いたいことがいろいろある。

「……俺が今ここでこうしてるのは、お前にたくさん、いろんなことを教えてもらえたからだよ。電話の英会話もだけど、その前もずっと、俺のことあれこれ気にかけてくれただろ。お前は本当に、本当に、本当に！　世界で一番の、最高の上司だよ！　間違いない」

「重ね重ねお褒めにあずかり嬉しく存じます。あなたも私の知る限り、最高に馬鹿《ばか》で無謀でお人よしのアルバイトですよ、正義」

「やっと本音で喋ったな……！」

「失礼な。私は常に本音です。あなたは行動力に溢《あふ》れる勇敢で機知にとんだ」

「申し訳ございませんでした本当にごめん勘弁してください……！」

「情けない。せっかくあなたのおかげで楽しみが一つ増えたのに」

楽しみが増えた？　俺のせいで？　どういうことだろう。

満足げにロイヤルミルクティーを飲んでいたリチャードは、俺が怪訝《けげん》な顔をしていると気づくと、少しだけ眉を持ち上げて、至極なんでもないことのように告げた。

「いつからであったか、私にとって他者への好意を表明する言葉は重圧を帯びるようになりました。不幸を呼び込むというどこかのインド系イタリア人の言葉も、あながち嘘とは言えない身の上でしたからね。そういう意味では、あなたは非常にフラストレーションのたまる相手でした。何でもないような顔をして、剝《む》き出しの好意をいつも垂れ流しにしている。もっと愛想《あいそ》のない相手を雇えばよかったと何度思ったことか」

ですが既に過去の話です、とリチャードは切って捨てた。そしてもう一度、俺を見た。

ああ——駄目だ。言いたい。これだけは言いたい。きれいだ。本当に美しい。この青い瞳の輝きを永遠に覚えていたい。こんなに嬉しそうな顔を見るのは初めてかもしれない。どんな言葉ならこの美しさが伝えられるだろう。いや、別に誰かに伝えられなくてもいい。ただ俺が、できるだけしっかり覚えていたいだけなのだ。

自分がどれだけ幸せな気分にさせてもらったのかを。

「というわけで、今は何も気がねせずに、私もあなたに言いたいことが言えます。たとえばあなたのことを好ましく思っているとか、感謝しているとか、時には手のかかる弟のように感じるとか、あるいはあまりにも愚直《ぐちょく》で馬鹿で反省しない部分が愛《いと》しくなってきたとか。あなたという存在を、私はとても得難く思っていますよ、正義」

リチャードの口がぱくぱく動いている。何かを俺に言ってくれているらしい。

でも何て言っていたんだ？　あんまりきれいなものを見ると、頭の中身が空《から》っぽになるらしい。これだけ近い距離で何かを言われているのに、ろくろく頭に入ってこないなんて。心理学科の友達に話したら面白がってくれそうな話だ。それはともかく。

「あ……ごめん、今のお前が、あんまりきれいだったから、見惚《みと》れてて……言葉が頭に入ってこなかった。もう一回言ってくれるか……？」

三秒、たっぷり沈黙してから、リチャードはふんと鼻から息を吐いた。極上の微笑みはどこへやら、この朴念仁《ぼくねんじん》とでも言いたげな顔は、微かに不服げに歪《ゆが》んでいる。こういう顔も好きなのだと言ったらさすがに怒られるだろう。

と思った時、不意に。

ノックの音が聞こえてきた。

俺たちは揃って、エトランジェの入り口に首を巡らせかけたあと、そういう振り付けの踊りのように百八十度反対側を見た。音が聞こえたのは、エトランジェの入り口ではなかった。来客ではない。その反対側だ。

奥の部屋。

黙りこむ俺たちの前で、金庫のある奥の部屋の扉が、静かに開いた。チョコレート色の肌がのぞく。

「失礼。どうやら私はいないものと思われていたようですので、しばらくこちらで時間を潰《つぶ》しているつもりでしたが、あまりにも長いので耐えきれず出てきてしまいました。お許しくださいね、中田さん。ところで私にもお茶を」

師匠、と呟《つぶや》くリチャードの声は震えていた。外出しているというのは勘違いだったらしい。立ち上がった俺と入れ替わりに、奥の部屋から出てきたシャウルさんは、赤いソファに腰を下ろした。

「さて何の話でしたか、リチャード？　仮にもあなたの恩人たる私を日本に呼びつけ、『ピンチヒッターとして無期限に銀座の店を預かってほしい』などと抜かしたあなたが、この店に帰ってきてイの一番にしたことは？　愛の囁《ささや》きですか？」

「師匠、誤解があるようですが……」

「ご心配なく、私はめったに誤解などしません。言葉など真実の表層に過ぎません。宝石商とは核心を見抜く目を養う商《あきな》いに他なりませんからね。誰かを褒め称《たた》えたい気分だそうですね？　結構ではありませんか。あなたが感謝を捧げるべきはこの忠犬のようなチャイワラであるのか、カナリア諸島への買い付けもクリスマスも潰してあなたのために馳《は》せ参じた宝石の師であるのか、今ひとたびその胸に問いかけてみてはいかがです？　リチャード」

「このたびのご迷惑に関しては、誠に面目次第も……」

「中田さん、何をまごまごしているのです。お茶。それから例の物を」

「アイアイサーです、シャウルさん」

「御覧なさいリチャード、あなたの可愛い仔犬は主の不在中に大層私に懐きましたよ」

「師匠、悪ふざけにも限度というものが……」

「少し見ないうちに随分立派な口をきくようになりましたねえ。頭《ず》が、高い」

「相変わらず時代劇がお好きなようで……」

「先ほどあなたが言っていた言葉を一言一句たがわず書き起こして中田さんの前で音読しましょうか？　心配ありません、彼は私には見惚れませんからね。きちんと伝わるはずです」

「師匠……！　あれは単なる言葉のあやと言いますか、それなりの文脈が」

「頭が高いと言っている。控えおろう」

リチャードはガラスのテーブルに突っ伏すように、目を閉じて深々と頭を下げた。頃合いを見計らってシャウルさんが俺に目配せをする。既に今日の持参品は俺の手の中にある。準備万端、スタンバイオーケーだ。

「よろしい。では顔を上げなさい」

しゃちこばった表情で姿勢を正したリチャードの前に、俺はゆっくりと回り込んだ。持っているのはこの日のために準備しておいたとっておきである。

緊張していた宝石商は、目の前にあるものが何なのか、よくわからないようだった。

「おかえりリチャード！　甘さ控えめチーズケーキと、プリンタルトでございまーす」

「…………は？」

「だから、右半分がチーズケーキで、左半分がプリンタルトなんだよ。そこのトルマリンとは違って、俺がつくって合成したバイカラー・ケーキだけど」

小さい頃に発奮したチョコレートケーキに比べれば、二つ合わせても十倍くらい簡単なので、久々にこういうものを作ってみようと思った。リチャードの好物といえばプリンだが、さすがにあれを特大サイズで作るのは無理があるし、イギリスで食べたいものも聞いていたわけだし。そんなわけで俺は久々に実家に滞在し、ホールのチーズケーキと、プリン液にパンをひたして焼くパン・プディング——プリンタルトのもとである——を作成した。俺のアパートにはオーブンなどない。残りのハーフ・ハーフは、プリンのほうを母のひろみに、チーズケーキはせっかくなので谷本《たにもと》さんに献上した。サイズからして自分一人で消費できないことはわかりきっている。実家住まいだという彼女の家族は、そろって甘いものが好きだというから、もしかしたら多少お覚えがめでたくなるかもしれない。そうすれば俺の幸先も明るくなる気がする。リチャードが戻ってくるからケーキを焼いたんだと昨日俺が言った時、谷本さんはうっとり潤《うる》んだ瞳をして、本当によかったねえ、大切な人が喜んでくれるといいねえと、何度も何度も言ってくれた。天使って本当にいるんだなと俺は確信を新《あら》たにした。

リチャードはぼうっとしたまま、ケーキから目が離せないようだった。

「私は……夢を見ているのかもしれない……」

「オーバーだなあ！　切るから三人で食べよう。二回目の朝食とでも思ってさ」

店の主の帰還を祝う宴会は、開店時間の三十分前まで続いた。本日初来店のお客さまは、思いのほか早くチャイムを鳴らした。どなただろう。今日リチャードが帰ってくることを、もしかしたらシャウルさんが常連のお客さまには伝えておいたのかもしれない。

ケーキの残りを冷蔵庫に避難させた俺は、リチャードが美貌の宝石商の表情に戻るのを確認してから、エトランジェの扉を開けた。リチャードがお客さまを出迎える。いらっしゃいませ。どのようなご用向きでございましょう?

この新しい瞬間が、俺は他のどんな時間よりも好きだ。

※この作品はフィクションです。実在の人物・団体・事件などにはいっさい関係ありません。

集英社オレンジ文庫をお買い上げいただき、ありがとうございます。
ご意見・ご感想をお待ちしております。

● あて先
〒101-8050　東京都千代田区一ツ橋2-5-10
集英社オレンジ文庫編集部 気付
辻村七子先生

宝石商リチャード氏の謎鑑定

導きのラピスラズリ

集英社
オレンジ文庫

2017年 2 月22日　第 1 刷発行
2024年 9 月 8 日　第11刷発行

著　者　辻村七子
発行者　今井孝昭
発行所　株式会社集英社
〒101-8050東京都千代田区一ツ橋2-5-10
電話【編集部】03-3230-6352
【読者係】03-3230-6080
【販売部】03-3230-6393（書店専用）
印刷所　TOPPANクロレ株式会社

※定価はカバーに表示してあります

ISBN 978-4-08-680119-5 C0193